조국과 민족을 위해 모든 것을 바친

애국지사들의 이야기·8

- The story of Korean patriots

애국지사 기념 사업회 (캐나다)
Canadian Association for Honouring Korean Patriots

새로운 세상의 숲
신세림출판사

조국과 민족을 위해 모든 것을 바친

애국지사들의 이야기·8

- The story of Korean patriots

『애국지사들의 이야기·8』을 펴내며

김 대억
애국지사기념사업회(캐나다) 회장

2010년 3월 15일에 발족한 애국지사기념사업회(캐나다)가 『애국지사들의 이야기』 제1권을 발행한 것은 2014년이었다. 처음 계획대로 진행되었다면 이번 나오는 책이 열한 번째가 되어야 하는데, 피치 못할 사정이 있어 금년에 제8권을 발행하게 되었다. 2015년부터 2017년까지 3년간 책을 발간할 수 없었던 것은 참으로 유감스럽고 안타까운 일이었다. 하지만 2018년부터 매년 거르지 않고 책을 펴낼 수 있어서 금년에 제8권이 나오게 된 것은 진정 기쁘고 감사한 일이 아닐 수 없다.

『애국지사들의 이야기·8』의 표지는 지금까지 나온 일곱 권의 책들과는 판이하게 다르게 도안했다. 이미 출판되어 배포된 일곱 권의 책들의 표지 색깔은 무지개 색인 빨강, 주홍, 노랑, 초록, 파랑, 남, 보라색이다. 하지만 이번 책의 표지는 바탕은 흰 색이고, 가운데 제7권이 자리 잡고 그 주위를 1권부터 6권이 둘러싸게 도안했다. 표지뿐만 아니라 내용도 읽는 분들에게 새롭다는 느낌을 줌과 동시에 애국정신을 고취시킬 수 있는 글들로 구성하기 위하여 최선을 다했다.

　우선 언론인, 문필가, 동포사회의 주요 지도자들과 단체장들을 필진으로 영입했으며, 많은 글들을 수록하는 것을 목표로 삼지 않고, 필요한 글들로 책을 편집하는 데 주력했다. 제7권에서는 국내외의 저명인사 아홉 분의 축사를 수록했지만 이번 8권에서는 캐나다에 거주하시는 네 분에게만 축사를 부탁드린 까닭이 여기에 있다. 이번에 축사를 써주신 조성준 온타리오주 보건복지부 장관, 김득환 주 캐나다 토론토 총영사, 김정희 토론토 한인회장, 조준상 본 사업회 고문께 감사드린다.

　이번 책을 통해 국내외의 동포들에게 알려드리고자 선정한 애국지사는 권동진 선생, 이승훈 선생, 오동진 장군 세 분이며, 장개석 총통을 추가했다. 장개석 총통은 대한민국 임시정부를 승인했을 뿐만 아니라 이봉창, 윤봉길 의사 의거 이후 우리민족의 독립운동을 적극적으로 지원하며 후원했다. 그 공로로 대한민국 정부는 1953년에 그에게 건국훈장 대한민국장을 수여하였다. 때문에 이번 제8권에서 장개석 총통을 권동진, 이승훈, 오동진과 동일한 비중으로 조명한 것이다.

　이들 네 분 애국지사들의 생애와 업적을 집필한 필진으로는 김운영 국장이 장개석 총통을 담당했고, 명지원 교수는 이승훈 선생을, 조영권 국장은 오동진 장관을 맡아 수고했으며, 권동진 선생의 생애는 기념사업회 회장이 맡았다.

　'독립운동에 뛰어든 10대 소녀들 이야기'로 특집 난을 장식해 주신 민족시인 이윤옥 박사의 글은 이번 출간되는 제8권의 가치를 높임과 동시에 한민족의 후예들이 빼앗긴 국권을 되찾기 위해 어떻게 일제와 투쟁했는가를 이 책을 읽은 모든 사람들이 생생하게 느낄 수 있게 해주고 있다. 이 같이 귀한 글을 제4권부터 계속하여 써주시는 이윤옥 박사님께 어떻게 감사를 드려야 할지 모르겠다.

이밖에 각기 다른 분야에 종사하며 캐나다 동포사회를 이끌어 가는 분들에게 제8권을 위한 원고를 청탁 드렸는데, 그 한 분야가 한인사회의 지도자, 단체장, 혹은 특수 분야에서 봉사하는 분들이다. 문창준 목사(온타리오 은퇴목사회 회장), 김영선 목사(온타리오 목사회 회장), 구자선 회장(한인상 위원회), 윤용재(문필가), 허준혁(유엔 피스코 사무총장), 조주연(영어언어학자), 남택성(시인) 등이 여기 속한 분들이다. 모두가 시간에 쫓기시는 분들인데 본 사업회를 격려하고 후원하기 위하여 귀한 글들을 보내주신데 대해 진심으로 감사드린다.

이번 책자에 수록되는 또 다른 성격의 글들은 온타리오의 한글학교 교사와 학생들이 보내준 것이다. 소중한 시간을 할애하여 원고를 작성해 주신 신옥연 온타리오 한글학교협회장과 '역사를 배우는 이유가 무엇인가?'를 써주신 이남수 다니엘 한글학교 교사께 심심한 사의를 표한다. 아울러 그들 스스로가 열심히 애국지사들에 관하여 공부하여 부모님들과 선생님들이 놀랄 정도의 성숙한 글을 쓴 네 학생들에 대한 자랑스러운 마음을 금할 수 없다.

이번 책의 제일 마지막 부분에 들어가는 기념사업회 이사들

의 글들을 '이사들의 목소리'에 모았다. 애국지사기념사업은
할 수 있으면 좋고, 못하거나 안 해도 그만이라는 안이한 생각
에서 벗어나 '이것은 우리에게 주어진 시대적 사명'이라는 사
명의식을 지니고 기념사업회를 위해 헌신하는 이사들이 가슴
속에 간직한 생각을 글로서 나타낸 것이다. 그들의 진심을 글
로서 표현한 김정만, 김재기, 박우삼, 박정순, 백경자, 손정숙
이사께 머리 숙여 감사드린다.

『애국지사들의 이야기·8』이 빛을 볼 수 있도록 적극적으로
후원해 주시며 격려해 주신 모든 분들에게 진심으로 감사드린
다. 아울러, 이 책을 읽는 이들마다 나라 잃은 슬픔을 참으며
살기 보다는 잃어버린 나라를 내 손으로 찾겠다는 신념과 각오
로 한 번밖에 없는 삶을 초개같이 여기고 일제에 맞서 싸운 우
리들의 위대한 애국지사들을 본받아 살 마음의 자세를 확립하
게 되기를 바라는 마음 간절하다.

7

A MESSAGE FROM THE HONOURABLE RAYMOND CHO
MINISTER FOR SENIORS AND ACCESSIBILITY

조 성준
온타리오주(캐나다) 노인복지부 장관

애국지사기념사업회의 『애국지사들의 이야기·8』 발간을 진심으로 축하드립니다.

힘든 시련 속에서도 계층과 세대를 뛰어넘어 조국의 독립을 위해 일제에 항거한 선열들의 정신은 우리에게 큰 깨우침과 울림을 남기고 있습니다. 특히 애국지사들의 숭고한 헌신과 희생은 현재 우리의 자유와 평화, 번영의 기반이 됐습니다.

그러나 오늘날 일부 독재와 전체주의 세력들이 전 세계 자유민주주의와 평화를 위협하는 것을 지켜보며 저는 차세대 지도자 양성의 필요성을 절실히 느끼게 됐습니다. 앞으로 한인사회가 발전하고 한-캐나다 가교 역할을 통해 양국의 우호협력관계를 증진하기 위해서는 올바른 가치관과 신념을 가진 한인 지도자 양성이 시급합니다.

이를 위해서는 후세들에게 조국에 대한 똑바른 역사 인식을 심어주어야 합니다.

약 20년 전 저는 우리 후손들에게 민족의 역사의식을 고취하기 위해 3.1운동 정신과 일제의 조선인 학살을 세계에 고발한

푸른 눈의 독립운동가 프랭크 스코필드 박사의 동상을 토론토 동물원에 건립하기 위해 앞장서 노력했으며 지금은 온타리오 주 정부를 대표해 한인사회의 정체성 유지와 계승을 위한 사업들을 적극 지원하고 있습니다.

『애국지사들의 이야기』 발간이 선열들의 역사를 기록한 것에서 그치는 것이 아닌 그들의 활약상과 발자취를 통해 우리 후손들에게 자긍심과 올바른 역사 인식을 함양시키고 차세대 한인 지도자 양성을 위한 귀중한 교육자료로 널리 활용되기를 희망합니다.

이 책을 읽을 우리의 2세와 3세들은 자신들의 정체성에 대해 자긍심을 갖고 더 나아가 캐나다의 복합문화가 더 크게 성장하기 위한 밑거름이 돼주시기 바랍니다. 마지막으로 애국지사들의 위대한 업적이 남김없이 기억되고 숭고한 헌신으로 써 내려간 우리 민족의 독립의지가 길이 이어지기를 기대합니다.

『애국지사들의 이야기』 발간에 노고를 아끼지 않은 김대역 회장님과 집필진, 그리고 자료수집에 도움을 주신 모든 분들께 깊은 감사의 말씀을 드립니다.

『애국지사들의 이야기』 8호 발간을 축하드립니다

김 득환
주 토론토(캐나다) 총영사

안녕하십니까. 『애국지사들의 이야기』 제 8호 발간을 진심으로 축하드립니다. 책자 발간을 위해 그간 열정과 노력을 아끼지 않은 김대억 회장님을 비롯한 회원님들께 진심으로 존경과 감사의 마음을 전합니다.

옛 속담에 천 리 길도 한 걸음부터라는 말이 있습니다. 2014년 10월 『애국지사들의 이야기』 제1권 발간이라는 큰 걸음을 시작한 이래, 지금까지 10년이라는 짧지 않은 세월이 흘렀고 금년 제 8권의 책이 나오게 되었습니다. 책 한 권당 300여 쪽수가 된다고 볼 때 지금까지 2,400여 쪽수 분량의 책이 세상에 나오게 된 것입니다.

이는 정말 쉽지 않은 길이었다고 생각됩니다. 그간 8권의 책 내용에 많은 애국지사들의 고귀한 희생과 애국정신이 소개되었으며, 소개된 분들 중에는 잘 알려진 애국지사들도 있지만, 그간 잘 알려지지 않은 분들도 많이 포함되었다는 점에서 그 의미가 더해집니다. 그리고 회원들 뿐만 아니라 차세대 청소년들도 원고작성에 참여함으로써 세대간 소통을 증진시키는 기회도 되었습니다.

8권이나 되는 방대한 양의 책 발간을 처음부터 목표하였다면 아마도 지금의 성취는 있기 힘들었을 것 같다는 생각이 듭니다. 등산가가 험한 산을 탈 때 정상에 오른다는 결과에 집착하기 보다는 한걸음 한걸음 내딛는 과정에 집중할 때 결국 어느 순간 정상에 도달할 수 있듯이 회원들께서도 매년 발간되는 책 한권 한권에 집중하고 열정과 노력을 아끼지 않았기 때문에 지금의 성취가 가능했다고 생각합니다.

8권의 책이 세상에 나오기까지는 많은 도전적인 환경이 있었을 것으로 생각됩니다. 그럴 때마다 김대억 회장님을 중심으로 회원들께서 우리 나라와 민족을 위해 그들의 삶을 희생한 애국지사들의 고귀한 조국애와 민족애를 동포들의 마음속에 심어주고 싶다는 초심을 잃지 않는 일념 하나로 묵묵히 걸어 왔기 때문에 가능하였다고 믿습니다.

다시 한번, 『애국지사들의 이야기·8』 책자 발간을 위해 김대억 회장님을 비롯, 많은 수고를 아끼지 않은 관계자분들의 노고에 진심으로 감사를 드리며, 특히 금번 8권은 표지가 새롭게 디자인되었고 내용도 더욱 다채롭고 새로운 필진도 많이 포함되는 등 더 많은 땀과 애정이 녹아있다는 점을 느낄 수 있습니다.

우리 동포 사회가 캐나다의 모범적인 커뮤니티로 성장해 나가는 과정에서 한민족으로서의 정체성을 갖고 우리 애국지사들의 숭고한 희생을 계속 기억해 나가기를 기대합니다.

『애국지사들의 이야기』8호
발간을 축하드립니다

김 정희
토론토(캐나다) 한인회장

애국지사기념사업회의 『애국지사들의 이야기』 제8호 발간을 진심으로 축하드립니다.

아울러 이시대의 선도적이며 모범적인 모습으로 쉽지 않은 여건 속에서도 묵묵히 이런 귀한 책을 펼쳐나가시는 회장님을 비롯한 임원 및 회원 또한 모든 관계자 분들의 노고에도 깊은 감사의 인사를 드립니다.

캐나다 애국지사기념사업회는 본회가 창립된 이래 동포들이 여러 가지로 한민족으로서의 자부심을 가지고 애국지사들의 민족을 위해 바친 생애에 관해서 행사 및 책을 통해 나라사랑 하는 자긍심을 한층 높혀 주었으며 후세들에게는 조국을 제대로 이해하게 하는 훌륭한 지침서가 될 것입니다.

그런 점에서 이시대에 애국 지사들의 책자 발간과 같은 사업은 계속되어야 할 것입니다.

이제 세계화가 진행될수록 뿌리깊은 민족의 힘이 더욱 중요해지는 이시대에 발간되는 애국지사들의 이야기 역사책의 철저한 보충은 물론 자료수집과 집필 등 시간과 노력이 많이 따르는 참으로 방대한 작업이라 할 수 있습니다. 이렇듯 어려운 일에 서로 도와 모두의 뜻이 함께 성장하길 바랍니다.

　다시한번 애국지사들의 이야기 제 8호 발간을 축하드리면서, 책을 통해 애국지사들의 숭고한 애국애족정신을 동포사회에서 다시한번 되새겨보는 기회가 되길 소망해봅니다.

　감사합니다.

『애국지사들의 이야기』 8호 발간을 축하드립니다

조 준상
애국지사기념사업회(캐나다) 고문

존경하는 김대억 목사님께서 회장으로 수고하시는 캐나다 애국지사기념사업회에서 이번에 『애국지사들의 이야기·8』호를 발행하시게 된 것을 진심으로 축하드립니다.

지난 2014년에 처음 출판된 『애국지사들의 이야기』 시리즈가 어느덧 여덟번 째 책이 탄생한데 대해 놀랍거니와 기념사업회의 그 지대한 노력에 새삼 경의를 표합니다.

『애국지사들의 이야기』 출판사업은 토론토 기념사업회의 핵심 프로젝트이자 올해 사업계획 중 가장 중요한 부분으로서, 소중한 결실을 맺기까지 관계자 여러분께서 숱한 고생들을 하셨다고 생각합니다.

책임감 강하고 유능하신 분들로 편집위원회를 구성하시어 수차례의 준비위원회의를 거쳐 마침내 주옥 같은 값진 책이 세상에 나오게 되었습니다.

애국지사기념사업회는 지난 3년여간 계속돼온 COVID- 19 상황에서도 중단없이 각계의 주옥 같은 원고를 수집해 방대한 분량의 책을 펴낸 것이기에 동포사회에 더욱 큰 감동을 주고 있습니다.

특히 이번에 발행된 제 8권은 지난해 60주년을 맞은 '한국-캐나다 국교수립'의 보람찬 역사와 함께 갈수록 그 연륜이 깊어지고 있어 그 의미를 더욱 빛내고 있습니다.

이 뜻깊은 책에는 일제강점기 시대의 여러 애국지사들의 헌신적인 생애와 눈물겨운 항일 독립투쟁사가 생생히 담겨 있습니다.

이를 통해 동포 1세대와 2, 3세대간 소통이 더욱 강화되어 캐나다 한인사회 발전에 더 많은 활력을 불어넣고 우리 민족의 정체성이 다음 세대로 계속 이어지길 소망합니다.

애국지사기념사업회가 발족한 지 14년이 되었지만 초창기엔 이런 단체의 필요성과 중요성을 인식하지 못하는 동포들이 많아 어려움이 컸을 것입니다.

그처럼 열악한 환경 속에서도 묵묵히 애국투사들의 고귀하고 헌신적인 민족독립정신을 동포 후손들에게 알려주기 위해 최선을 다해 오신데 대해 깊은 존경을 표합니다.

더욱이 우리같은 해외 이민사회에서 독립운동 관련 책을 만든다는 것은 무척 힘들고 어려운 일입니다. 원고 확보도 쉽지 않을 터이고 책을 편찬하는 비용도 만만치 않을 것입니다.

이처럼 애국지사기념사업회는 모국에서도 시도하기 어려운 훌륭한 일을, 이민사회라는 열악한 환경 속에서도 피땀 흘려 이룩했기에 더욱 소중하다 하겠습니다.

바야흐로 애국지사기념사업회는 모든 난관을 뚫고 올해로 여덟번 째 책을 출간하는 빛나는 업적을 이룩했습니다. 참으로 칭송받을 일이라 아니 할 수 없습니다.

우리는 말로는 일제 강점기 독립운동가들의 숭고한 희생정신을 이야기 하면서도 실제로는 잘 알지 못하는 부분이 많았는데, 이런 기획시리즈 애국지사 출간을 통해 그동안 미처 발견하지 못했던 그분들의 감동적인 민족사랑 정신을 새삼 깨닫게 됩니다.

요즘은 젊은층에서 책을 별로 읽지 않는 경향이 있는데, 이처럼 숭고한 애국지사들의 이야기를 지루하지 않고 재미있게 잘 엮음으로써 앞으로 동포 2세, 3세 청소년들에게 귀중하고 알찬 교육자료가 될 것으로 믿습니다.

이 모든 업적은 김대억 회장님 등 여러 필진이 정성을 다해 쓰신 값진 결실이라 생각합니다.

애국지사들의 숭고한 희생과 민족사랑 정신을 되새기고 동포 후손들에게 한민족의 빛나는 뿌리에 대한 자부심을 심어주기 위해 열심히 노력하시는 기념사업회의 노고에 거듭 경의를 표합니다.

애국지사기념사업회가 앞으로도 계속해서 동포사회에서 가장 존경받고 신망받는 단체로 발전해나가시길 충심으로 기원합니다. 대단히 감사합니다.

차례
애국지사들의 이야기·8

애국지사들의 이야기·8

특집

차례

황환영　　문창준　　김영선　　구자선　　윤용재　　허준혁　　조주연　　남택성

■ 한글학교 교사와 학생들의 글

■ 이사들의 목소리

김정만　　김재기　　박우삼

박정순　　백경자　　손정숙

■ 부록

애국지사들의 이야기·8

김대억
평생을 독립을 위해 바친 **우당 권동진 선생**

김운영
독립운동을 열렬하게 지원한 **장개석 총통**

명지원
남강 이승훈의 생애 - 겨레의 영원한 스승

조영권
잊혀진 독립군 **장군 오동진**

권동진(權東鎭)

[1861년 12월 15일 ~ 1947년 3월 9일]

민족대표 33인 중 한 사람으로서 한국의 독립운동가이며 정치인이다. 본관은 안동
(安東)이며 아호는 애당(愛堂), 우당(憂堂)이다. 조선말기 무신, 군인이었으며 천도
교인으로 받은 도호(道號)는 실암(實菴)이다.

》》

권동진은 이 같은 참 지도력을 발휘하여 국내에 남아 민중과 함께
조국의 고통과 아픔과 슬픔을 함께 나누며 일제와 투쟁한 민족의
스승이요, 독립 운동가였던 것이다.

– 본문중에서

평생을 독립을 위해 바친
우당 권동진 선생

김대억 (회장)

시작하면서

경술국치로 일본에게 국권을 강탈당한 우리 민족은 땅을 치
며 통곡했다. 반만년이란 오랜 세월이 흐르는 동안 천 번에 가
까운 외침을 당하면서도 지켜온 삼천리 금수강산을 섬나라 일
본에게 빼앗긴 비참함과 원통함을 주체할 수 없었기 때문이다.
그러나 운다고 잃어버린 나라를 되찾을 수는 없다는 엄연한 현
실을 흰옷 입은 이 땅의 백성들이 알게 되는 데는 오랜 시간이
걸리지 않았다. 청나라와 러시아의 대한제국에 대한 야욕을 국
운을 건 전쟁을 통해 잠재운 일본이 그들의 손아귀에 넣은 아시
아의 노른자위 한반도를 결코 내어놓지 않을 것을 한민족의 후
예들은 깨닫게 된 것이다.

그들은 울음을 그치고 일어섰다. 그리고 계란으로 바위를 치
는 것과 같은 일본과의 싸움을 시작했다. 수많은 독립투사들이
도둑맞은 나라를 되찾기 위해 목숨을 초개같이 버릴 각오로 일

제의 총칼 앞에 도전했다. 국내에서, 살인적인 추위와 사나운 눈보라가 몰아치는 시베리아 벌판에서, 죽음의 그림자와 음산한 공포가 도사리고 있는 만주의 밀림 속에서, 싸늘한 멸시의 눈초리로 동양인들을 쳐다보는 이역 땅 미국을 비롯한 지구상의 모든 곳에서 독립을 위한 전쟁을 일본에게 선포한 것이다. 독립운동가들이 일제와 투쟁한 방법도 달랐다. 외교적인 노선을 통해 상실한 국권을 회복하려 시도하기도 했고, 힘이 없어 빼앗긴 나라이기에 교육과 계몽을 통해 민족적으로 힘을 길러 일본의 압제에서 벗어나려 노력하기도 했으며, 필력으로 일제의 악랄하고 가혹한 식민통치에 맞서기도 했기 때문이다.

국내에서는 물론 중국이나 미국을 비롯한 세계 여러 곳에서 갖가지 형태의 독립운동은 우리 민족이 일제의 통치하에 신음했던 36년 간 그치지 않고 계속되었다. 그러나 잃어버린 나라를 되찾기 위한 이 모든 시도들 중에서 우리 민족 전체가 완전히 일심동체가 되어 일제에 항거하여 일으킨 독립운동이 삼일운동이었다. 기미년인 1919년 3월 1일에 서울에서 일어난 삼일만세운동은 한반도 13도 전역으로 확산되었으며, 시위 횟수는 2천여 회에 달했고, 참가인원은 2백만 명이 넘었다. 이 민족적인 항일운동을 진압하기 위해 일제는 온갖 악랄하고 잔인하며, 비열하고 야만적인 수단과 방법을 총동원했다. 그 결과 삼일운동에 참가한 사람 중 7,509명이 사망했으며, (부상자 중에서 나중 사망한 사람들과 이 통계에 반영되지 않은 이들을 합하면 사망자 수는 더 많을 것이다.) 부상자 수는 15,961명에 달했고, 체포되어 구금된 사람은

46,948명이나 되었다.

일제가 삼일운동을 진압하는 과정에서 가장 야만적이었으며, 용서받지 못할 만행은 제암리 학살사건이다. 1919년 4월 15일 경기도 수원군 향남면 발안리 장날에 1,000여 명이 모여 대한독립만세를 외치자 일본경찰이 출동했고, 그들과 충돌한 분노한 군중들에 의해 일본 순사부장이 사망하는 사건이 일어났다. 이에 대한 보복으로 일본군은 제암리 주민들을 교회에 몰아넣은 후 불을 질러 그 안에 갇힌 23명이 불타 죽었다. 거기서 그친 것이 아니라 일본군은 제암리 마을 전체를 불태운 후 승전이나 한 듯이 군가를 부르며 그 곳을 떠나갔다. 이 천인공노할 만행은 우리 민족의 영원한 친구 스코필드 박사에 의해 전 세계에 널리 알려졌다.

삼일운동의 불길은 국내에서만 타오른 것이 아니라 중국과 미국 등 전 세계로 번져 나갔으며, 이로 인해 우리 민족이 일제에게 당하는 가혹한 핍박과 탄압도 세계 모든 나라들이 알게 되었고, 일본의 만행 또한 세상 모든 사람들의 규탄의 대상이 되었다. 이 거족적인 항일투쟁인 삼일운동을 말할 때 우리는 의암 손병희 선생을 생각하지 않을 수 없다. 천도교단이 민족의 항쟁 삼일운동을 주도하여 전개했으며, 그 당시 손병희 선생이 200만 성도를 이끄는 천도교의 교주였고, '독립선언서'에 서명한 33명의 대표였기 때문이다.

그러나 여기서 우리가 또 하나 알아야 할 것은 손병희 선생 혼자 삼일운동을 계획하여 준비한 것은 아니라는 사실이다. 손병희 선생의 믿음직스러운 동지로서 또 그를 가장 존경하는 스승으로 섬긴 우당 권동진 선생이 삼일운동이 태동하고 전개되는 모든 과정에 함께 있었기 때문이다. 따라서 권동진 선생은 손병희 선생과 더불어 삼일운동을 계획하고 진행함으로 그의 삶을 민족의 독립을 위해 바친 민족의 지도자와 애국지사로서 길이 기억되어야 할 것이다.

권동진의 출생과 성장과 활동

권동진은 1861년 12월 15일 충청북도 괴산군 소수면 아성리 안심마을에서 아버지 권재형과 어머니 경주 이씨의 6남으로 태어났다. 그의 증조부 권철은 30세에 무과에 급제하여 오위도총부 부총관과 공조 참의 등을 역임하였다. 백부 권혁과 아버지도 각기 백부는 절충장군, 아버지는 경상도 중군을 지냈으며 셋째 형 용진과 다섯째 형도 무과에 급제하여 무관의 길을 걸었다. 이 같이 무인가문에서 태어난 권동진은 열여덟 살 되던 1880년에 집안이 서울 재동으로 이사하며 청소년기를 서울에서 보내며 성장했다.

19살 되던 1881년 4월에 권동진은 하도감에서 일본군 장교를 교관으로 초빙해 개설한 사관학교에 제1기 생으로 입학했다. 그는 이듬해 3월에 입학생 108명 중 10명이 졸업했다. 수석으로 졸업한 권동진은 1884년 10월 18일 갑신정변이 일어났을 때 친군 전후영 소속으로 고종의 호위임무를 수행했으며, 1

년 후에는 고종의 호위와 더불어 부정과 부패를 적발하여 조사하는 임무까지 맡았다. 1887년에는 웅천현감과 함안군수를 역임했으며, 1884년 11월 14일 함안군수와 창원부사를 겸임하던 중 실정하여 체포되었다. 그러나 1890년 2월 12일에 고종의 특명으로 석방되어 2년 후에 거문도 첨절제사가 되어 관할 지역 동학농민군을 토벌하였다. 그러다 1895년에 신병으로 거문도 첨절제사를 사직하고 서울로 돌아왔다. 그 해에 청일전쟁에서 승리한 일본은 전승국으로서 막대한 배상금을 얻어냈으며, 그 해 10월 8일에 일본공사 미우라가 서울에 주둔하고 있던 일본군 수비대와 낭인배를 이끌고 경복궁을 기습하여 고종의 황후인 중전 민씨(명성황후)를 참혹하게 살해하고 그 시신을 불태우는 을미사변을 일으켰다.

을미사변은 무인 집안 출신으로 그때까지 군인으로 살아온 권동진의 인생의 전환점이 되었다. 그때 그는 서울에 머물면서 새로 편성된 군련대에 근무하고 있었는데, 그 부대의 제2대장이었던 그의 형 권형진과 그들의 동지들 8명이 황후가 살해되던 밤에 담을 넘어 경복궁에 침입했다. 그러나 그들이 그날 밤 경복궁에 잠입해 들어간 것은 미우라 공사를 도와 명성황후를 살해하기 위해서가 아니었다.

원래 권동진은 친 일본적인 개혁을 지향하는 김옥균, 손병희, 김홍집을 존경했으며, 그들을 구한말의 인물로 꼽았다. 때문에 권동진은 소위 '일본식 개혁'을 원하는 사람들과 함께 대원군의 편에 서서 민비와 그녀의 친족세력을 포함한 수구 세력들을 제거하기를 원했다. 때문에 권동진이 그의 형 권형진의 일부 세력과 함께 을미사변이 일어나던 밤에 경복궁에 들어간 목적은 '민비시해'가 아니라 대원군을 옹립해 민비를 폐위시키기 위함이었다. 일본이 을미사변을 일으켜 민비를 살해한 것은 친러정책을 추진하는 그녀를 제거하여 대한제국을 넘보지 못하게 함에 있었다. 이에 반해 권동진이 추구한 것은 대원군의 의도대로 민비를 폐위시켜 그녀가 지향하는 친러정책을 저지시키고 일본식 개혁을 성사시키기 위함이었다.

을미사변으로 명성황후가 참혹하게 살해되자 권동진이 '낙망과 후회의 탄식'을 참지 못한 것을 보면 을미사변이 일어나던 밤에 그가 경복궁에 침입한 것은 '군신의 도를 밟아' 민비를 폐위시키기 위함에 있었던 것임을 알 수 있다. 이처럼 권동진은 일본공사 미우라가 단행한 이른바 '여우사냥'에 의해 살해된 민비의 죽음과는 연관되지 않았다. 이 같은 사실은 후일 고종의 조칙에서도 밝혀졌다. 그러나 을미사변이 일어나던 시각에 그가 그 현장에 있었다는 사실과 을미사변으로 신변에 위협을 느낀 고종이 러시아 공사관으로 피신해 들어가는 '아관파천'이 일어난 직후인 1896년 2월 11일 권동진은 역모자라는 억울한 누명을 쓰고 일본으로 망명의 길을 떠났다.

권동진의 일본 망명생활

그의 형 권형진을 비롯하며 조희연, 유길준 등과 함께 일본에

도착한 권동진은 도쿄에 있는 육군성 차관 고다마 겐타로 관사에 기숙하면서 병학공부를 했으며, 실전훈련도 받았다. 일본 육군성에서 경리사무를 보았다는 기록도 남아있다. 권동진이 국사범이 되어 일본으로 망명하여 10여 년을 지내는 동안 언제, 어디서, 무엇을 했는지에 대해서 정확하게 알려진 자료는 없다. 하지만 그는 망명 직후 도쿄에서 일본 육군에 관한 연구와 사무에 관련했으며, 일본 각지를 다니면서 문물제도를 탐지하며, 일본 각처에 산재해 있는 산업시설들을 둘러보았다. 아울러 정치, 경제 등 여러 분야의 인물들을 만나 식견을 넓혔다.

권동진이 일본에서 접촉한 사람들은 지명도가 있는 일본인들만이 아니었다. 그와 같이 일본에 망명해 있는 박영효, 조희연, 장박, 유길준, 유세남 등과 교류하면서 빠르게 변화하는 세상에 대처할 자세를 확립하기 위한 노력을 계속했기 때문이다. 그러나 망명자의 신분이었기 때문에 권동진은 하루하루를 불안하고 초조하게 지내야 했다. 우선 그는 경제적으로 심히 안정되지 못한 생활을 해야 했다. 일본 정부에서 한국의 망명자들에게 지급하는 생활보조금이 있기는 했지만 생활비로서는 턱없이 부족한 금액이었다. 때문에 그는 이곳저곳을 다니면서 족자를 써주거나 그림을 그려주는 대가로 받는 돈으로 어렵게 생활을 해나가는 수밖에 없었다. 일본 정부가 그를 포함한 망명자들을 보호하는 면도 있었지만 그들은 일본의 감시의 대상이기도 했다. 때문에 권동진과 망명자들은 쫓기는 자의 공포와 불안에서 해방되지 못한 채 살아야 했다.

그런 상황 속에서도 권동진은 그와 함께 일본에 온 형 권형진과 우범선 등과 함께 유신 후에 급격히 변화하고 발전하는 일본의 모습과 일본의 법률 그리고 유럽 여러 나라들의 독립 운동사를 번역하여 한국으로 보냈다. 우리나라도 속히 급변하는 세계 정세에 합류하여 일본을 비롯한 미국과 유럽 국가들과 어깨를 나란히 할 수 있게 만들어야겠다는 충정심의 발로였다고 믿어진다. 이처럼 권동진은 어렵고 힘든 망명생활을 하면서도 나라와 민족을 사랑하는 마음으로 조국을 위해 그가 할 수 있는 모든 노력을 아끼지 않았다.

하지만 한국 정부는 그를 비롯하여 일본에 머물고 있는 망명자들의 소환을 요구하고 있었다. 한국 정부가 그 같은 입장을 취한 것은 을미사변 때 일본측에 가담한 까닭에 일본으로 망명한 소위 '을미역적'들을 속히 소환하여 처벌하라는 요구가 날로 강해졌기 때문이었다. 일본 정부는 그 당시 일본에 체류하는 망명자들을 감시하고 감독하면서도 그들을 배려하는 입장을 취하고 있었다. 일본이 한국을 침탈하는 과정에서 망명자들은 이용가치가 있었고, 앞으로도 그럴 수 있다고 여긴 까닭이었다.

그러나 비록 적기는 했지만 망명자들을 위한 경제적 지원이 부담이 되기 시작했을 뿐만 아니라 한국 정부의 강도가 높아가는 그들에 대한 소환 요구를 묵살할 수만은 없게 되었다. 따라서 일본 정부는 '순차적으로 망명자들의 이름을 바꿔 서울에서 멀리 떨어진 곳으로 보내고, 일본 영사가 8-9개월 간 경제적으로 지원하면서 신변을 보호하는 계획을'(이용창: 53 페이지) 수립했다. 그러나 이 계획은 실행되지 못했다. 어쨌든, 한국과 일본 정부가 망명자 문제로 이 같이 대립하고 있을 때 권동진의 형 권형진과 또 다른 국사범 안경수가 자수하자 한국 정부는 그들을 처형했다. 이 사건으로 망명자들로 인한 문제로 양국 정부간에 더욱 미묘한 관계가 형성되어 갔다. 결국 양국 정부는 망명자 문제로 더 이상 정치적으로나 외교적으로 대립하지 않기로 합의하게 되었다.

그들로 인한 한국 정부와 일본 정부의 갈등 속에서 경제적 문제에서 오는 압박까지 받으면서 지내던 권동진은 의암 손병희의 만남을 계기로 완전히 새로운 인생길을 걷게 되었다. 1897년 12월 천도교의 제3대 교주가 된 손병희는 1901년 3월에 빠르게 변하는 세계의 흐름을 체험하여 동학을 확고한 종교단체로 재건하기 위해 동생 손병흠과 이용구를 대동하고 미국시찰을 계획했다. 그러나 오사카에서 배편으로 미국으로 가려던 그의 계획이 뜻밖의 사고로 무산되자 그는 오사카에 거처를 마련해야 했다. 그때 오사카를 방문했던 권동진이 그와 만나게 된 것이다.

손병희를 만나기 전까지 권동진은 무인 가문의 출신으로 군인의 길을 걸었다. 그러나 손병희를 알게 됨으로서 그는 "종교인이자 책략가로, 변혁을 이끄는 실천적인 지식인으로서 나라 잃은 자로서 '완전한 자주국가 수립'에 투신하는 삶을 살게 되었다."(이용창: 62페이지) 그들이 만나는 순간부터 손병희는 권동진이 가장 아끼는 동지와 제일 존경하고 따르는 스승이 되었다.

그들은 의형제가 되었으며, 집안끼리도 형제처럼 지냈다고 권동진의 증손자 권혁방이 들려주고 있다.

손병희와 만난 후에 권동진의 인생행로가 어떻게 변했는가를 장석흥 교수는 다음과 같이 말해주고 있다. "손병희와의 만남은 그의 행로를 바꾸는 결정적 계기가 되었다. 타고난 무인 체질인 그였지만, 손병희와의 만남을 통해 천도교의 인내천 사상에 감복하고, 급기야 천도교에 입교한 것이다. 이후 귀국하기까지 그는 손병희, 오세창 등과 굳게 결합하여 민족의 장래와 천도교의 나아갈 길을 모색해 갔다."(장석흥: 3페이지)

망명에서 돌아온 권동진의 국내 활동

권동진은 1906년 1월에 손병희, 오세창 등과 같이 귀국했다. 그는 일본에 체류할 때 한국 정부에서 '귀국 절대 불가 및 추방 대상자'로 분류된 14명 중의 하나였다. 그런데도 그가 당당하게 돌아온 것은 한국 정부가 그와 손병희에게 일진회를 통제해 달라는 신호를 보내왔고, 그들이 그 같은 한국 정부의 요청을 수락한 것으로 사료된다. 하지만 귀국한 후에도 손병희는 일진회와의 관계를 유지했다. 일진회는 1904년 8월에 손병희, 윤시영, 이용구 등이 만든 친일 단체로서 조선 통감부의 배후조정을 받아 1910년 대한제국이 국권을 상실할 때까지 일제의 앞잡이 노릇을 한 단체다. 그런데도 손병희는 당시의 여러 가지 상황을 종합적으로 분석하고 판단하여 서두르지 않고 일진회와의 관계를 매듭짓는 것이 현명하다고 생각했던 것 같다.

이에 반해 권동진과 오세창은 일진회의 세력을 꺾어 버리고자 시도했다. 하지만 손병희가 신뢰하는 이용구는 일진회의 지방지회 해산을 제지하려 했다. 권동진의 의도대로 천도교가 일진회와의 관계를 청산하는 것을 원하지 않았던 것이다. 하지만 1906년 9월 17일 천도교단은 일진회와의 관계를 매듭지었다. 이때 이용구와 손병준을 포함한 많은 천도교 교인들이 출교당하거나 자진하여 교단을 떠나갔다. 이 때문에 천도교단은 인적으로 또 재정적으로 상당한 손실을 보았다. 그러나 이를 계기로 손병희는 천도교단 내에 그의 단일 지도체제를 확립함과 동시에 권동진과 오세창 등과 더불어 천도교의 종교적 역할에만 주력할 수 있게 되었다. 그 결과 권동진은 손병희의 일급 참모로서 천도교단이 지향하는 문화개화 운동에 주력하게 되었다. 이러던 중 1907년 9월 6일 권동진은 고종의 특명으로 김홍집, 유길준 등과 함께 국사범으로부터 사면되었다.

일본에서 돌아온 후 천도교단의 정비와 교단이 추구하는 민족운동에 활발하게 참여하던 권동진은 고종으로부터 사면을 받자 더 적극적으로 교단 내외의 일에 참여하던 중 1907년 10월에 설립된 대한협회의 발기인이 되었다. 대한협회는 1906년에 창당되어 국민계몽운동을 전개하며 일제의 침략정책에 항거하던 대한자경회가 조선 통감부에 의해 강제로 해산당한 후에 설립되었다. 일제가 대한자경회를 해산시킨 후 대한협회를 창립하도록 허락한 것은 한국의 반 일본적인 지식인들을 한 단체에 규합시킨 후 그들을 주시하며 회유하여 그들로 하여금 적극적이고 직접적인 반일운동을 하지 못하게 하기 위함이었다. 대한협회가 태동할 때 발기인이 10명이었는데 천도교단 대표인 권동진과 오세창 2명을 제외한 나머지 8명은(남궁준, 여병현, 유근, 윤효정, 이수영, 장지영, 정운복, 홍필주) 모두 해체된 대한자강회의 주요 간부들이었으며, 구성된 임원진에도 대한자강회 출신이 절반 이상 선정되었다.

대한협회는 정치변혁을 지향하는 입장을 취했으며, 통감정치를 인정하고 합법적인 틀 속에서 현상유지를 통한 실력양성을 하는 것이 민족의 장래를 위한 최상의 길이라 믿었다. 꾸준히 인내하고 기다리며 실력을 기르면 보호국 체제에서 벗어나 자주독립 국가를 이룰 수 있다고 보았기 때문이다.(이용창: 106페이지) 이처럼 실력을 양성하면 국권을 회복할 수 있다고 믿었던 권동진은 전국 각지에서 일어나는 의병들의 애국심은 인정하면서도 그런 방법으로는 나라를 구할 수 없다고 생각했다.

1895년 을미사변의 현장에 있었던 까닭에 일본으로 도피할 수밖에 없었던 권동진은 10여 년의 망명생활을 끝내고 돌아온 후 군인 아닌 종교인으로서 천도교의 재건을 위해 또 일제의 압제 밑에서 신음하는 나라를 구하기 위한 일에 그에게 주어진 모든 능력과 힘을 발휘했지만 결국 대한제국은 1910년 8월 29일 일본에게 합병 당함으로 경술국치라는 우리 민족의 역사상 가장 슬픈 역사의 한 장이 기록되게 되었다.

그러나 한민족의 후예들은 반만년의 역사와 전통을 지닌 우리나라가 섬나라 일본의 식민지가 되는 것을 우리 민족의 운명으로 받아들이지 않았다. 수많은 나라를 사랑하는 애국동포들이 빼앗긴 나라를 되찾기 위해 일어섰다. 일제의 감시와 통제가 미치기 힘든 중국이나 미국 등을 독립운동의 터전으로 삼은 이들도 많았다. 권동진도 국내에 머무르며 일제와 싸워야 할 것인가 아니면 또다시 국외로 망명하여 독립운동 전선에 참여할 것인가를 놓고 심각하게 고민하지 않을 수 없었다. 오랜 망설임 끝에 권동진은 국내에 남아 그의 견고한 기반이 있는 천도교를 통한 종교운동을 전개하며 민족의 독립운동을 펼쳐 나가기로 결단했다.

1919년 3월 1일, 탑골공원에 학생들이 주축이 된 수많은 인파가 몰려들기 시작했고 오후 2시가 되자 그들은 태극기를 꺼내 흔들며 "대한독립 만세"를 힘차게 부르기 시작했다. 잃어버린 나라를 다시 찾고자 일어난 독립운동 중 제일 큰 규모로, 가장 치밀한 준비를 거쳐, 모든 국민이 참여하여, 삼천리금수강산 구석구석에서, 그리고 국외에까지 파급되어 우리 민족이 얼마나 독립을 갈망하고 있는가를 전 세계에 알린 삼일운동의 시작이었다. 막강한 힘을 가진 일본을 향한 이 같은 범민족적인 항거가 일어난 까닭은 무엇일까? 이 운동을 주도한 이들은 삼일독립운동이 계란으로 바위를 치는 것 같은 무모한 시도임을 알고 있었을 텐데도 말이다. 그리고 전국의 민족 지도자들이 대거 참여한 이 거창한 독립운동을 계획하고 준비하는 동안 어떻게 철통 같은 총독부의 정보망을 피할 수 있었을까를 살펴보는 것은 필요하고도 중요한 일이 아닐 수 없다.

　1910년 8월 29일 총칼로 위협하여 한인합병조약을 체결한 일본은 가혹하고 무자비하게 우리 민족을 핍박하고 탄압했다. 조금이라도 그들에게 항거할 틈을 주지 않고 아시아의 계란 노른자위 같은 한반도를 완전히 그네들의 소유로 만들기 위해서였다. 그러나 그들의 의도와는 달리 우리 독립투사들은 국내외에서 급변하는 세계정세를 주시하면서 갖가지 방법으로 일제에 대한 투쟁을 멈추지 않았다. 이런 가운데 제1차 세계대전이 연합군의 승리로 끝나고 불란서 수도 파리에서 열린 평화 강화회의에서 미국 대통령 윌슨이 "각 민족의 운명은 그 민족 스스로 결정하게 하자."는 이른바 민족자결주의를 제창했다. 이 소식을 접한 국내외의 독립운동가들 사이에 우리에게 독립으로 향하는 기회의 문이 열릴지도 모른다는 희망이 싹트기 시작했다.

　당시 중국에 있던 여운형은 이 절호의 기회를 놓치지 않기 위해 '신한청년당'을 조직하여 파리강화회의에 영어에 능통한 김규식을 파견하고, 국내에는 일본어에 능한 장덕수를 보냈다. 1918년 12월부터 오세창과 민족의 장래를 생각하며 세계정세를 살피던 권동진은 윌슨 미국 대통령이 파리 평화회의에 제출한 14개 조의 의제 중에 '민족자결주의'가 있는 것을 보고 오세창과 최린을 만나 의논한 결과 한국도 국내외의 독립운동에 민족자결주위를 적극 활용하기도 의견의 일치를 보았다. 이 같은 결정을 한 그들은 이 일을 함께 추진할 동지들을 규합하기로 하고, 최린에게 대외 인물들을 접촉하는 임무를 맡겼다. 최린은 최남선을 대외 창구로 삼고 김윤식과 윤용구를 접촉했다. 최린이 오세창과 함께 기독교의 이승훈과 더불어 독립운동을 준비하고 있다는 소식을 전하자 권동진은 그들과 같이 손병희를 만나 천도교가 기독교와 손잡고 민족의 독립을 추구하는 문제를 논의했다. 손병희는 권동진, 오세창, 최린의 제안을 기쁘게 받아들였다.

권동진, 오세창, 최린 3인은 기독교외에 불교와 유림 등 각 교단을 총망라하여 독립운동을 위한 연합전선을 확대하기 시작했다. 한편, 일본 도쿄에서는 한국 유학생들이 2월 8일에 이른바 '2.8 독립선언서'를 발표했다. 그들도 윌슨 미국 대통령의 민족자결주의에 관해 듣고 이 기회를 살려 독립운동의 불씨를 돋우어야겠다고 생각했던 것이다. 윌슨의 민족자결주의를 근거로 독립운동을 보다 적극적으로 준비하는 이들은 삼일운동의 3대 원칙을 정했으니, 민족적 거사는 대중화되어야 하고, 일원화되어야 하며, 비폭력적으로 진행되어야 한다는 것이었다.

천도교단이 주축이 되어 삼일독립운동을 이처럼 구체적으로 준비하고 있을 때, 국내외의 동포들도 모두 민족의 독립을 쟁취하기 위해 보다 강력하고 적극적으로 나서야겠다고 느끼고 있었다. 이 같은 상황에서 고종 황제가 붕어하셨다. 건강에 별 이상이 없었던 68세의 고종이 돌연 사망하자 모두가 경악하였고, 그의 죽음이 일제에 의한 독살이라는 소문이 퍼지자 민족적인 울분이 촉발됨과 동시에 많은 사람들이 일본에 대한 적개심과 증오감을 품게 되었다. 다시 말해, 고종의 갑작스런 붕어는 이미 그 준비가 진행중이었던 삼일독립운동을 더욱 강하게 추진시키는 결정적인 요소로 등장하게 된 것이다.

월슨 대통령의 민족자결주의 제창으로 조성된 국제사회의 분위기와 이에 따른 국내외의 독립투사들의 뭉쳐진 독립에 향한 민족적 염원을 등에 업은 권동진과 오세창과 최린은 천도교 교주 손병희를 중심으로 삼일운동 준비에 박차를 가하고 있었다. 우선 독립선언은 3월 1일 오후 2시 서울 탑골 공원에서 하기로 하고, 그날 발표할 독립선언서는 '과격한 내용을 피하고 온건한 문장으로 하자.'는 방침을 정했다. 독립선언서는 외부 인사들과의 접촉을 책임진 최린이 최남선에게 의뢰하여 작성하기로 결정했다. 이 독립선언서에 서명할 민족대표로 33인을 선정했으며(천도교 15인, 불교 2인, 기독교 16인), 33인의 대표는 삼일운동 준비위원장의 역할을 담당한 천주교주 손병희가 맡기로 했다.

이 거창한 민족의 독립운동을 계획하고 준비한 실무책임자 격인 권동신은 한국이 일본의 속국으로부터 해방되어 자주독립국가가 되기 위한 투쟁을 계속해야 하는데, 삼일운동은 그 목적을 달성하기 위해 씨를 뿌리는 것과 같다고 생각했다. 물론 그는 삼일독립운동을 일으켜 독립을 선언하면 민족자결주의의 원칙에 따라 한국이 국제적으로 독립국가로 인정될 가능성을 배제하지는 않았다. 그러나 삼일운동을 일으킨다고 한국의 독립이 당장 이루어지지는 못할지라도 이 운동이 심는 독립의 씨가 자라나, 싹트고, 꽃피어 한국이 자주독립국가로서 우뚝 서는 열매가 맺어질 날이 올 것을 권동진은 믿고 있었던 것이다.

거족적인 삼일독립운동이 사냥개 보다 날카로운 후각을 지닌 일경의 정보망에 걸려들지 않은 채 진행될 수 있었던 것은 기적이었다. 하지만 이 운동을 위한 준비모임이 진행되는 과정에서 삼일운동의 전모가 일제에게 노출될 수 있는 여러 차례의 위기가 있었다. 독립선언서가 인쇄되어 운반될 때도 파출소 순경에 의해 검색을 당하는 아슬아슬한 순간도 있었지만 행운의 신은 우리 민족을 버리지 않았다. 그 전에 삼일운동에 관한 정보를 입수한 골수 친일파 형사도 있었다. 하지만 민족적 양심의 발로인지 그도 침묵함으로 삼천만 동포가 외쳐대는 '대한독립만세'가 천지를 진동시킬 때까지 삼일운동 준비는 철통 같은 보안 속에 진행되었다. 역사의 주관자이신 하나님께서 우리 민족과 함께 하셨다고 밖에는 볼 수 없다고 확신한다.

마침내 거사를 하루 앞둔 2월 28일이 되었다. 그날 저녁 정춘수, 길선주, 김병조, 백상규 등 4명을 제외한 민족대표 29명이 손병희의 집에 모였다. 그 자리에서 권동진은 독립선언서는 배포만 하고 탑골 공원에서는 낭독하지 말고, 낭독할 장소를 바꾸자고 제안했다. 3월 3일로 예정된 고종의 장례식에 참석하기 위해 수많은 사람들이 상경해 있음으로 서울 한 복판에서 독립선언서를 낭독하게 되면 일경과의 충돌이 불가피하게 되어 무저항주의의 원칙이 무너지고 불상사가 일어날 가능성이 농후하다는 것이 그의 우려였다. 이 같은 권동진의 제의가 받아들여져서 독립선언서는 3월 1일 민족대표들이 태화관에 모여 낭독하기로 애초의 계획을 변경하였다.

기미년 3월 1일 정오가 가까워지면서 탑골 공원에 모여든 인파는 4,5천 명에 달했다. 한편, 민족대표 33명 중 29명이 태화관에 집결했다. 오후 2시가 되자 탑골 공원에 운집한 학생들 중 누군가가(일설에 의하면 그는 해주 출신 기독교 지도자 정재용이라 알려져 있다.) 단 위에 올라 독립선언서를 낭독하자(이는 계획에 없던 일이었다.) 학생들은 '대한독립만세'를 외치며 탑골 공원을 나섰고, 수많은 군중들이 합세하여 만세행진을 이어갔다. 그 시각, 태화관에 모인 민족대표들은 한용운이 독립선언서를 예정했던 대로 발표하게 된 것을 축하한다는 연설을 들은 후 독립만세를 부른 후 축배를 들고 들이닥친 일경들에 의해 체포되어 연행되었다.

권동진은 일제에 의해 재판을 받고 3년 징역형을 선고 받아 서대문 형무소에서 옥고를 치루고, 1921년 12월 22일 오세창, 이종일, 최린, 김창준, 한용운, 함태영과 함께 출옥했다. 삼일운동으로 우리민족은 독립을 쟁취하지는 못했다. 그러나 삼일운동이 일어난 40여일 후인 1919년 4월 11일에 중국 상하이에 대한민국 임시정부가 수립되었다. 뿐만 아니라 삼일만세운동은 일제의 압제에 억눌려 있던 한국인들이 민족의식을 깨우치는 계기가 되었으며, 국제사회가 일제의 탄압을 받으며 신음하는 한국에 대한 인식을 달리하게 했다. 전국적으로 확산하는 삼일운동을 진압하면서 일제가 보여준 잔인하고, 악랄하고, 야만적 처사들을 목격한 캐나다와 미국의 선교사들이 일본의 만행을 전 세계에 알린 사실 또한 이 운동이 거둔 큰 결실중의 하나가 아닐 수 없다.

특별히 삼일운동을 계기로 우리의 독립운동을 격려하고 지원하며 또 참여하는 나라들이 늘어나기 시작했다는 사실 또한 이 운동으로 뿌려진 씨앗이 맺은 크나큰 결실이라 믿는다. 삼일운동과 관련해서 또 하나 잊지 말아야 할 것은 이 운동을 계기로 일부 골수 친일분자들을 제외한 우리 민족 모두의 독립을 원하는 마음은 하나이며, 뜨겁고 간절하다는 사실이다. 아울러, 삼일독립운동은 전 세계에 한국의 강한 독립의지를 알렸으며, 해방 후 대한민국이 독립국가가 될 수 있는 자격을 가춘 국가임을 국제사회가 인정할 수 있는 하나의 요소가 되었다는 사실도 기억해야 할 줄 안다.

삼일운동을 계획하고 준비함에 있어 천도교단이 보여준 위상은 참으로 큰 것이었다. 그러나 삼일운동 이후 천도교단은 일제의 심한 탄압과 감시의 대상이 되었으며, 내부적으로도 커다란 위기를 맞이하게 되었다. 1925년부터 이른바 구파와 신파의 대립이 심해졌음은 물론 교단운영체제를 '중앙집권에서 지방분권'으로 바꾸고, 수직으로 되어있던 중앙집권제를 철폐하여 수평체제로 전환하자는 교단혁신운동파가 등장했기 때문이다. 1919년 3월 1일 태화관에서 독립선언서를 낭독한 후 일경에게 체포되어 수감되었던 손병희와 권동진이 1921년 12월 22일 출감한 후에도 천도교단을 안팎으로 둘러싼 위기는 해소되지 않았다. 그들이 출감하여 교단으로 돌아왔다고 천도교단을 향한 일제의 감시가 완화된 것도 아니고, 교단내의 대립과 갈등이 해소되지도 않았고, 해결될 기미도 보이지 않았기 때문이다.

이 시기에 출소한 권동진은 60이 넘은 나이에도 불구하고 넓고 깊은 민족주의자의 면모를 잃지 않고 일제와 타협하며 자치운동을 주도하는 최린계의 신파에 대항하여 사회주의 세력과의 협동전선을 모색하고 있었다. 그가 이 같은 자세를 취한 것은 민족의 자주독립을 이루려면 사회주의도 수용할 수 있어야 한다고 믿은 까닭이었다. 권동진이 그 같이 생각하게 된 것은 그가 '인류주의'에 깊은 관심을 보이면서 부터였다. 그때 권동진은 그가 끝까지 보필했던 손병희가 1922년 5월 19일에 서거한후 천도교단의 핵심 전통세력으로서 이종린과 더불어 현실적으로 불가능한 독립을 포기하고 일제와 타협하여 "후일을 도모하자."는 최린계와 대립하고 있었다. 최린계는 일제를 향한 무모한 도전을 중지하고 그들과 타협하자는 노선을 택했을 뿐만 아니라 그 당시 국내의 지식층들에 의해 받아들여지고 있었던 사회주의 사상을 견제하며 배척하고 있었다.

이에 반해, 권동진과 이종린은 일제와는 타협할 수 없다는 입장을 고수하면서 사화주의 세력과는 협력할 길을 찾고 있었다. 권동진이 인류주의를 이상적인 주의로 받아들였기 때문이다. 그는 인류주의의 핵심을 "인류를 위한 진리, 복리에 기반하고, 천부의 평등자유를 지향하는 것"(장석흥: 4페이지)이며, 사회주의에는 모든 인간을 자유롭고 평등하게 살 권리가 있다는 생각이 녹아있다고 보았다. 때문에 그는 사회주의 노선을 걷는 이들과의 협동전선을 모색하고 있었던 것이다. 권동진은 이처럼 천도교라는 종교의 세계에 안주하지 않고, 급변하는 시대에 부응하는 독립운동을 추구했다. 이런 그의 신념은 이 후에 전개되는 6.10만세운동, 신간회 창립, 광주학생운동 등에 구체적으로 반영되었다.

6.10만세운동의 발원지는 중국 상하이였다. 조선공산당 임시 상해부는 천도교가 삼일운동의 주도적인 역할을 담당했던 사실을 알고 있었다. 뿐만 아니라 삼일운동 이후 권동진을 주축으로 한 천도교 구파가 사회주의 통일전선을 구축에 적극성을 보이고 있음도 알고 있었다. 때문에 그들은 천도교와 제휴하여 학생층을 포함하여 다양한 주체들을 참여시켜 정치이념을 초월한 삼일운동 같은 거족적인 만세운동을 구상했으니, 그것이 곧 6.10만세운동이었다. 그들은 6.10만세운동을 두 번째 삼일운동으로 확대시키는 것을 목표로 삼았다. 이때 그들과 천도교 구파 사이를 연결하는 다리 역할을 한 인물이 박래원과 박재홍이었다. 박래원과 박재홍은 1926년 신파 주도하의 천도교 청년당을 탈퇴하여 1926년 4월에 구파측 천도교 청년연맹을 결성한 주역들이다.

권동진을 위시한 천도교 구파 지도자들은 6.10만세운동 준비에 표면에 나서지 않았다. 삼일운동을 주도한 까닭에 일제압박과 핍박 그리고 집중적인 감시의 대상이 되었던 것을 의식해서였다. 그러나 천도교 구파와 상하이의 조선공산당은 6.10만세운동을 민족통일전선으로 이끌기 위한 대한독립당을 결성하고자 했다. 사회주의 세력, 민주주의와 종교계 인물들 그리고 청년층의 혁명세력을 대한독립당에 결집시켜 6.10만세운동을 삼일운동에 버금가는 민족적인 항일투쟁으로 전개하기 위해서였다. 그러나 삼일운동을 사전에 탐지하지 못한 쓰라린 경험을 지닌 일제의 감시망에 탐지되어 인쇄되어 보관 중이던 격문 5만 장이 압수당하고 박래원과 박인호를 포함한 수많은 관련자들이 체포되었다. 권동진, 오세창, 이돈화 등 천도교 관계자 수백 명도 검거되었으나 표면에 나서지 않았던 까닭에 곧 석방되었다.

구파가 주축이 된 천도교단과 조선공산당이 계획하고 추진한 6.10만세운동은 결행되지 못하고 무산되었다. 그러나 순종의 장례일인 6월 10일에 조선학생 과학연구소와 고등보통학교 학생 세력인 '통동계'를 중심으로 한 만세운동이 전개되었다.(이용창: 161페이지) 6.10만세운동이 계획한 대로 대규모로 일어나지는 못했다. 그러나 권동진의 천도교 구파와 사회주의 세력이 연대하여 추진하였던 이 운동의 정신은 정치, 사상, 종교를 초월한 민족적인 독립운동이 일어날 수 있다는 가능성을 보여 주었다. 삼일운동이 종교이념을 넘어선 민족적인 독립운동이었다면, 6.10만세운동은 성사되었다면 정치와 사상의 이념을 초월한 민족운동이 되었을 것이다.

권동진은 1927년 1월 19일 이종린, 박래원 등과 발기인이 되어 신간회 발기대회를 열었다. 그가 발기인이 되어 신간회를 창립한 것은 6.10만세운동의 의도와 정신을 신간회를 통해 부활시키기를 원했기 때문이었다. 민주주의와 사회주의 세력들이 결집하여 창립된 신간회는 1931년 5월까지 회원수가 3,4만에 달하는 강력한 항일단체가 되어 광주학생운동, 민중대회운동,

야학운동 등을 주도하였다.

　권동진은 신간회 창립의 발기인이었을 뿐만 아니라, 규칙심사위원, 평의원, 부회장을 거쳐 회장까지 역임하며 신간회 내 우파 세력 확립을 열정적으로 담당했다. 권동진의 신간회에 대한 사랑은 참으로 커서 10만원이 생긴다면 인재를 양성하거나 신간회 본부 회관건축에 앞서 신간회의 사업자금으로 쓰겠다고 공언했을 정도였다. 권동진이 신간회에 대해 이처럼 놀라운 집념을 지닌 것은 신간회 활동을 통해 민족의 독립을 위해 필요한 모든 세력들을 포용하여 '연합전선'을 형성하기 위함이었다. 단결된 민족의 힘으로 성취 못할 것이 없다는 것이 권동진의 신념이었으며, 그는 신간회을 통해 민족이 단결되는 '협동전선'과 '통일전선'이 이루어지게 되면 민족의 독립은 반듯이 이루어 질 수 있다고 그는 굳게 믿고 있었다.

　권동진이 천도교단 구파의 원로로서 신간회를 통해 우파 세력은 물론 소위 민족주의 좌파 세력까지 감싸 안고 독립을 위한 민족의 단합을 위해 혼신의 힘을 기울일 때 광주학생 사건이 터졌다. 6.10만세운동 이후 일제는 반일적인 사상운동과 학생궐기운동 등 한국민족의 대대적인 반격과 도전에 직면하고 있었다. 그런 시국에 광주에서 한국 학생들과 일본인 학생들 사이에 일어난 충돌을 일경이 지나치게 편파적으로 처리하자 한국 학생들이 민족차별에 대한 분노와 반일 감정이 폭발하여 대규모의 항일학생시위가 일어난 것이다. 그러자 신간회는 사건의 정확한 진상을 파악하기 위해 사람을 광주로 보내고, 민중대회를 계획했으며, 1929년 12월 9일 저녁, 집행위원장 집에서 권동진을 비롯한 11명이 13일에 대대적인 시위운동을 벌이기로 결의했다. 그러나 이 정보를 입수한 일경은 거사날인 13일에 권동진 등 40여 명을 체포했다. 70이 가까운 고령의 나이에 체포된 권동진은 이듬해 1월 6일에 석방될 때까지 한 달 가까이 서대문 형무소에서 고초를 겪어야 했다.

석방된 권동진은 노구를 이끌고 천도교단의 단합을 위해 또 민족의 독립을 위해 동분서주했다. 하지만 최린을 주축으로 하는 천도교의 신파는 독립운동과 연관된다는 명분을 내세우며 자치운동을 전개했으며, 신간회 해소운동까지 벌였다. 이에 반해 권동진과 오세창이 주도하는 구파는 최린의 신파가 친일자세를 취하는 것에 주목하며, 그들이 신간회를 제지하려는 시도를 좌절시키기 위해 총력을 기울였다. 그러나 결국 신간회는 해소되고, 최린을 중심으로 한 천도교단의 신파는 노골적으로 친일노선을 이어갔다. 그런 와중에도 구파 지도자 권동진과 오세창 등은 일제의 집요하고 간교한 회유와 핍박을 이겨내며 교육을 통한 인재양성에 주력하며 민족의 해방을 앞당기기 위한 시도를 멈추지 않았다.

그를 30여 년 간 스승으로 섬겼던 이종린은 권동진의 인품과 인격을 다음과 같이 평했다. "세상에 그의 벗, 그의 동지가 많겠지만 씨를 아는 점에 있어서 나를 따를 이 없다고 자신하는 바이니, 그의 생애는 오직 '일'에 있을 뿐이요, '뒷걸음'이나 '못함'이 없음을 나는 잘 아노라. 오세창씨와 권동진씨의 두 분의 성격을 생각해 볼 때 좋은 대조를 발견할 수 있으니, 오세창씨는 '꼭 해서 성공할 일'에만 착수하고, 권씨는 '성패이둔'은 다음으로 미루고, 그 일이 해야 할 일이면 앞뒤 돌아보지 않고 오직 앞으로 매진할 뿐이다…. 그런 까닭에 일을 잘 벌려 놓고, 간혹 수습을 잘 못하는 결점이 권씨에게는 있다. 그리고 28년 동안 권동진씨에게 사심이 없는 일사를 나는 경험으로 알고 존경하기를 불이 하였다."(장석홍: 6페이지)

권동진의 목표는 '일'에 있지 지위나 권력이나 사람들에게 인정받는 데 있지 않았고, 인내와 관용과 용기를 지닌 진정한 지도자였다. 권동진은 이 같은 참 지도력을 발휘하여 국내에 남아 민중과 함께 조국의 고통과 아픔과 슬픔을 함께 나누며 일제와 투쟁한 민족의 스승이요, 독립 운동가였던 것이다. 권동진을 비롯한 수많은 애국지사들이 국내에서, 국외에서, 그리고 온갖 수단과 방법을 동원하여 일제와 투쟁한 결과는 결코 헛되지 않았다. 1945년 8월 15일 삼천리금수강산 방방곡곡에 해방의 종소리가 울려 퍼졌기 때문이다. "삼각산이 일어나 더덩실 춤이라도 추고/ 한강 물이 뒤집혀 용솟음 칠 그날이/ 오면 밤 하늘에 나르는 까마귀 같이/ 종료의 인경을 머리로 받아" 울리게 하겠다는 심훈의 소망이 현실이 된 것이다.

그 날이 찾아 왔을 때 권동진은 85세를 넘어서고 있었다. 그러나 권동진은 "삼천만 가슴마다 넘치는 기쁨"이 찾아온 감격의 그 날을 "나의 임무는 끝났다."란 일종의 성취감을 느끼며 집안에 누워 맞이하지 않았다. 그는 잃어버린 국권을 되찾은 우리나라를 완전한 자주독립국가로 세우기 위한 건국운동에 매진하기 시작하였기 때문이다. 해방된 나라가 완전자주독립 국가로 수립될 수 있도록 그가 한 일은 다양하고 많기만 하다. 그는 건국준비위원회 제1회 위원이 되었고, 대한민국 임시정부 및 연합국 환영 위원회 위원장직을 맡아 독립운동정신을 계승한 독립국가 건설에 혼신의 힘을 기울였다.

1945년 12월에는 신탁통치반대 국민총동원 위원회 중앙위원장이 되어 독립국가 수립을 위해 선두에 섰다. 아울러, 좌우익의 대립으로 나라가 혼란해지자, 신한국당을 결성하여 자율적 통일정권 수립을 위해 전 국민이 단결하여 총력을 기울여 줄 것을 호소하기도 있다. 권동진의 이 같은 해방 후의 민족운동을 장석홍 교수는 "독립운동을 계승한 민족운동이었으며, 진정한 독립을 달성하려는 제2의 독립운동이었다."(장석홍: 페이지 7) 라 평하고 있다. 우리 민족의 완전한 독립을 위해 생명의 불길이 끼쳐하는 것을 알면서도 앞장서서 민족운동을 독려하던 권동진은 1947년 3월 9일 오전 9시 87세를 일기로 서거했다. 장례는 천도교에서 사회단체장으로 치렀으며, 1962년 2월 23일에 건국훈장 대통령상이 추서되었다.

글을 마감하며

삼일운동 때 민족대표 33인 중의 한 분이신 우당 권동진 선생은 1861년 12월 15일 아버지 권재형과 어머니 경주 이씨의 6

남으로 태어났다. 무인 집안의 후예답게 1881년에 신식군대로 설립된 교련병대 내 사관학교에 입학하여 군인의 길로 들어섰으며, 갑신정변과 청일전쟁 그리고 을미사변 등 한말 격동기에 일어난 사건들을 직접 보고 체험했다. 그는 을미사변이 일어나던 밤에 경복궁 내에 잠입해 있었다. 일본 공사 미우라가 계획하고 단행한 '민비시해'에 가담해서가 아니라 대원군에 동조하며 '민비폐위'를 감행하려는 의도에서였다. 그러나 그의 의도와는 관계없이 민비가 시해되는 현장에 있었던 권동진은 1896년 12월에 일본으로 망명해야 했다.

10여 년의 파란 많은 망명생활을 끝내고 1906년 1월에 귀국한 권동진은 천도교와 대한협회를 통해 민족의 힘을 기르기 위한 계몽운동에 전력투구했다. 의암 손병희와 더불어 천도교를 대표하여 우리 민족이 벌인 최대 규모의 항일운동인 삼일운동을 계획하고 준비했으며, 그 때문에 체포되어 3년 간 옥고를 치러야 했다. 권동진은 형을 마친 후에도 60이 넘은 나이와 악화된 건강 때문에 고통을 당하면서도 당시 널리 수용되었던 사회주의 사상을 지닌 세력들과 연합하여 민족적인 독립운동을 전개하는 데 앞장섰다.

6.10만세운동을 제2의 삼일운동 같은 거국적 항일투쟁으로 전개하려는 시도에도 천도교 구파의 지도자로서 역할을 감당했으며, 민족의 단결을 위하여 신간회 창립에도 주역이 되어 종교를 뛰어넘어 정치, 사회, 사상까지 초월하여 민족적인 독립운동의 제단에 자신을 바친 선구자이며 민족의 지도자였다.

1929년에 일어난 광주학생운동 때는 신간회를 중심으로 민중대회를 시도하다 일경에게 체포되어 옥고를 치르기도 했다. 1930년과 40년대에 많은 항일투쟁자들이 일제에 회유되거나 변절했지만 권동진은 "백설이 만건곤할 제 독야청청하는 봉래산 제일봉에 낙락장송"처럼 지조를 지키다 광복의 날을 맞이했다.

해방 후에도 그는 85세의 노구를 이끌고 혼란하고 복잡한 해방정국 한 가운데 굳건히 서서 민주주의 전선을 확대하며 완전한 자주독립국가를 수립하기 위해 혼신의 힘을 기울였다. 그러나 그의 염원인 우리 땅위에 자주독립국가가 수립되는 것을 보지 못하고 숨을 거둔 것이다. 그가 서거한 후 여러 신문들이 "그의 백절불굴하는 독립정신은 영구히 조선민족의 마음에 살아 있을 것"(현대일보), "오로지 혁신과 독립을 위하여 조국에 바친 고투"(서울신문), "민족해방에 막대한 업적"(경향신문), "우리의 민족적 정화, 반만년 민족항쟁에 선봉으로 일생을 민족해방에 바친"(동아일보), "평생을 파란 속에서 오직 조국의 독립을 위해 바치신"(민보) 등의 내용으로 그의 삶을 기렸다.(이용창: 242페이지)

'만년청절'의 애국자 권동진 선생이 우리 곁을 떠나가신 지 76년이 지났다. 그러나 나라와 민족을 위해 자신의 삶을 불태운 그가 남긴 인생의 열매는 우리 모두의 가슴속에 그대로 남아있다. 우리들은 권동진 선생이 그의 삶을 통해 보여주신 애국정신을 마음 깊이 간직하고 살아가야 할 줄 안다. 그래야만 나라와 민족을 위해 자신의 삶을 아낌없이 바치신 권동진 선생의 희생위에 세워진 우리의 조국 대한민국이 세계선진 대열의 선두에 서서 힘찬 전진을 계속할 수 있을 테니까 말이다.

[참고 문헌]

- 이용창: 『세대, 이념, 종교를 아우른 민중의 지도자 권동진』, 2018
- 이윤상: 『한국독립운동의 역사 18: 3.1운동의 배경과 독립선언』
         독립기념관 한국독립운동사 연구소, 2009
- 김주용: 『3.1운동과 천도교계의 민족대표 권동진』
- 장석홍: 『"만년청절"의 지사, 권동진의 사상과 독립운동』
- 이균영: 『신간회 연구』, 1993
- "한국민족 문화대백과사전": 한국학 중앙연구회
- "우리 모두의 백과사전"
- "네이버 블로그"

장개석 총통

[1887년 10월 31일 ~ 1975년 4월 5일]

절강(浙江) 봉화(奉化) 사람으로 이름은 중정(中正)이고, 아명(兒名)은 서원(瑞元), 족보명은 주태(周泰), 학명(學名)은 지청(志清), 자는 개석(介石)이다.
근대 시기의 정치인으로 황포군교(黃埔軍校) 교장, 국민혁명군(國民革命軍) 총사령(總司令), 국민정부주석(國民政府主席), 행정원원장(行政院院長), 국민정부군사위원회(國民政府軍事委員會) 위원장, 중화민국(中華民國) 특급상장(特級上將), 중국 국민당총재(國民黨總裁), 삼민주의청년단(三民主義青年團) 단장, 중화민국총통(中華民國總統) 등을 역임했다.

》》

연합국은 승전하더라도 자국의 영토확장을 도모하지 않을 것, 일본이 제1차 세계대전후 타국으로부터 약탈한 영토를 반환할 것, 한국민이 노예상태에 놓여있음을 유의하여 적절한 과정에 따라 한국을 자주 독립시킬 것을 결의한다.

- 본문중에서

약력 출처: 네이버 지식백과 / 사진출처: 저자

독립운동을 열렬하게 지원한
장개석 총통

김운영 (언론인)

반공. 항일 투쟁 동지 장제스 총통에
대한민국 최고훈장 서훈 (외국인으로는 최초)

이집트의 수도 카이로의 근교 피라미드와 스핑크스가 바라다 보이는 곳에 메나 하우스(Mena House) 라는 호텔이 있다. 이 호텔이 다름아닌 일제의 식민지배하에 있던 대한의 독립을 국제사회가 공식으로 확인해준 카이로회담이 개최된 곳이다. 카이로 회담 70주년을 기념해서 민주평통 카이로지 회가 이 유서 깊은 호텔의 정원에 표지석을 세우고 기념식수를 한 것도 이런 이유 때문이다.

제2차 세계대전에서 연합국이 승기를 굳히게 되던 때인 1943년 11월 22일 미국 영국 중국 등 3개국 정상이 이 호텔에 모여 향후 군사전략과 전후 질서를 논의했다. 영국은 윈스턴 처칠 총리, 미국측은 프랭클린 루스벨트 대통령, 중국은 장제스(장개석, 蔣介石) 국방 최고위원장이 참가했다.

이 회담에서 한국의 독립안이 논의된 것은 23일 저녁. 장제스는 루스벨트와의 만찬 석상에서 일본이 점령한 만주국(滿洲國), 타이완(대만, 臺灣), 펑후군도(팽호제도, 澎湖諸島) 등의 중국으로의 반환과 함께 '대한 독립'을 주요 의제로 내걸었다. 장제스가 '대한 독립'의 필요성을 거론하자 루스벨트가 깜짝 놀랐다. 1943년 3월 워싱턴 회담에서 그가 구상하던 신탁통치안에 장제스가 이미 동의했다고 생각했기 때문이다. 한반도의 지정학적 위치에 주목한 미국은 중국이나 소련이 일방적으로 영향력을 행사하는 것을 막기 위해 다자간 합의에 의한 국제공동 관리를 한반도 정책으로 구상하고 있었던 것이다.

만찬에 동석한 루스벨트의 특별 보좌관 해리 홉킨스가 양측의 의견을 조율해 다음날 회담 선언문 초안을 작성했으며 그중 '대한 독립' 조항에서는 '일본 몰락 이후 가능한 가장 이른 시기에 자유롭고 독립적인 국가가 될 것임을 결의 한다'로 정리했다.

그런데 영국외무차관 캔도건이 제동을 걸면서 '조선을 일본 통치에서 이탈시킬 것'이란 애매한 문언으로 수정할 것을 제시하자 중국외무부장 왕충후이가 반기를 들었다. 이런 와중에 처칠이 '적절한 과정에 따라(in due course) 자유 독립 상태가 됨'이라는 대안을 제시함으로써 합의점에 도달하게 됐다.

5일간에 걸친 회담후 발표한 선언문은 3가지 항목으로 요약된다. 연합국은 승전하더라도 자국의 영토확장을 도모하지 않을 것, 일본이 제1차 세계대전후 타국으로부터 약탈한 영토를 반환할 것, 한국민이 노예상태에 놓여있음을 유의하여 적절한 과정에 따라 한국을 자주 독립시킬 것을 결의한다.(Three great powers, mindful of the enslavement of the people of Korea, are determined that in due course Korea shall become free and independent.)

카이로 회담을 마친 후 호텔 정원에서 나란히 앉아 찍은 기념사진.
왼쪽부터 장제스, 루스벨트, 처칠, 장제스의 부인 쑹메이링(송미령, 宋美齡)이다.
당시 국제사회에서 영어 잘하고 서양문화에 익숙하고 미인으로 알려진 그녀는
이 회담에서 남편의 통역으로 활약했다.

소련 스탈린 왜 불참했나

카이로 회담에 소련 스탈린의 불참에 대해서는 여러 가지 설이 있다. 일본 패망이후 일본에 대한 징계안을 논의하는 자리에 소련은 거북했을 것이란 설이 있다. 이유인 즉 소련은 1941년 4월 일본과 맺은 중립조약 때문에 대일 전선에서 다른 연합국과 보조를 맞추기 힘들었을 것이라는 분석이다.

다음은 신변안전이다. 신변안전에 특히 민감한 스탈린이 카이로보다 소련에 인접한 이란의 테헤란을 원했다는 설도 있다. 미국무부 외교문서에 따르면 1943년 9월 루스벨트와 처칠은 스탈린에게 이집트를 회담장소로 고려해 달라고 부탁했지만 스탈린은 끝내 태헤란을 고집했다는 점이 이를 반영한다.

또다른 시각이 있다. 동북아 지역의 진후 주도권을 놓고 중국과 소련이 경쟁관계에 들어갔기 때문에 중국이 소련과 머리를 맞내고 회담을 갖기를 원치않았다는 것이다. 루스벨트는 카이로 회담을 한달 앞둔 1943년 10월 장제스와 사전협의하기 위해 미국 대통령 특사를 충칭(중경, 重慶)에 파견했다. 장제스는 카이로 회담에 소련 참가를 원하느냐는 특사의 질문에 '시기 미숙'이라는 답변으로 거부의사를 표명한 것이 이를 뒤받침한다.

결국 루스벨트는 당초의 4국 정상회담 개최 계획을 수정하여 미국 영국 중국 등 3국의 카이로회담과 미국 영국 소련 등 3국의 테헤란회담(11월28일 - 12월1일)으로 양분했다. 두 회담 일정은 11월 8일 미국의 최종통보로 확정됐다.

임정 주석 김구, 장제스와 친분

서울에서 열린 카이로선언 80주년 학술회의에서 서울대학교 국제대학원 박태균 교수는 "국제열광들이 처음으로 한국의 독립을 약속한 '카이로 선언'은 백범 김구와 대한민국 임시정부(임정)가 벌인 독립운동의 결과물"이라며 "카이로 선언이 없었다면 1945년에 독립하기는 어려웠을 것으로 본다"고 밝혔다. 또한 신용하 서울대 명예교수도 2007년 동아일보에 기고한 글에서 '카이로선언에 한국독립 관련 내용이 담긴 것은 김구-장제스 간 소통의 결과'라고 피력했다.

김구 주석은 '카이로 선언' 직후 "나는 3천만 동포를 대표하여 3영수에게 사의를 표하는 동시에 일본이 무조건 투항할 때까지 동맹국의 승리와 조국의 독립을 위해 최후까지 공동 분투할 것"이라는 담화를 발표했다.

김구는 카이로회담 4개월전인 7월경 회담에 중국이 참가한다는 소식을 접한 후 평소 친분이 있는 장제스를 찾아가 3개국 회담에서 한국의 독립을 대변해 줄 것을 간곡히 요청했고 장제스는 이에 기꺼이 응했다. 두 사람의 첫 만남은 10년 전으로 거슬러 올라간다. 1932년 4월 독립운동가 윤봉길의 '상하이(상해, 上海) 의거'가 있은 후 장제스는 임정에 관심을 갖게 되면서 이듬해 김구와의 만남이 성사됐다. 장제스는 "중국 100만 군인이 하지 못한 일을 조선청년 1명이 했다니 정말 대단하다"며 극찬한 것으로 전해진다.

두 사람이 첫번 만남에서 중국육군군관학교 뤄양(낙양, 洛陽) 분교에 한국인 특별반을 편성하기로 합의하게 되면서 한국인 무관양성의 물꼬가 트였다. 이 내용은 '백범일지'에도 기록되어 있다. 1933년 이후 임정이 일제의 핍박을 받으며 상하이, 난징(남경, 南京), 광저우(광동, 廣東) 등 여러 지역을 떠돌다 충칭(중경, 重慶)으로 최종 거처를 옮겼을 때 장제스는 각 지방 군정장관에게 지령을 내려 임정 이동에 필요한 협조와 지원을 지시하기도 했다.

장제스는 한국 광복군 창설에도 크게 기여했다. 1940년 9월 발표된 '광복군 창군선언문'에 잘 나타나있다. '대한민국 임시정부는 (중략) 중화민국 총통 장제스 원수의 특별 허락으로 중화민국 영토 내에서 광복군을 조직하고 (중략) 한국광복군 총사령부를 창설함을 선언한다.' 대한민국 임시정부 주석 겸 한국광복군 창설위원장 김구 명의의 이 글에는 '장제스 원수가 한국 민족이 원대한 정책을 채택함을 기뻐하며 찬사를 보냈다'는 내용이 들어있다.

그후에도 장제스의 지원이 계속 이어졌다. 1945년 종전직후 김구에게 1억5000만 위안(元)과 20만 달러를 지원하면서 서로의 운명공동체 관계를 강조했다. 1945년 1월 4일 장제스의 일기에도 이 지원금 내력이 적혀있었다.

3.1운동(기미 독립운동) 직후인 1919년 중국 상하이로 망명한 후 임정의 요직을 차례로 거친 김구는 장제스와 항일투쟁 동지로 이렇듯 가깝게 지냈다. 임시정부 수립 50주년 기념으로

1969년 남산공원에 세워진 김구 동상에 장제스가 보낸 추모글귀가 조각되어 있음은 이들의 친분을 반영한다.

1943년 9월 장제스 총통

장제스-이승만 정상회담

일제의 식민지로부터 해방된 지 4년후인 49년 8월7일 장제스는 대한민국을 방문, 이승만 대통령과 진해에서 정상회담을 가졌다. 정부수립 1년도 되지않은 신생 대한민국을 찾은 것이다. 진해 해군기지 사령부에 마련된 영빈관에 도착한 장제스는 이승만을 '앙모하던 친구'라고 칭하며 도착성명을 발표했다.

다음날 회담 테이블에 마주앉은 두 사람은 마치 형제처럼 다정했다. 두 정상은 이전에 만난 적이 있는 사이여서 더욱 그러했다. 이승만이 대통령이 되기 전인 1947년 중국 난징을 방문했을 때 장제스에게 카이로선언에서 한국독립을 지지한 것에 대한 감사를 표했고 '중국 국부(國父)'로 추앙받는 쑨원(손문, 孫文)의 묘소인 난징시의 중산링(중산릉, 中山陵)을 방문해서 참배를 하기도 했다. 중국 국민당의 창립자이자 신해혁명을 이끈 쑨원은 삼민(민족, 민권, 민생)주의를 정치강령으로 채택, 중화민국의 사상적 기반을 닦았던 인물이다.

이승만과 장제스의 두차례 회담의 결과로 반공통일전선 결성을 발표됐다. 장제스 총통으로서도 1925년 쑨원이 사망한 후 국민당 실력자로 등극하면서 좌익계 인사 척결에 나섰고 1930년 이후 지속적으로 공산당 토벌 전쟁을 일으킨 투철한 반공주의자인지라 공산당의 위협에 공동투쟁이 필요하다는데 쉽게 합의를 노출해 낼 수 있었던 것이다.

이승만, 대만 공식 방문

장제스의 대한민국 방문에 대한 답례로 이승만은 53년 11월 27일 타이완의 수도 타이페이(대북, 臺北)를 공식방문했다. 6.25 전란이 휴전협정으로 일단락된 지 3개월만의 해외출장이라는 점에서 양국 지도자간의 돈독한 유대감을 재확인할 수 있었다.

이승만은 대한민국 독립을 위한 장제스와 국민당 정부의 공헌을 기려 장제스에게 대한민국의 최고 훈장인 건국훈장을 수여했다. 중화민국 초대 총통인 장제스를 기념하기 위해 타이페이에 1980년도에 개관된 중정기념당(中正紀念堂)에 전시되어 있는 이 훈장이 오늘날 독립유공자 1급인 대한민국장에 해당된다. 외국인으로서는 최초의 서훈이다.

국가보훈처는 장제스가 일제강점기 임정을 적극 지원해 공동으로 항일전을 수행했고, 한국광복군 창설을 절대적으로 지원했으며, 중국군관학교에 한인반을 설치해 군사를 양성토록 하고, 여러 차례 거액의 독립운동 자금을 후원하고, 특히 카이로 회담에서 '한국독립안'을 통과시키는데 크게 기여했다고 설명한다.

그 후 장제스는 이승만에 이어 박정희와도 이념적 반공동지와 우호관계를 유지했다. 1965년 박정희와 회담할 때에는 박정희의 손을 잡으면서 아시아의 반공지도자로 이어가기를 당부했다. 1975년 4월5일 장제스가 87세로 타계하자 한국 정부는 당시 국무총리였던 김종필을 대표로 하는 조문단을 보냈다.

백범 아들 김신과도 친분

장제스는 백범에 이어 그의 둘째 아들인 김신과도 친분을 돈독히 했다. 김신이 대한민국 공군 참모총장으로 전역한 후에 중화민국 대사로 재임(1962년 10월부터 70년 12월까지)하는 동안 장제스와 각별한 관계를 유지했다. 김신의 회고에 따르면 징제스는 "자네 부친과 나는 항일투쟁동지였으니 자네는 나의 집안 사람이나 다름없네"라며 복잡한 의전도 생략하고 허물없이 편하게 이야기를 나누었다.

1963년 한국에 흉년이 들어서 급히 쌀을 사와야 할 처지가 되자 박정희 국가재건 최고회의 의장은 김신 대사에게 대만에서 쌀 5만톤을 구입할 것을 지시했다. 그런데 대만에서도 흉년이 들어서 쌀을 팔 여유가 없었던 판이었다. 결국 대만행정원장은 팔 수 없다고 김신 대사에게 통보했다. 이 소식을 들은 장제스는 즉각 국무회의를 열어 팔 것을 지시했다. 장관들이 반대했지만 장제스가 막무가내로 밀어붙여 김신은 쌀 5만톤을 사서 한국에 보낼 수 있었다. 이에 김신이 감사를 표하자 장제스는 "우리가 대륙을 아직까지 갖고 있었다면 그까짓 5만톤이 아니라 55만톤 정도는 공짜로라도 주었을 것"이라고 말하면서 한국 같은 각별한 나라에게 쌀을 돈받고 팔아야 하는 것에 오히려 미안해 했다.

장제스 부인 쑹메이링도 대한민국 1등급 독립유공자

장제스의 부인이자 카이로 회담에 통역 자격으로 참석했던 쑹메이링 여사 또한 우리나라 독립유공자다. 쑹메이링 역시 대한민국 임시정부를 지원한 공로로 1966년 박정희 대통령 집권시에 대한민국 건국훈장 대한민국장(1등급)을 받았다. 남편이 대한민국 임시정부를 지원한 것과는 별개로 그녀의 개인적인 지원이 대한민국 정부에 의해 인정을 받아 훈장을 받게 된 것이다.

백범일지에는 광복군 창설당시 쑹메이링 여사가 중국 돈 10만 위안(元)을 특별성금으로 보내왔다는 내용이 기록되어 있다. 국가보훈처에 따르면 쑹메이링은 이외에도 1932년 윤봉길 의사의 '상하이 의거' 직후 한인애국단에 10만 위안을 지원했으며, 1940년에는 광복군 후원금으로 10만 위안, 1942년 광복군 출정군인 가족들을 위해 10만 위안을 각각 지원한 것으로 알려져 있다.

저장성 재벌 쑹씨 가문의 세 자매중 막내로 1897년 출생한 쑹메이링은 상하이의 기독교 계열 외국인 학교를 다니다 10살 때인 1908년 두 언니와 함께 도미했다. 15세의 나이에 웨슬리언 칼리지에 입학했다가 빌 클린턴 대통령의 영부인이자 국무장관과 상원위원을 지낸 힐러리 클린턴의 모교로도 유명한 웰즐리(Wellesley) 칼리지로 편입해 우수한 성적으로 1917년 학사학위를 취득했다.(전공 영문학, 부전공 철학) 미국의 명문 여대인 웰즐리를 졸업한 또 다른 저명인사는 미국의 유엔대사와 국무장관을 지낸 매들린 울브라이트(체코 프라하 출생) 등이 있다.

미국 유학파인 세 자매중 첫째 쑹아이링(송애령, 宋靄齡)은 대 부호인 쿵샹시(공상희)와 결혼했다. 쿵샹시는 공자의 직계후손으로 중국은행 총재를 지냈으며 후에 국민당의 재무부상이 되었다. 둘째 쑹칭링(송경령, 宋慶齡)은 중국의 국부(國父)로 추앙받는 쑨원의 부인이 되었다. 중국 근대사에 큰 족적을 남긴 이들 세

자매의 이야기는 너무나 드라마틱해 만인의 관심을 끌기에 충분하다. 세 아들 중 쑹메이링의 오빠인 쑹쯔원(송자문, 宋子文) 역시 중국 4대 재벌의 한 사람으로 국민당 정부의 중심인물로 재정적 기둥이 되었다. 콜럼비아대학교에서 경제학 박사학위를 받은 그는 31세에 중국국민당 재정부장과 외교부장을 지냈다.

쑹메이링은 장제스와 결혼후 통역은 물론 비서와 대미외교의 조연자로서 활동했다. 유창한 영어실력과 미모를 겸비한 카리스마를 바탕으로 중국근대사의 '여왕벌' 역할을 한 쑹메이링은 1943년 2월18일 미국의회에서 연설, 미국민의 강력한 호응을 얻어냈다. 미국으로부터 중국의 항전 원조를 얻기 위한 이 연설은 라디오를 통해 미국전역에 중계되었다. 이 연설은 중국국적자로 첫번째, 여성으로서는 미국역사상 두 번째로 기록된다.

그녀는 미국 시사주간 지 '타임(TIME)'의 표지를 두차례나 장식했다. 한번은 '올해의 남성과 그 아내'라는 제하로 장제스와 함께, 또 한번은 43년 3월 '용(龍)같은 여성' 제하에 단독으로 실렸다. 그런 인기를 한몸에 지닌 그녀는 그해 11월 카이로 회담에서 남편의 통역자이자 조언자로 참가해 두각을 나타냈다. 그래서 붙은 별명이 '카이로 회담의 제4의 거두'이다. 국민당 정부와 미국과의 중요한 고리 역할을 한 그녀는 미국인들이 뽑은 세계에서 가장 인기있는 여성 10인에 들기도 했다. 일찍이 루스벨트 대통령은 이렇게 말한 적이 있다. "미국 선교사가 중국에 예수를 전했듯이 쑹메이링은 미국에 중국을 전했다"고.

쑹 자매의 아버지는 누구인가. 일찌기 서구 근대사상에 눈을 뜨고 기독교인이 된 아버지 쑹자수(송가수, 宋嘉樹) 역시 미국에서 수학했다. 그 역시 어릴 때 미국 남부로 건너가 감리교 목사(Rev. Charlie Soong)가 된 후 중국으로 되돌아왔다. 상하이에 정착한 후 목회활동을 접고 기계를 수입해와 파는 무역업자로 변신해 거부가 된 인물이다.

군인 장제스를 개조한 여걸

쑹메이링은 23세이던 1920년 쑨원과 결혼한 둘째언니 쑹칭링의 저택에서 쑨원을 모시던 군 장교인 장제스를 만났다. 둘은 서로에게 호감을 가졌다. 그러나 그가 그녀보다 10살이나 연상이고 불교신자였으며 더욱이 부인이 있었다는 이유로 그녀의 어머니가 결혼을 반대했다. 그러나 장제스가 부인과 이혼하고 개신교(감리교)로 개종하겠다는 약속을 받으면서 결혼이 성사되었다.

쑹메이링은 1925년 쑨원이 사망한 후 장제스가 쑨원의 후계자로 자리매김하던 1927년 장제스와 마침내 결혼에 골인했다. 이어 장제스는 1928년 북벌을 완료하고 국민당을 지지기반으로 하는 정부를 중국 남쪽의 도시인 난징(남경, 南京)에 수립했다. 쑹 메이링은 1930년대부터 신생활운동을 일으키면서 중국 정치에 참여했고 자신의 남편이 대원수와 국민당의 당수가 되는 데 지대한 역할을 했다.

쑹메이링에 관한 여러 전기에 그녀는 정치적 이상을 지닌 여성으로 그려졌다. 군인출신 남편 장제스를 개조하는 원동력이 됐다는 평을 받고 있는 그녀는 자신의 대학동창에게 보낸 서신에서 이렇게 썼다. "만약 사랑하는 사람에게 시집갈 수 없다면 명(名)과 리(利)를 위하여 시집가겠다." 이것이 장제스를 선택한 이유일지도 모른다.

쑹메이링은 일본의 항복 후에 국민당과 공산당이 다시 내전으로 치닫자 해리 트루만 대통령에게 국민당 지원을 호소하기 위해 미국으로 건너갔으며 1949년 국공내전(國共內戰)에서 남편의 정부가 패배하기까지 미국에 남아있다가 1950년 타이완에서 남편과 합류했다.

장제스의 부인 쑹메이링

두 차례의 국공내전, 중일전쟁, 국민당 정부가 마오쩌둥(모택동, 毛澤東)이 이끄는 중국 공산당 세력에 밀려 타이완 섬으로 옮긴 국부천대(國府遷臺), 미국과 중화인민공화국의 화해 무드 속에 중화민국의 국제적인 지위 급변 등 격동의 20세기를 온몸으로 겪었던 그녀는

1975년 장제스 사후 미국으로 이주함으로써 대중의 시선으로부터 사라진다. 남편 서거 후 28년만인 2003년 뉴욕 자택에서 106세로 눈을 감았다.

장제스의 국공내전 요약

국공내전은 두 차례로 구분된다. 제1차는 1927년에서 36년까지, 제2차는 46년부터 국민당이 중화민국정부를 타이완으로 옮긴 50년도 까지이다. 1911년의 신해(辛亥)혁명으로 청나라가 멸망하고 위안스카이(원세개, 袁世凱)로 대표되는 군벌의 시대에 돌입했다. 그러던 중 쑨원은 군벌지배를 종식시키기 위해 서방국가들에 도움을 요청했으나 별다른 호응을 보이지않자 볼셰비키 혁명으로 공산주의 국가를 수립한 소련에 눈을 돌려 1921년도에 도움을 요청했다. 볼셰비키혁명의 지도자 블라디미르 레닌의 지원으로 중국 공산당이 수립됐고 국민당과 중국공산당은 군벌세력으로 분열된 중국을 재통일하고 외세로부터 독립을 쟁취한다는 목표아래 제1차국공합작(國共合作)을 이루었다.

1925년 쑨원이 죽고 이 후 장제스가 국민당의 실권을 잡았을 당시 국민당은 장제스 계열인 우파와 공산당 계열인 좌파로 진영이 나뉘어진 상태였다. 장제스는 상공인과 부유층을 등에 업고 공산주의자들에 대한 대대적인 숙청을 단행했다. 이 과정을 통해 심한 타격을 입은 중국공산당인 중국인민해방군(홍군)

은 게릴라식 유격전술을 펼치며 지하로 숨어들게 되었다. 이로서 국공합작이 분열되면서 첫번째 국공내전에 돌입하게 되었다.

이런 와중에 일본 제국이 1932년 중국 동부 3성(만주)에 괴뢰국인 만주국을 설립한 후 침략을 본격화하자 제2차 국공합작을 결성, 공동으로 일본과의 전쟁을 치르게 된다. 홍군은 국민혁명군에 소속되기는 했지만 사실상 장제스의 통제를 받지않고 독자적으로 항일전을 벌였다. 항일전쟁기간 동안 국민혁명군은 세력이 점점 약해져갔고 홍군은 점점 커지는 양상이 되었다.

이런 와중에 1945년 일본이 패망한 이후 공동의 적이 사라지자 국민당과 공산당 사이에는 또다시 금이 갔다. 46년 6월 국민혁명군은 본격적으로 내전을 개시했다. 초기에 국민혁명군은 홍군보다 우세했음으로 내전은 거의 종식될 것으로 보였다. 그러나 공산당 특유의 조직력과 유연한 전술력으로 회생된데다 경제 붕괴로 떠난 민심이 어우러져 1948년 가을부터는 공산당측에 유리하게 내전이 전개되었다.

중화민국, 미국 다음가는 우방

신생 대한민국 입장에서 중화민국은 미국 다음가는 우방이었다. 1949년 1월4일 중화민국은 대한민국을 정식으로 승인, 대한민국의 최초의 수교국이 되면서 주한 중화민국 대사관이 서울 중구 명동에 정식으로 설립되었다.

하지만 중화민국 정부는 중국 공산당에 밀려 패퇴하는 중화민국 정부를 따라 한국대사관도 타이페이로 옮겨갔다. 장제스는 제2차 국공내전에서 패배하고 1949년 12월10일 대륙 최후 거점인 성도에서 타이완으로 탈출했고 이에 앞서 10월1일 마오쩌둥이 베이징 천안문 광장에서 중화인민공화국의 수립을 선포하고 국가주석에 취임했다.

대만으로 퇴각한 이후에도 한국은 중화민국과의 외교관계를 지속했으나 1992년 노태우 정부때 중화민국과 외교관계를 단절하고, 중화인민공화국과 수교하면서 베이징에 새로운 주중대사관을 설치하게 되었다.

중국인 5명 대한민국장

대한민국 국가보훈처에 등록된 대한민국장은 건국훈장의 다섯 등급 중 최고 영예이다. 그 뒤에 대통령장(93명), 독립장(820명), 애국장(4,338명), 애족장(5,763명) 순으로 이어지며 전체 독립유공자는 15,180명. 이중 대한민국장을 받은 이는 단 31명뿐. 이중 외국인은 장제스와 쑹메이링을 비롯해 5명이다.

1933년 장제스와 백범의 비밀 만남을 주선했던 당시 중국국민당 조직부장 천궈푸(진과부, 陳果夫)도 1966년 쑹메이링과 함께 건국훈장 대한민국장을 받았다. 천궈푸는 독립운동가 신규식이 1912년 중국 상하이에서 결성한 항일결사 신아동제사에 참여한 친한파 인사로, 임정 요인 신변보호 및 자금 지원 등에 앞장섰다.

중국인에게 '국부'로 불리는 쑨원 또한 대한민국 독립유공자다. 그는 1968년 건국훈장 대한민국장을 받았다. 1921년 쑨원이 중국 광둥정부 대총통을 맡고 있을 때, 중국정계 지도자로서는 처음으로 임정을 승인한 점이 높게 평가됐다.

중국 국적자중 대한민국장을 받은 마지막 한명은 천치메이(진기미, 陳其美; 1876-1916)이다. 중국혁명 동맹회의에서 활동한 혁명가로, 신규식과 교류한 천치메이는 신아동제사에 참여하는 등 한국 독립 및 한중 협력에 기여한 공로로 1968년 서훈됐다.

[참고 문헌]
• 저서 『국공내전-신중국과 대만의 탄생』(이철)
• 신동아, 자유신문, 조선일보, 중앙일보, 동아일보, 경향신문 등
• 위키백과(Wikipedia), 나무 위키
• 이화대학교 논문
• 저서 『20세기 중국의 심장에 있었던 세자매』(까치출판)

남강 **이승훈**

[1864년 3월 25일 ~ 1930년 5월 9일]

본관은 여주. 아명은 승일(昇日), 본명은 인환(寅煥), 호는 남강(南岡)이다.

》》

내 스스로를… 나라와 민족에 바치기로 맹세했는데… 이제 죽게
되었네. 내가 죽거든… 시신을 병원에 보내어 해부하고 뼈를 추려
표본으로 만들어… 학생들이 사람의 관절과 골격의 미묘함을 연구
하는 데 자료로 삼게 하게나. 바라건대 땅 속에 묻어 흙보탬이나
되게 하여… 이 마음을 저버리지 말도록 해주게나.

　　　　　　　　　　　　　　　　　　　　　　　　- 본문중에서

남강 이승훈의 생애

- 겨레의 영원한 스승

명지원 (삼육대학교 교수)

남강 이승훈의 생애는 역사적으로 한국사, 한국교육사, 한국 교회사라는 세 영역에서 다룬다. 한국사에서는 시대적 상황에서 민족 지도자로, 한국교육사에서는 교육자로, 한국교회사에서는 기독교 신자로서의 그의 믿음과 신앙에 따른 행적을 주요한 주제로 다룬다. 이 글에서는 한국사, 한국교육사, 한국교회사에 망라된 그의 삶의 족적을 다룬다.

남강 이승훈은 1863년 평안북도 정주에서 둘째 아들로 태어났다. 그의 일생은 크게 두 시기로 나눌 수 있다. 태어나서 안창호를 만나 오산학교를 설립한 1907년 그리고 이후 독립운동과 1930년 영면할 때까지 교육을 통한 인격 수양과 실력 양성을 목적으로 하는 애국지사로서의 삶이다.

남강의 일생을 이해하는 데는 그가 태어난 이 시기 평안도 지방의 현실 이해가 필수적이다. 그가 태어나기 40여 년 전인 1811년 조선조 후기 사회를 흔들었던 홍경래의 난[1811년(순조 11년) 음력 12월 18일(양력 1812년 1월 31일)부터 1812년(순조 12년) 5월 29

일(음력 4월 19일)]이 일어났다. 홍경래는 난을 일으킨 변을 밝힌 격문에서 "서북 출신 재사(才士)가 나도 조정은 무시하고, 권문세가의 노비까지 '평안도 놈'이라고 멸시하며, 국가 완급(緩急)의 경우에는 서북지역(평안도, 황해도)의 힘을 빌리면서도 4백년 동안 조정에 힘입은 바가 무엇이냐"고 일갈했다.

조선 후기 서북지역이 활기를 띤 이유

조선 후기 사회 경제적인 역량은 성장하였지만 사회 모순은 심화되어 갔다. 조선 후기 과거제도가 심히 부패하였으며, 급제자가 귀족 자제 일색이고, 권문세가 자제는 무학둔재(無學鈍才)라도 급제의 영예를 차지하는 현실이었다. 평안도를 중심으로 의주상인, 평양상인 등 지리적 이점에 따라 무역업 등 활발한 상업활동에 따른 '자립적 중산층'(independent middle class)이 탄생하였다.

재력으로 양반 지위와 제도권 지위를 돈으로 사서 권력에 오른 이들도 있었지만 양반 세력은 미약하였다. 오히려 중앙 정부의 수탈 대상이 되어 평양감사는 돈벌이가 가장 잘 되는 부러운 벼슬자리가 되어 '평양감사도 저 싫으면 그만'이라는 말이 생겨났다. 단군조선의 탄생지요 고구려민의 기상으로서 이어온 문화전통에 대한 자부심은 무시되었다.

남강이 태어난 서북지역(평안도와 황해도)은 가난과 차별의 상징으로서 사회적 불만과 불안이 팽배했다. 조선 후기를 흔든 사건 중에 홍경래의 난은 조선시대의 지역 차별, 신분 차별 등 조선 조의 모순을 극명하게 보여준 사건이었다. 홍경래의 난은 조선의 서북지역 차별정책이 나온 필연이었다. 홍경래의 난은 서북지방의 특수성 때문에 전국적인 호응을 얻지 못해 실패하였지만, 산발적인 민중의 불만 표출은 홍경래의 난을 기화로 전국적으로 확대되었다. 삼정의 문란과 지방민에 대한 관료들의 수탈에 대한 민중의 분노는 임계점에 달했다.

이제 서북지역은 반역의 고장이요, 정주는 반역의 결과가 무엇인지에 대한 폐허의 상징이 되었다. 남강은 "조선 오백년간 서북인을 학대해 마침내 서북 사람들이 한없는 숙원을 품게 됐다"며 "조정의 방침으로 서북 인물은 아무리 과거에 급제하고 인재가 특출나더라도 항상 무슨 반역이나 있을까 하여 중요한 관직에 임용치 않았다"고 말했다. 조선 후기 청나라로부터의 새로운 문물의 유입과 지역 차별로 인해 전통에 얽매이지 않는 비교적 자유로운 분위기는 오히려 서북지역의 상권 발달에 긍정적 영향을 끼쳤다.

홍경래의 난 이후 40여 년이 지난 1853년 여주 이씨 이석주 일가는 평안북도 정주로 이사하였다. 그곳에서 이승훈은 첫째 승익에 이어 둘째 아들로 태어났다. 8세 때 형과 함께 서당에서 한문을 배운 남강이 열 살 때인 1873년, 아버지와 할머니가 세상을 떠났다. 이로 인해 남강은 서당 공부를 이어갈 여력이 없었다. 남강은 조실부모하고 학교도 제대로 다니지 못했다.

남강은 11세 때 김이현이 운영하는 상점의 사환으로 일하고,

이어 놋그릇을 만드는 유기업(鍮器業) 공장과 상점을 운영하는 임일권의 점원으로 일한다. 남강은 점원으로 일하면서 남다른 사업 수완을 보였는데 그가 살던 지역이 유기업(鍮器業)이 발달한 청정(清亭)이라는 지역이어서 어렸을 때부터 보고 들은 바가 있었기 때문이다. 부지런하고 올곧은 성품을 기반으로 남강은 임일권의 절대적 신뢰를 얻는데, 일개 점원에게 임일권은 사업상 논의를 할 정도였다.

24세가 되던 해에 임일권이 군수 자리를 돈으로 산 후 경영 일선에서 물러나면서 남강에게 사업의 총책임을 맡기려 하였다. 그러나 남강은 직접 자기 사업체를 일구고 싶어 자신의 뜻을 전했다. 더는 남강의 뜻을 꺾을 수 없는 임일권은 그간 자기의 사업을 일군 남강에게 300냥의 사업자금을 주었다.

자기 사업체를 일구는 남강

이제 남강은 본격적인 상인의 길에 들어섰다. 먼저 사람이 많이 모이는 정주군의 5일 장을 찾아다니며 놋그릇을 팔았다. 그는 평안도와 황해도 일대로 판매 영역을 넓혀 큰돈을 벌었다. 남의 물건을 떼다가 파는 방식에서 공장을 세워 직접 생산 및 판매 체제를 구축해 본격적인 시장 구축에 나섰다.

자신이 번 돈과 거금의 사업자금을 빌리기 위해 남강은 중국 무역으로 큰돈을 번 철산의 오씨 집안에게 빌린 돈으로 청정에 공장 및 판매 직영 체제를 구축했다. 남강은 후발 주자로서 행상들에게 도매로 물건을 내주어 급격히 시장을 확대해갔다.

그는 유기 공장 운영을 하면서 노동자들에게 작업복을 입게 하였고 쾌적한 노동환경이 되도록 햇빛과 통풍이 잘 되도록 설계하고 지었다. 수입이 늘어나자 노동 임금을 올려주고 작업 중 일정 시간에 쉬게 하는 등 노동자의 사기 진작과 생산능률을 높였다. 남강의 유기 공장의 생산성이 날로 올라가며 노동자들의 복지 향상 소식에 남강의 사업은 날로 확장일로에 평양에 지점을 개설하였다.

남강에게 첫 번째 큰 위기가 찾아왔으니 1894년 동아시아의 패권을 위해 폭주하는 일본과 늙은 호랑이 청나라가 우리 땅에서 청일전쟁을 일으킨 것이다. 공장과 상점은 그대로 두고 떠날 수밖에 없는 현실에서 남강은 사업 자금을 빌려준 오희순을 찾아가 원금과 이자를 갚는다. 피난에서 돌아와 폐허가 된 공장을 재건하는 일에 피난 때 원금과 이자를 갚은 이는 남강 밖에 없다며 원금만 갚아도 되는 조건으로 2만냥의 사업 자금을 빌려주었다. 남강이 쌓은 신뢰를 바탕으로 한 신용 자본과 기업가 정신이 인정받은 것이었다.

남강은 빌린 자본으로 공장을 다시 세우고 생산라인을 가동하였으며 상점을 다시 열었다. 다른 사업체는 아직 전후 복구가 되지 않은 상황이어서 남강은 상권을 장악하여 큰 수익을 거두었다. 1900년 전후에는 외세 자본이 물밀듯 우리나라 시장을 잠식하였으며, 시장이 빠르게 확대되는 시기였다. 1901년 남강은 무역업에 진출하여 청정과 진남포는 믿을만한 사람에게 맡기고 평양과 서울, 인천을 오가며 신규 사업에 진출했다. 1899년 경인선이 개통되자 운송업에 진출했고, 인천항에서 수입되는 물건을 구입하여 황해도와 평안도에 팔았으며, 종이를 사서 값이 오르면 판매하는 식으로 큰돈을 벌었다.

정확한 시장 동향 파악과 투자의 귀재로 알려져 남강이 사들이고 내다파는 것을 지켜보며 따라하는 투자자들이 생겨나기 시작했다. 무역업을 하여 돈을 벌었고, 종이의 수요 예측으로 큰 돈을 벌기도 했다. 그렇다고 남강이 늘 투자에 성공한 것은 아니다. 1902년 새 화폐 백동화 투자건은 일본선박과의 충돌로 큰 수익 기회를 놓쳤으며, 황해도에서 수수를 사들인 투자와 명태를 사들여 값이 오르기를 기다렸지만 명태가 많이 잡혀 큰 손실을 보았다. 1904년 러일전쟁 군인들의 구두와 무기 제작으로 소가죽 수요가 많을 것으로 예상하여 대량 구매했으나 러일전쟁이 일찍 끝났기 때문에 헐값에 처분하여 큰 손해를 보았다. 놋그릇 사업만이 꾸준한 수익을 안정적으로 확보할 수 있었다.

남강, 안창호를 만나다

그의 관심은 돈을 벌어 집안을 일으키는 것이었지 민족의 앞날과 운명에 대한 염려는 그의 관심사가 아니었다. 돈을 벌게 되자 남강은 흩어져 사는 친척들을 용동으로 불러와 살게 하고, 서당을 열어 훈장을 모셔와 가족 친척들에게 한문과 유교

경전 공부를 시켰다. 풍수적으로 명당자리에 가족공동묘지도 만들고, 친척들을 되도록 양반과 결혼시켰다. 가족 친척들의 배움을 위해서 학교도 세웠다.

사업 실패 전 남강은 자수성가한 재력가로서 평안도와 황해도에서 명망있는 유지였으며, 1899년 참봉직을 돈을 주고 사면서 그 위세는 실로 대단했다. 그러나 사업에 연거푸 실패하면서 사업가 남강은 실패의 충격으로 황해도 안악의 연등사에 가서 지친 몸과 마음을 추스렸다. 이때 안중근의 사촌동생 안명근이 그를 찾아올 정도로 남강의 사회적 지위와 명사로서의 입지는 대단한 것이었다.

연등사에서 돌아온 남강은 경서를 읽고 〈황성신문〉〈대한매일신보〉 등의 뉴스를 놓치지 않았고, 평양과 서울을 방문하여 국내외적으로 돌아가는 뉴스를 놓치지 않았다. 러일전쟁에서 일본이 승리하고 1905년 을사늑약으로 국권이 침탈되고 민족의 운명이 풍전등화에 이른 것에 뜻있는 애국지사들이 뜻을 모으고 있었다.

1907년 2월 남강은 국권회복과 민권 신장을 목표로 하는 애국계몽단체 서우학회에 입회하였다. 서우학회가 서북학회로 개편되자 1908년 5월에는 서북학회 정주지회를 설립하였다. 이 무렵이 사업가 남강에서 민족지사 남강으로의 삶의 전환이 이루어지는 시기이다.

그의 삶을 송두리째 바꾸어 놓은 것은 1907년 도산 안창호와의 만남이다. 평안남도 강서 출신인 안창호는 연설을 통해

교육입국을 부르짖었다. 피끓는 애국애를 느끼게 하며 시대의 전환을 알게 하는 남다른 연설 능력이 있었다.

미국 동포사회에서 애국계몽운동을 펼치던 안창호는 1907년 2월 귀국하여 서울을 시작으로 본격적인 계몽운동에 나섰다. 당시 도산의 연설은 세계의 정세 및 서양이 발달된 문물을 바탕으로 동양을 침탈하고 일본이 청일전쟁과 러일전쟁에 이어 우리 땅에 대한 제국주의적 침략을 비판하는 것이었다. 이를 위해 국력을 길러야 하며 온 국민이 교육입국에 적극 나서야 하며 구습을 타파하고 교육을 통해 인격 수양과 스스로 자립할 수 있는 힘을 길러야 함을 강조하였다. 남강은 또한 도산의 권유로 실력 있는 국민을 양성하기 위한 교육계몽운동 항일비밀단체 신민회(新民會)에 가입하였으며, 신민회 평안북도 지회의 책임자가 되어 선천 신성학교와 정주 가명학교의 교사와 학생을 비롯하여 잡화상, 무역상, 대부업자 등 사업가 출신 남강의 네트워크가 빛을 발하였다.

민족 자본 지키기에 나서다

남강은 사업을 하면서 얻은 감각과 신문을 비롯한 각종 정보력을 동원하여 국제사회와 국내 사정을 명확히 간파하였다. 러일전쟁 이후 노골적인 식민지 경제체제로 전환하기 위한 일본 자본이 물밀듯 들어와 국내자본 잠식에 대응키 위해 '관서자문론'을 주창하였다. 관서지방(평안도와 황해도)의 자본가들을 규합하여 공동대응의 필요성을 설파한 것이다.

그가 사업가로 활동할 때는 경제 동향 예측에 의한 매점매석 방식의 사업 수완을 발휘하였다. 그러나 이제 서북지역의 토착 자본을 형성하여 호남과 영남 등 경제인들과 공동전선을 형성 하여 민족자본을 키우기 위한 큰그림을 그리기 시작한 것이다. 이는 신민회의 민족자본 육성책과 방향성을 같이 하는 것이었 다. 1884년 11월에 발생한 원산 지방의 방곡령 사건을 비롯하 여 개항 이래 일본과 외국 자본의 침투로 인한 민족자산의 유 출은 우리 경제에 날로 위해를 가하였다.

당시는 일본 도자기들로 인해 남강의 유기점과 전국의 유기 점들이 큰 피해를 보고 있었다. 이에 남강은 1908년 2월 유기 사업가들과 함께 자본금 6만원의 우리나라 최초 주식회사 형 태 근대적 도자기 회사를 평양 마산동에 설립하였다. 민족자본 축적을 위한 회사는 협성동사 등 여러 회사들이 설립되었다.

남강은 신민회 활동의 일환으로 1908년 5월 평양에 민족자 본 축적을 위한 신지식 보급과 민족계몽을 위해 인쇄 출판 및 서적 공급을 위해 태극서관이라는 서점을 세웠다.

오산학교를 세워 민족교육운동에 나서다.

도산을 만난 후 남강은 신교육을 위하여 중등교육기관이 필 요하다는 결론에 이르렀다. 신민회 조직과 활동으로 바쁜 나날 을 보내면서 남강은 1907년 12월 24일 정주에서 남쪽으로 8

킬로미터 거리의 오산에 학교를 세웠다. 이 학교가 민족교육 지사 양산의 요람 오산학교였다. 구국운동으로서의 교육사업을 위한 초등교육기관인 강명의숙과 중등교육기관인 오산학교가 설립된 것이다.

1905년 을사늑약으로 나라를 잃은 현실에 분개한 뜻있는 민족 지사들이 자결하고 각지에서 의병이 일어났으나 남강은 교육을 통한 민족의 계몽과 각성이 절실함을 느꼈다.

오산학교 설립은 실로 우여곡절 끝에 이루어졌다. 재정 마련을 위하여 지역 유지들 설득에 나섰다. 남강은 토지와 재산이 많은 정주향교를 방문하여 교육사업 계획을 전하고 협조를 구했으나 완고한 유림의 반대에 부딪혔다. 교육사업의 중요성을 깨닫지 못할뿐더러 상놈 출신 남강의 의견을 따르는 것은 자존심의 문제로 생각했다. 이때 남강을 도와준 이는 평안북도 관찰사 박승봉이었다. 박승봉은 남강의 교육사업 계획을 듣고 향교 유림 설득에 적극 나섰고, 유림의 협조로 오산학교가 설립된 것이다.

1907년 12월 24일, 성탄절 전날 7명의 입학생을 맞이한 가운데 개교기념식이 열렸다. 개교기념식 연설에서 남강은 나라를 잃은 현실에서 우리가 먼저 배워 백성들을 깨우쳐 나라를 빼앗기지 않는 백성이 되기를 호소하였다.

남강은 모본교육의 중요성을 깨달아 학생 하나하나가 자신과의 만남에서 삶의 이치와 기본교육을 깨우치는데 솔선수범하였다. 오산학교에서는 교사 학생이 동고동락하였으며, 무명

옷에 조밥에 된장식을 하였다. 새벽 종소리가 울려퍼지면 기상하여 냇가에 가서 씻고 학교 주변을 쓸고 잠들 때까지 온가족처럼 깨끗한 분위기 속에서 공부하였다. 화장실이 지저분하자 학생들을 데려다가 직접 소매를 걷어부치고 대소변을 치우기도 하였다.

남강의 교육철학은 일상에서 만나는 학생마다 "부지런하라. 나라와 겨레를 사랑하라"는 말로 권면하였다. 남강은 학생들에게 아침에 일찍 일어나고, 학교 주위를 쓸고, 자기방과 교실 및 기숙사를 깨끗이 정리정돈하며, 자신의 옷을 단정하게 하고, 화장실을 깨끗이 하며, 바르게 걷고, 인사를 잘하고 예의범절을 지키는 것이 사람됨의 도리요, 그와 같은 생활 속에 자신과 민족의 힘을 기를 수 있다고 보았다. 이는 도산의 "행하기를 힘쓰라"는 무실역행(務實力行) 사상과 일치한다. 먼저 참되고 바른 인간이 되는 힘이 나온다고 확신한 것이다. 남강의 이러한 모본은 오산학교 교사들의 교육철학이 되었다.

남강은 이 연설에서 이 자리에는 7명밖에 없지만 앞으로 70, 700명에 이를 날이 올 것이라고 확언했다. 이듬해에는 20~25명의 청년들이 전국 각지에서 대거 몰려왔다. 서북지역 민족운동의 산실이요, 민족애국지사 양성의 대표적 교육기관으로 자리잡았다. 신교육의 전국적인 모범으로 떠오른 서북지역의 대표적 교육기관인 오산학교의 모범을 따르고자 정주와 평안북도를 비롯하여 전국에 신식교육기관 설립이 이어졌다.

〈황성신문〉은 1908년 7월 22일자의 보도에서 불과 7개월

만에 오산학교가 세워진 정주군이 오산학교 설립 7개월 만의 놀라운 지역 교육 기풍의 변화를 칭송하고 있다.

남강의 헌신은 조정에도 전해졌다. 순종은 1909년 1월 31일, 평안도 지방 시찰에 나서 특별히 이승훈을 만나 칭찬하며 격려금을 하사하였다. 〈황성신문〉은 "황제께서는 정주 정거장에서 이 군에 사는 저명한 교육자 이승훈 씨를 특별히 불러 만나셨다더라"면서 민족자본을 모으고, 오산학교를 설립하였으며, 부패 관리들의 방해와 냉소 속에 학교교육을 성공적으로 이끌어 순종이 남강을 만나 칭찬하고 격려금을 내렸다는 기사였다. 〈황성신문〉은 교육자와 실업가로서의 남강을 '이승훈 씨의 역사를 우리 전국의 인사들에게 알리노라'라는 제목의 글로 남강을 칭찬했다.

남강의 졸업 축사에서 그의 가치 면모를 알 수 있는 문장은 "여기에 한 가지 부탁할 것은, 오산의 졸업생들은 어디를 가든지 거짓말로 남을 속이지 말고 자기가 맡은 일을 게을리하지 말고 몸소 실행하며 민족의 영광을 높이는 훌륭한 인물이 되어 달라는 것입니다."이다. 남강의 삶과 철학이 함축된 문장으로 도산의 교육입국 사상과 일치하는 대목이다. 오산학교는 안창호의 평양 소재 대성학교와 더불어 평안도의 대표적인 양대 신교육 교육기관이 되었다.

교사로는 민족주의에 충일한 조철호, 윤기섭을 비롯하여 민족사학자 신채호, 오산학교와 남강에 기독교정신을 일깨우고 1921년 오산학교 교장이 된 다석 유영모가 있었다. 이 시기 학생 중에 함석헌이 있었다.

1910년에는 동경 유학을 마친 춘원 이광수가 오산학교 교사로 부임하였으며, 그는 오산학교의 경험을 "내가 민족운동의 첫 실천으로 나선 것이 교사생활이었다. 나는 오산학교에 와서 사람 노릇하기를 조금 배웠노라"고 하였는데, 그는 4년 간 교사로 봉직하면서 교가 및 창립기념일가, 졸업식가, 동문회가 등의 노래도 지었다.

남강의 민족운동의 토대 기독교 신앙

남강은 1907년 또는 1908년에 기독교 신자가 되었다. 그는 지인들과 예배를 위해 모이다가, 1909년 땅을 기부하고 교인들이 모금하여 예배당을 건립하였다.

남강의 기독교 신앙은 그의 민족운동을 받쳐주는 든든한 버팀목이었다. 훗날 남강은 다음과 같이 고백했다.

내가 오늘까지 온 것은, 내가 한 것은 조금도 없습니다. 모두 하나님이 나를 이렇게 만들었습니다. 나는 본래 배우지 못하고 무식한 사람입니다. 나는 아무것도 아는 것이 없지만 하나님이 이끄셔서 오늘까지 왔습니다.

요시찰 인물 남강 - 안명근 사건과 105인 사건, 3.1운동으로 구속

남강은 1910년 강제합병 이후 '안명근 사건'과 '105인 사건'에 연루 혐의와 3.1운동 주도자로 일제의 모진 고문을 견뎌 내야만 하였다. '안악 사건'이라고도 불리는 '안명근 사건'은 1910년 11월 안중근의 사촌동생 안명근이 서간도에 무관학교를 세우려고 황해도 안악에서 자금을 모금하다 붙잡혔는데, 일제는 2010년 8월 29일 한일강제합병으로 인한 우리 민족의 비판적 분위기를 잠재우고자 사건을 조작하여 민족운동의 싹을 제거하려 한 사건이다. 일제는 민족운동을 침소봉대하여 관련된 사람들을 무차별적으로 잡아들여 모진 고문으로 허위자백을 받아냈다. 일제에 지시를 받은 재판부는 이들에게 내란미수죄, 모살미수죄 등으로 관련자를 5~15년 징역형과 울릉도와 제주도 유배형을 선고하는 등 사건을 날조하였다.

일제는 체포 각본을 미리 짜놓고 허위자백을 받아내기 위해 고문을 하는 방식으로 사건을 날조하였다. 서북지역의 교사와 학생을 중심으로 신민회 조직이 기독교인들과 결탁하여 압록강 철교 개통식에 참석하려는 총독 암살계획을 세웠다는 것이다. 1911년 9월을 시작으로 양기탁, 임치정, 윤치호 등 전국적으로 600여 명을 검거하였다. 재판에서 증거가 없어 99명이 무죄 방면되는 등 민족운동의 기운을 꺾기 위한 무리한 조작수사였음이 드러난 것이다.

일제는 수사 과정에서 신민회 활동을 파악하고 조직을 와해

시켰다. 이로 인해 많은 신민회 회원들이 해외로 망명하여 독립운동의 기운이 해외로 전파되는 계기가 되었다.

일제는 남강을 주모자로 몰아가려고 모진 고문과 함께 회유했지만 남강은 조직 책임자로서 끝까지 넘어가지 않았다. 그는 그로 인해 제주 유배형 중에 6년 형을 받고 다시 투옥되었다가 4년 2개월의 수감생활을 하였다. 그는 감옥에서도 오산학교에서 학생들의 본을 보였던 것처럼 더럽고 힘든 일을 마다하지 않고 솔선수범하였다. 민족을 위해서라면 자신이 처한 어느 곳에서라도 힘들고 궂은 일을 마다하지 않고 앞장선다는 것이 그의 소신이었다. 수형생활의 곤고함을 잊고자 석방되기까지 성경을 100번 이상을 읽고 오산학교 교장 라부열 선교사가 전해준 〈천로역정〉을 읽으면서 신앙이 돈독해졌다.

모진 고문 끝에 남강은 1911년 5월 제주도 유배형에 처해졌다. 9월에는 '105인 사건'으로 다시 서울로 압송됐다. 그의 제주도 유배 생활은 마치 다산 정약용의 유배생활을 떠올리게 한다. 가난한 사람들을 돌보고 성경과 기도 생활을 하며 교회와 학교의 강연 요청에도 적극 응했다. 민족계몽운동에 사활을 건 그의 삶에서 제주도 유배생활을 어찌 무활동으로 지낼 수 있을까. 그는 제주도 유배생활을 통해서 기독교 신앙은 더욱 굳어졌고 제주도의 교육 및 산업자본은 강화되었다. 1908년 8월 일제는 사립학교령을 공포한다. 이후 전국의 사립학교 수가 1910년 1,973곳에서 1914년 1,242곳으로 줄었는데 제주도에서는 오히려 11곳에서 24곳으로 늘어났다고 한다. 남강의 영향력을 생각해 볼 수 있는 유의미한 수치이다.

남강의 인생에서 큰 힘이 된 사람 중 하나는 '조선의 간디'라 불리는 고당 조만식이다. 1912년 유영모가 일본 유학을 떠나면서 오산학교의 지도부에 공백이 생겼다. 유영모는 동경 메이지대학 법학부 유학 중인 조만식을 만나 오산학교를 소개하였고, 유영모의 간청으로 조만식은 이듬해인 1913년 3월 졸업 후 4월 오산학교 교사로 부임한다.

오산학교의 역사에서 조만식은 남강의 분신 역할을 하였다. 실제 조만식의 인격과 삶의 태도는 남강의 분신과도 같았으며 남강이 했던 학생 지도를 꼭 빼어닮은 동고동락하며 솔선수범이었다. 한경직의 유명한 간증에도 나타나는 조만식은 유영모와의 만남으로 훗날 민족 지도자의 반열에 오른다. 그가 오산학교에서 배운 유영모의 리더십의 영향이다. 남강의 투옥과 부재의 자리에서 조만식은 오산학교에서 곧 남강이요, 남강은 곧 조만식이었으며 남강의 오른팔이었다.

남강은 '안명근 사건'과 '105인 사건'으로 수감생활을 한 후 가장 먼저 정기정 목사에게 세례를 받고 오산교회 장로가 되었다. 남강은 출소하면서 한복이 아닌 양복을 입기 위하여 친지에게 양복을 가져다 달라고 부탁했다. 이후 그의 정복은 양복이었다. 많은 사람들이 남강이 변절한 게 아닌가 의심할 정도였다.

남강은 보다 현실적이 되어 학생들에게 공업과 산업의 중요성을 강조하였다. 경제인 출신답게 공업과 산업에 바탕을 둔 산업인 육성의 필요를 절감한 남강은 오산학교에서는 교사나 과목에 있어서 이러한 인재 양성이 어렵다고 보아 유학을 권유하였다. 오산학교 출신들 중 전기과, 기계과, 토목과, 농학과를 전공하여 돌아오는 졸업생들이 많은 이유이다.

특히 남강은 훌륭한 교사 양성에 목표를 두고 우수한 인재가 전국의 초등 및 중등교사가 되도록 진로지도를 아끼지 않았다. 그가 어디를 가든지 오산학교 출신 교사들을 만나고 힘을 주는 일을 가치있게 여긴 것은 남강이 민족계몽을 위해 얼마나 애썼는지를 보여준다.

밀려드는 학생들의 교육 수요와 더 나은 교육과정 운영을 위한 공간 확보를 위하여 신축 교사(校舍)의 필요성이 대두되었다. 오산학교의 재정 상태가 어려움에도 남강은 끊어진 후원의 손길을 복원하고 새 교사 신축의 필요성을 알리기 위하여 뛰어다니며 후원금을 모금하였다. 건축 비용 절감을 위해 학생들과 건축자재 소달 등 모든 과정에 관여하면서 예산에 맞추기 위해 전력을 다하여 1917년 반양식 건물의 신축 건물이 완성되었다. 신축 교사 건축을 위해 남강은 가족들에게 음식 장사를 시켰고, 재정문제 해결을 위해 긴축 재정을 운영하며 정면돌파 방법을 동원하였다.

민족 대표가 되어 3.1운동에 앞장서다

1918년 9월 3.1운동이 일어나기 약 7개월 전 남강은 상해교민 대표로 참석한 여운형을 만나 국제정세에 대하여 논의한다. 남강은 기독교계 3.1운동을 추진한 중심 인물이었다. 서울의 천도교 측에서 독립선언 관련 협의 요청이 와서 2월 20일 천도교 측을 만나 만세운동에 필요한 재정 및 사후대책을 논의하였으며 불교계가 동참하였다. "대한독립만세"의 함성이 방방곡곡 울려퍼졌고, 남강은 '안명근 사건', '105인 사건'에 이어 '3.1운동'으로 세 번째 투옥과 고문의 나날을 보냈다. 남강은 재판정에서 시종 의연하게 민족의 독립을 위한 '3.1운동'은 나라 잃은 민족의 당연한 권리요 평화선언임을 신념과 확신을 가지고 판사에게 거침없이 말했다.

수형 생활에서 남강의 가슴을 아프게 한 현실은 찬 바닥에서 형편없는 음식에 고달픈 노역을 하는 것이 아니었다. 감옥에서 식사로 나오는 쌀에 돌이 많이 들어가 고통을 호소하는 문제를 죄수들이 체로 걸러서 돌을 골라내도록 하고, 조선인 간수가 일본 간수들보다 더 모질게 군다는 문제에 대하여 감옥생활 개선책을 제안하였다. 이 제안들이 남강이 석방된 후인 1922년 7월 25~29일 자에 연재한 '감옥에 대한 나의 주문'에서 보도되어 그의 동포 사랑이 널리 알려졌다.

남강은 3.1운동으로 수감된 기간동안에 구약은 10번, 신약은 40번, 기독교 관련 서적도 7만 쪽 분량을 읽었다고 한다. 그를 지켜준 힘이 기독교 신앙에서 나왔다는 것을 알 수 있다.

감옥 생활은 남강의 사상은 민족의 독립이라는 최상의 지상과제에 대한 인식을 약화시키지 못했다. 그의 의식의 뿌리는 홍경래의 난에서 알 수 있듯이 서북사람들의 일상에 뿌리내린 지역 차별과 변방지방 사람들에 대한 차별, 양반 상놈 차별, 식민지배민의 노예와 같은 삶, 조선인이 조선인을 차별하는 현실에 대한 문제의식이 강화될 뿐이었다. 기독교의 평등 사상은 그의 이러한 사상을 현실화시키는데 도움이 될 것이라는 확신이었다.

3.1운동과 오산학교

오산학교는 1919년 3월 2일 오산학교 교사 학생 및 지역민과 오산교회 교우들을 모아 만세운동의 필요성을 역설하고 독립선언서를 뿌리며 고읍역까지 "대한독립만세"를 외치며 행진했다. 1천여 명의 평화 시위대에 일경은 강제 진압하고 주모자들을 체포했다. 이에 일경은 야비하게도 오산학교 교사와 교회를 불태웠으며 이로 인해 오산학교는 수업이 불가능할 정도로 폐허가 되었으며 1년 간 졸업생을 배출하지 못했다.

남강은 1922년 7월 21일 민족대표 33인 중 마지막으로 3년의 형기를 마치고 출소했다. 투옥 중인 1922년 2월 남강의 부인 이경강이 신병으로 고통 중에 세상을 떠났다. 독립운동가의 아내로 세 번의 옥고를 치르는 동안의 옥바라지와 자녀양육의 몫은 오로지 아내의 몫이었다. 오산학교의 열악한 재정으로 인해 남강의 아내는 밥집을 운영하며 모진 세월을 보냈다.

1922년 7월 22일자 〈동아일보〉 기사는 남강의 출소 소식을 전하면서 남강의 심경과 이후 활동에 대하여 다음과 같이 전하고 있다. "장래에 할 일은 나의 몸을 온전히 하나님께 바쳐 교회를 위하여 일할 터이니, 나의 일할 교회는 일반세상 목사나 장로들의 교회가 아니라 온전히 하나님이 이제로부터 조선민족에게 복을 내리시려는 그 뜻을 받아 동포의 교육과 산업을 발전시키고자 하오." 이 대목에서 남강의 삶의 마지막 몇 해 그가 제도권 종교로 보수화되어 삶의 현실을 외면한 기독교를 떠나 무교회주의적 삶의 사상적 흐름을 볼 수 있다.

7월 21일 출소 후 찾은 오산학교는 1915년 신축교사와 교회는 3.1운동의 구실로 일제에 의해 불탔고, 그 자리에 새 건물이 들어섰고, 공간 부족으로 기숙사 건물을 임시 교사로 사용하는 중이었다. 새 교사 신축은 김기홍이라는 20대 청년의 헌신이 컸다. 할아버지의 반대로 오산학교를 다니다가 그만둔 김기홍은 부유한 집안 출신이었다. 할아버지를 설득하기 어려운 김기홍은 오산학교의 사정을 알고 쌀가마니를 메고 오산학교에 가져다 주기도 하였다.

할아버지 밑에서는 민족운동이 어렵다고 판단한 그는 상해로 건너가 애국지사들과 활동하다가 꿈속에서 흰 옷을 입은 남강이 손짓하며 자기를 부르는 꿈을 꾸고 귀국하였다. 김기홍은 할아버지를 설득하는 일은 불가능하다고 보고 땅문서를 담보로 7,000원을 마련하여 학교에 기부하였다. 이러한 소식을 들은 졸업생과 학부모들도 모금 행렬에 동참했다. 각고의 노력 끝에 1920년 9월 오산학교는 다시 문을 열었다.

남강이 투옥 중이었던 2020년 9월 다시 문을 연 오산학교는 남강, 조만식, 유영모 교장 체제에서 민족교육의 본산으로서 더욱 진취적이며 자립적이고 자발적인 강인한 인재 양성 학교로 자리잡게 되었다.

출소 후 남강은 나빠진 건강을 위해 평양 기독병원에서 병원 치료도 받고 요양도 하였는데, 이때 만난 기독교인 간호부장과 결혼한다. 2023년 1월 남강은 일본 시찰에 나서 일본의 농촌과 도시, 산하와 삼림, 논밭, 교육 기관 등을 시찰하였으며, 오산학교 졸업생과 유학생을 만나 강연하고 설교하였으며, 학문을 닦아 훌륭한 인재가 되어주기를 당부하였다.

민립대학설립운동에 나서고 동아일보사 사장을 맡다

이후 남강은 1922년 11월 남강과 남궁훈, 송진우, 이갑성, 이상재, 장덕수, 한용운, 허헌, 현상윤, 홍덕유 등 각계 인사들이 민립대학 기성회준비위원회를 조직하고, 발기총회에서 중앙집행위원으로 선출되었지만, 일제는 모금을 위한 강연이 반일감정을 부추긴다는 구실로 청중을 해산하고 온갖 이유로 방해공작으로 목적과 취지의 당위성이 큼에도 재정 확보의 문제로 우리 손에 의한 민립대학설립운동은 실패로 돌아갔다. 이 과정에서 남강은 좌절하지 않고 오산에 농과대학 설립 계획을 구상하였다.

이후 남강은 식도원 사건으로 어려움에 처한 동아일보사의 요청으로 동아일보 제4대 사장에 취임하였으며 복잡한 동아일보 내부의 갈등 해결에 온몸을 바쳐 애썼으며, 동아일보를 통한 오산학교 교육의 우수성과 교육입국 정신을 전국에 확산하는데 역할을 다하였다. 남강 사상의 처음도 교육이요 마지막도 교육임을 알 수 있는 대목이다.

오산학교를 고등보통학교로 승격시키다

1907년 12월 개교한 오산학교는 1909년 중등학교로 인가받았다. 1922년 제2차 조선교육령이 공포됨에 따라 오산학교가 중등학교로 인정받기 위해 새로운 등록 절차를 밟아야 했다. 조선인이 세운 사립 중등학교는 고등보통학교라 하여 새로운 교육령에 따라 등록절차를 밟지 않으면 오산학교 졸업생들은 상급학교 진학 교원으로 취업을 할 수 없었다.

새로운 조선교육령은 학교 운영에 있어서 간섭을 노골화하기 위한 것이었다. 민족교육을 불가능하게 하기 위한 교묘한 술책이었다. 사립학교인 오산학교의 경우 거액의 기부금 모금을 통해 재단법인 설립을 해야했으며, 고등보통학교로 인가받지 않으면 졸업생이 상급학교 진학과 교사로서 활동이 불가능했다. 평안북도 지사 이쿠다는 오산학교가 배일 성향의 학교라는 이유로 기부금 모집을 불허했다. 남강은 서양이 동양을 침탈하는데 조선인이 그에 맞서지 못하면 일본에게 불리하다는 논리로 맞섰다. 고등보통학교 규정으로도 얼마든지 오산학교를 일본이 원하는 방향으로 관리 감독이 가능할 수 있기에 마침내 이쿠다는 기부금 모집을 허가했다.

재단설립 기금 30만원이라는 목표액 마련을 위해 남강은 동분서주하며 지역 유지들을 설득하기 위해 혼신의 노력을 다했다. 남강은 또한 박천에 개간하지 않은 3천 정보의 갈대밭을 개간하여 농사를 지으면 식량 증산으로 인한 학교 운영에 도움이 되고 농과대학을 세우는데 유리할 거라는 생각으로 계획서를 제출하여 총독의 허가를 얻어냈다. 남강의 인품과 열정이 담보가 되어 우여곡절 끝에 기부금이 답지하면서 25만원이 모금되어 재단 설립 요건을 갖추었다. 남강을 이사장으로 하는 오산고등보통학교 재단이 설립된 것이다. 1925년 3월 오산학교를 고등보통학교로 승격 신청하였고, 1926년 2월 오산고보로 개교했다. 오산소학교도 오산보통학교로 인가받았다. 승격 즈음에 밝힌 남강의 뜻은 다음과 같다.

내가 학교를 경영하거나 그 외 사회의 모든 일을 할 때나 신조로 삼고 나가는 것은, 첫째는 '민족을 본위로 하라'는 것, 둘째는 '죽기까지 심력을 경주하라'는 것입니다. 나는 이것으로 어떠한 곤란과 핍박 또는 위험이 앞에 있더라도 싸워서 이기고 위안을 받습니다.

관청의 허가를 위해 동분서주하며 남강이 변절했다는 오해를 받았던 남강은 개의치 않았다. 민족애를 기반으로 한 오산고보 출신들은 어디 가나 두드러졌으며, 그 활약상과 영향력으로 볼 때 남강의 선택이 최선이었음을 알 수 있다.

오산학교가 고보로 승격한 후 체육회, 토론회, 강연회 등 다양한 교육과정으로 민족본위 교육을 실시하던 조만식 교장을 눈엣가시처럼 감시하던 일제는 조만식 교장 퇴진을 노골적으로 요구하였다. 남강의 조만식 교장에 대한 신뢰와 학생들의 수업 거부 등의 갈등에도 오산고보는 조만식을 떠나보낼 수 밖에 없었으나 오산고보는 이에 굴하지 않고 교사와 기숙사를 신축하고 인재양성에 매진하였다.

사회주의계열의 도전과 시련에 부딪히다

러시아의 볼세비키혁명은 제국주의의 침탈로 나라를 빼앗긴 우리 민족에게 나라를 되찾을 수 있다는 희망을 주었다. 1920년대에는 사회주의가 열병과 같이 국내에 영향을 끼쳐 시대에 민감한 지식인과 청년 학생들에게 큰 영향을 끼쳤다. 독립을 꿈꾸는 이들은 러시아를 찾아 사회주의 혁명의 정신과 윌슨의 민족자결주의를 국내에 실현하기 위한 가능성을 탐색했다. 조선의 빈곤과 무산계급의 해방을 기치로 내건 사회주의는 시대정신처럼 받아들여졌다.

1925년 조선공산당 창당은 기름을 붓는 격이었다. 사회주의자 박균은 곽산에서 남강을 찾아와 세계적인 동향과 일본의 현실을 이야기하며 일본공산당과의 합작을 제의했다. 정주 출신 동경 유학생 단체인 정원학생회 대표들은 3.1운동 주도세력은 새로운 시대의 방해가 되니 퇴진할 것을 요구하였다.

남강은 교육자로서 그들의 앞선 정치적 입장에 동조하기가 어려운 현실이었다. 1924년 극심한 가뭄으로 조선 8도가 굶주리고 있을 때, 조선기근구제회 집행위원장을 맡은 남강은 며칠 후 사임하였는데, 사회주의 계열 인물들이 구제회에 대거 포진하여 그들과의 관계 형성에 어려움을 겪어 숙고 끝에 내린 결정으로 보인다. 1930년 남강 사후 장례를 사회장으로 거행하는 것에 대하여 사회주의자들이 반대한 것은 남강의 사회주의 계열 인사들과의 관계에 따른 것이다.

사회주의의 여파는 오산고보에도 몰아닥쳐 '독서회' 가입 학생들을 주축으로 식민교육 거부와 조만식 교장 퇴진 반대 등 1927년 개교 20주년을 맞은 학교 측을 난감하게 만드는 상황이 전개되었다. 1928년 동맹휴학은 조선어문법을 정식 과목으로 넣어달라는 것이었고, 1929년은 3.1운동 10주년 기념 동맹휴학이었다. 총독부 치하에서 동맹휴학과 학생들의 요구사항은 학교 측이 제재를 받아 학교가 문을 닫을 사항이어서 남강의 고민은 깊어갔다.

1929년 광주에서 일어난 학생독립운동은 3.1운동 이후 최대의 항일시위투쟁이었다. 오산고보의 만세 시위는 1월 18일에 일어났다. 500여 명의 학생들이 시위를 위하여 정주역까지 만세를 부르며 진출했다. 남강은 3.1운동 시위 때를 떠올리며 3.1운동 이후 최대의 시위를 지켜만 볼 수는 없었다. 대신 탄압의 빌미를 주지 않기 위해 학생들이 일경의 조건을 들어주고

귀가하도록 협상하였다. 학생들은 아무런 사고 없이 물러날 수밖에 없었다. 시위 학생들은 1주일 정학 처분을 받았고, 졸업반인 5학년만 등교할 수 있었다. 구속된 57명의 석방을 위해 백방으로 뛰어다녔다. 시위 중심인물인 선우기성, 신기복, 임창원 등은 끝내 제적되었다. 이들은 제적후 55년이 지난 1985년에 명예졸업장을 받았다.

'성서'와 '조선' - 종교의 본질과 역할에 대한 성찰

남강의 애국지사로서의 삶은 기독교 신앙과 떼려야 뗄 수 없는 그의 사상 형성의 토대가 되었다. 그는 교회의 장로였으며 1923년에는 대규모 전도대를 조직하기 위해 애쓸 정도로 신앙이 뜨거웠다. 남강은 기독교가 인간과 사회와 역사에 대한 책임 의식을 느끼지 않고 제도권 종교에 머물며 현실에 안주하는 모습과 특히 기독신우회 지도층의 위선적 언행에 크게 실망하였다. 하나님의 뜻이 어디에 있음을 고민하는 모습은 찾아볼 수 없고, 인간과 사회와 역사에 무지한 행태에 실망을 느끼기 시작하였다.

그는 오산고보에서 성서조선 그룹으로서 따로 기도회 모임을 하는 함석헌의 사상에 주목하였다. 성서조선 그룹은 일본인 우찌무라 간조의 영향을 받은 조선 기독교인들로 '무교회주의자'들이었다. 제도권 교회에 나오지 않고 자기들끼리 모여 예배를 드리고 성경을 연구했으며, 동인지 〈성서조선〉을 발간했다. 〈성서조선〉은 문자 그대로 '성서'와 '조선'의 만남, 즉 '조선적 기독교'의 수립을 시도했다. 이들은 제도나 형식에 얽매이지 않고 조선의 현실에서 어떻게 성서를 해석하고 적용할 것인가의 문제를 놓고 고민했는데, 남강은 어느새 이들 속에서 새로운 희망을 찾게 되었다.

남강의 마음이 머문 곳은 〈성서조선〉의 창간사였다. "〈성서조선〉아, 너는 우선 이스라엘 집으로 가라. 소위 기성신자의 수에 그치지 말라. 기독보다 외인을 예배하고 성서보다 회당을 중시하는 자의 집에는 그 발의 먼지를 털지어다. 〈성서조선〉아, 너는 소위 기독신자보다도 조선혼을 소지한 조선 사람에게 가라. 시골로 가라. 산촌으로 가라. 거기서 초부(樵夫) 1인을 위함으로 너의 사명을 삼으라."

남강은 함석헌에게 1929년 가을 〈성서조선〉 동인들에게 그들의 지향과 활동에 대하여 묻고자 한다고 그들 주소를 알려달라고 하였다. 경성에서 '성서조선 그룹'과 깊은 대화를 나눈 남강은 돌아와 제도권 교회를 비판하며 출석하지 않고 '성서조선 그룹'과 어울리며 '오산성경연구회'라는 명칭으로 집회를 가졌다. 6,7명으로 시작한 모임은 1930년 5월에는 20명을 헤아렸는데, 1930년 2월 선천에서 열린 조선예수교장로회 평북노회에서는 남강을 '시무치 않는 죄'로 면직하였다.

남강은 이에 개의치 않았는데 "교회는 지금 조선을 위하여 좋은 일을 하는 것보다 도리어 해되는 일을 함이 많다"는 생각이 당시 그의 입장이었다. 신학교를 다니기도 했고 평신도로

서는 가장 높은 직분인 장로였던 그의 이 같은 태도는 한국 기독교계에 작지 않은 충격이었다. 이후 그리고 오늘날까지 보수 기독교단에서 기독교인 민족 지사로서 남강의 업적에 대하여 크게 인정하지 않는 이유가 여기에 있다.

〈육일지 남강〉 소각과 동상 건립

1924년 회갑을 맞은 스승의 공적을 기념하기 위해 제자들은 약전을 펴내기로 하여 〈육일지 남강〉을 펴냈으나 총독부 문서과가 반일적이라며 소각 결정을 내렸다. 그로부터 4년이 지난 1928년 졸업생을 중심으로 오산 교정에 남강의 동상을 세우자는 논의가 이루어져 1929년 5월 총동창회의 만장일치 가결로 남강선생 동상건립준비위원회가 발족되었다. 남강은 자신의 동상 건립을 반대하지 않았는데, 자신의 교육자로서의 삶이 자신이 죽은 이후에도 동상으로 남아 후대에 영향을 끼칠 수 있다는 뜻이었으리라.

총독부는 남강 동상 건립을 갖은 이유로 반대하고 제막식의 절차를 문제삼아 제동을 걸어 동상제막식이 미뤄져왔다.

1929년 12월 16일 4천 2백여 원의 제작비로 완성된 동상은 오산고보 교정 화강암 대리석 위헤 우뚝 섰다. 동상 소개말은 오산학교 교사를 지낸 이광수가 썼다.

1930년 5월 3일 철저한 감시 속에 우여곡절 끝에 제막식이 열렸다. 일경은 소요를 대비하여 경찰 병력을 대거 투입하였으며, 학생들이 오산학교의 역사를 상기하고 모금하기 위해 현장에서 판매한 남강과 조만식의 사진과 일제에 의해 불탄 오산학교 사진이 실린 그림엽서를 현장에서 압수하였다. 또 조선일보 부사장 안재홍이 축사를 하는 도중 내용을 문제삼아 경찰서장이 중단시키기도 했다.

이런 분위기 속에서 마침내 남강이 연단에 올라 아래와 같이 소감을 밝혔다. "나같이 별로 한 일도 없는 사람을 위해 이렇게 동상을 세워주고 제막식까지 성대히 해주니 무어라 감사의 말씀을 드려야 할지 모르겠습니다. 나는 어려서 가난한 가정에 태어나 글도 변변히 못 읽고 여러 가지 고생을 했는데, 오늘 이같은 영광을 받게 되니 내게는 너무 과분한 일입니다. 내가 민족이나 사회를 위해 조금이나마 한 일이 있다면 그건 백성된 도리에서 당연한 것이며 특별한 것이 아닙니다. 나는 하나님을 믿는 것을 가장 자랑스럽게 생각합니다. 내가 후진이나 동포를 위해 한 일이 있다면 그것은 내가 한 것이 아니고 하나님이 내게 시킨 것입니다."

동상제막식은 남강이 숨을 거두기 닷새 전에 이루어졌다. 평소 심장이 좋지 않은 남강은 입원해서 치료를 받아야 했지만 여러 일로 바빠 미뤄오던 중 심장 진료를 하루 앞두고 숨을 거뒀다. 그것이 남강의 마지막 연설이 될 줄은 현장에 있던 사람들 그 누구도 몰랐으리라.

남강은 마지막 숨을 거두기 전 거친 숨을 몰아쉬며 유언을 남겼다. "내 스스로를… 나라와 민족에 바치기로 맹세했는데…

이제 죽게 되었네. 내가 죽거든… 시신을 병원에 보내어 해부하고 뼈를 추려 표본으로 만들어… 학생들이 사람의 관절과 골격의 미묘함을 연구하는 데 자료로 삼게 하게나. 바라건대 땅속에 묻어 흙보탬이나 되게 하여… 이 마음을 저버리지 말도록 해주게나."

남강의 생명사상 - 우리 민족의 앞날의 지향

남강은 마지막 떠나는 길까지 일제의 방해를 받았다. 민족지도자들은 남강의 장례를 조선교육협회 회관에서 사회장으로 치르려 하였으나 정주경찰서가 갑자기 총독부의 명령이라며 사회장을 금지하였다. 장례식이 항일집회로 이어질 것을 두려워함 때문이었다.

일제는 남강의 마지막 유언도 지키지 못하게 방해하였다. 그의 동상처럼 그의 주검이 표본으로 만들어져 그의 정신이 영원히 기억되는 것을 두려워하기 때문이었다.

조만식은 식장에서 이렇게 말했다. "남강은 조선을 위해 울고 웃고 조선을 위해 죽었습니다. 남강은 그 죽은 뼈까지 민족에게 바쳤습니다. 그 영혼의 소리가 들리는 듯합니다."

오산학교 서쪽 산기슭에 묻힌 남강의 묘비 글을 쓴 정인보의 글은 그의 삶을 가장 잘 요약한 글이다.

초년에 등짐 지고 장사하여 자력으로 재물을 모았고

조국 산하를 회포에 사무쳐 떠도니

하늘이 그 뜻을 살펴 주셨네

종을 칠 새 북채가 있으나 북채로 아니하고 손으로 쳤네

여기에 재물을 모아

학생을 가르치며 몸소 규범을 보이셨네

20년간 수없이 죽을 고비를 넘기면서 외롭게 싸웠지만

뚜렷한 보답이 없었고

명예는 오히려 공이 부끄러워하는 바였네.

백발이 삼삼하니 사람들이 이에 의지하였네

사람들이여 무덤을 말하지 말라

피로를 풀고 여기 편안히 쉬노라….

〈오산 백년사〉에는 학부모들이 입학시험 때 자녀들을 남강의 동상 앞에 엎드려 절하고 기도하며 적혀 있는 약력을 외우게 하였다는 글이 있다.

조선 조 말 격동의 시대에 조선에서 가장 차별 받던 지역에서 태어나 조실부모하고 누구보다 돈을 벌어 자수성가한 삶을 살았던 남강. 그래서 그는 참봉 자리도 돈을 주고 사서 사회적 신분상승을 실현하고, 가족 친척을 한 마을에 모아 굶지 않고 살게 하고, 학교를 세워 교육하고, 되도록 일가 친척들을 양반가와 결혼시키며 집안을 일으켰다.

그러나 1907년 도산 안창호를 만나 오산학교를 세우고 학생들과 먹고 자며 부지런하고 정직한 인격을 가진 도덕적인 인간

을 양성하여 일제강점기 민족교육의 산실로 키워냈다. 오산학교가 배출한 인재들은 해방 후 우리 민족 역사의 크나큰 정신적 기둥의 역할을 하였다.

일제와 제국주의 국가들이 민족자본을 약탈할 때, 관서자본으로 대항하며 민족자본을 지키는데 앞장서고, 교육입국을 위하여 도산 안창호와 힘을 합해 오산학교를 키워내고, 전국 어디든 오산학교 출신의 교사로서 후학을 양성하도록 교사 양성에 힘썼으며, 사회자본의 중요성을 깨닫고 제자들에게 상업과 공업의 중요성을 일깨우며 자본 형성의 중요성을 일깨우며, 무엇보다 정직하고 신뢰로우며 부지런한 도덕인이 되어야 함과 행동하고 실천하는 양심인이 될 것을 몸으로 실천하고 솔선수범한 민족의 지도자 남강.

공인으로서 당시 기독교가 외면하는 국가 사회적 책무의 중요성을 일깨우며 '무교회주의'를 과감하게 실천한 그의 용기와 지성은 오늘 우리에게 "어떻게 살아야 하는가"에 대한 깊은 인식과 깨달음을 준다.

그가 마지막 유언으로 남긴 자신의 시신을 인체 해부 실험으로 사용하고 표본으로 남겨달라는 유언은 오늘 인류를 구원할 생명사상의 모본이다. 남강 이승훈은 우리 겨레의 영원한 스승이다.

오동진 장군

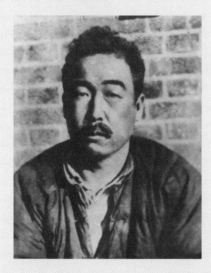

[1889년 8월 14일 ~ 1944년 5월 20일]

대한민국의 독립유공자, 군인. 대한민국 정부수립 이후 독립유공자로 지정되어 건국
훈장 대한민국장에 추시되었다.

》

일본인 판사가 인정 심문을 위해 이름을 부르는 순간 오동진이 호
통쳤다.

"이놈 감히 어른의 함자를 함부로 부르느냐? 심판을 받아야 할 놈
들이 감히 나를 심판해? 이놈들 내려와서 내 심판을 받아봐라!"

- 본문중에서

약력 출처: 나무위키 / 사진출처: 저자

잊혀진 독립군 장군 오동진

조영권 (언론인)

평안남도 도청에 날아든 폭탄

1920년 8월 3일 밤.

평양은 그날따라 쥐 죽은 듯 고요했다. 경성(서울)에 이어 조선에서 두 번째로 큰 이 도시의 당시 인구는 7만 명 안팎. 한여름 땡볕에 다들 지쳤는지 해가 지자 금방 적막에 휩싸였다.

밤 9시 30분.

시내 중심가에서 굉음과 함께 불길이 치솟았다. 평안남도 도청이었다. 건물 한 쪽이 무너져 내렸다. 경찰 몇 명이 피 흘리며 쓰러졌다.

같은 시각. 도청과 나란히 서 있는 평안남도 경찰부 마당에도 보자기에 싸인 도시락 같은 물건이 날아들었다. 쇳소리를 내며 톡톡 튀더니 현관 앞에 멈춰 섰다. 그러나 터지지 않았다.

검은 그림자들이 골목으로 유유히 사라지고 난 뒤 도청과 경찰부 앞마당엔 전단 수백 장이 흩날렸다. "대한독립 만세"로 시

103

작되는 격문엔 '대한광복군총영'이라는 도장이 선명하게 찍혀 있었다.

평양 일대엔 초비상이 걸렸다. 일제 경찰은 평안남도뿐 아니라 인근 지역 전 병력을 동원해 시 외곽을 봉쇄하고 집집마다 수색을 벌였지만 머리카락 하나 걸리지 않았다.

이것이 바로 '평안남도 도청 폭파 사건'이었다. 거사의 주인 공은 안경신 의사 등 5명으로 구성된 '평양 폭파 결사대'였고 이들은 '대한광복군총영' 이라는 독립군 부대 소속이었다. 이 부대 최고 지휘관이 총영장인 오동진 장군이었다.

조선 독립 열망을 세계에 알리다

달포 전쯤 오동진은 상해 임시정부로부터 예사롭지 않은 정 보를 입수했다. 미국 모리스 상원의원을 단장으로 하는 상하의 원 시찰단 일행 70명이 필리핀, 중국을 거쳐 8월쯤 조선에 들 른다는 것.

임시정부와 광복군총영은 조선인들의 독립 의지를 세계에 알릴 좋은 기회라 판단하고 긴밀하게 협조하기로 했다. 무력 시위로 국내외에 충격을 줘야 기대한 효과를 얻을 수 있을 것 이라는 데 의견이 모아졌다. 작전 계획과 실행 일체를 광복군 총영이 책임지기로 했다.

오동진은 즉각 결사대 조직에 착수했다. 부대원 가운데서 정 예대원 13명을 선발했다. 시찰단 예상 경로인 경성, 평양, 신의

주에서 동시다발적인 공격을 펼치기로 하고 결사대를 3개 지대로 나누었다.

제1지대는 경성(김영철 김성택 김최명), 제2지대는 평양(문일민 우덕선 안경신 장덕진 박태열), 제3지대는 신의주(임용일 이학필 김응식 이진무 정인복)를 맡았다. 제3지대는 현지에서 신의주역(정인복 이진무)과 인근 선천군청(임용일 이학필 김응식) 두 팀으로 갈라졌다.

거사용 폭탄 제조를 위해 상해 임시정부에선 영국과 중국 전문가를 비밀리에 초빙해 보내줬다.

1920년 7월 12일.

결사대는 만주 관전현에 있는 광복군총영 본부를 출발했다. 오동진은 결연한 표정으로 대원들과 일일이 굳은 악수를 나눴다. 총영장이 결사대에 내린 공식 명령은 4개 지역에 잠입해 있다가 미국 의원단이 지날 무렵 일제 주요 건물을 폭파하고 적 요인을 처단하라는 내용이었다.

오동진은 출발 직전까지도 유일한 여성 대원인 안경신을 말렸다. 안경신은 완강했다. 이 중요한 일에 이런저런 이유로 빠진다면 누가 무장 투쟁을 하겠느냐며 강력하게 합류를 주장했다. 그때 안경신은 임신 5개월이었다.

대원들은 권총으로 무장하고 가방에 전단 수천 장과 폭탄을 나눠 담았다. 보따리 장사로 위장한 평양 담당 제2지대는 압록강을 건너 먼저 벽동읍내로 들어갔다. 그 고장에서 가장 악랄하다고 소문난 친일파 황계익을 처단하고 인근 서하면 주재소로 쳐들어가 건물에 불을 질렀다.

잠행은 거리낌 없었다. 7월말 평안북도를 벗어나 청천강 건너 안주에 도착했다. 예기치 않은 위험이 닥쳤다. 안주 시내에서 불심검문하던 경찰과 마주친 것이다.

절체절명의 순간

경찰은 험악한 얼굴로 일행을 쏘아보며 가방을 열라고 명령했다. 배가 부른 안경신이 나서 무어라 사정을 했다. 임신부의 핑계도 통하지 않았다. 막무가내였다. 서로 눈 신호를 주고받은 결사대는 가방을 열어 보여주는 척 하다가 권총을 꺼내 경찰 2명을 사살하고 바람같이 사라졌다.

8월 1일 평양에 무사히 도착했다. '안주 경찰 살해 사건'으로 분위기가 살벌했다. 길게 시간을 끌 여유가 없었다. 평남 도청과 경찰부 건물을 사전 정찰한 뒤 곧바로 실행에 들어갔다.

8월 3일 밤 9시 30분.

부슬부슬 비가 내리고 있었다. 도청 담벼락 그늘로 그림자들이 조심스럽게 다가왔다. 문일민, 우덕선이 평안남도 도청을 향해 폭탄을 던졌다. 제대로 터졌다. 건물 일부와 담장이 무너지며 일본인 경찰 2명이 현장에서 즉사했다.

다음엔 안경신이 치마 밑에 숨겨온 폭탄을 장덕진, 박태열이 건네받아 경찰부 건물에 던졌다. 불발이었다. 심지가 빗물에 젖어 불이 붙지 않았다. 비슷한 시각, 현지에서 합류한 결사대원 여행렬과 표영준이 평양부청에도 폭탄을 던졌으나 이 또한 터지지 않았다.

결사대가 현장에서 벗어난 뒤 시내 주요 거리에 격문과 경고문이 뿌려졌다. 대충 이런 내용이었다.

"일제 관공서에 근무하는 조선인들은 퇴직하기 바란다. 독립군 염탐자들에겐 회개를 명령한다. 부자들에겐 독립 자금 지원을 권고한다. 일반 국민들은 독립운동에 뜻을 함께 하기를 권고한다."

신의주, 선천에서도 쾌거... 경성은?

비슷한 시기 주요 도시에서 폭탄이 터졌고 그때마다 광복군총영 도장이 박힌 전단이 뿌려졌다.

8월 15일엔 신의주역 앞에서 정인복, 이진무가 일본인이 운영하는 고급 호텔에 폭탄을 던졌다. 부속 건물이 무너져 내렸다.

9월 1일 새벽 3시.

선천경찰서와 군청도 폭파되었다. 임용일, 이학필, 김응식 작품이었다. 3명 모두 무사히 본영으로 복귀했으나 선천 현지 비밀 대원인 박치의는 현장에서 일제 경찰에 붙잡히고 말았다.

제1지대도 경성으로 밀행하면서 곱게 지나가지 않았다. 김영철 지대장과 김성택, 김최명으로 구성된 경성결사대는 평안북도 자성군에 들러 친일파 군수를 공개 처형하고 황해도에선 역시 친일파로 악명 높던 장연군수를 처단했다.

이로 인해 경성으로 가는 길목 경계가 삼엄해졌다. 포목상으로 위장해 멀리 함경도로 돌아 7월 31일 경성 잠입에 성공했다.

제1지대의 목표물은 3곳. 친일파 이완용의 집과 종로경찰서, 서울역 건물 등이었다. 꼼꼼히 답사한 뒤 폭파 계획을 세워 놓고 시기를 기다렸다.

8월 21일.

미국 의원단이 도착하기 3일 전. 대원들은 중국요리집 아서원에서 마지막 만찬 겸 작전 점검을 하던 중이었다. 갑자기 바깥이 소란해졌다.

경찰 수십명이 문을 부수며 뛰어들었다. 피하거나 저항할 틈도 없었다. 전원 체포당한 것은 물론 갖고 있던 권총과 폭탄, 전단 등 모든 것을 압수당하고 말았다. 밀정은 이곳에도 있었다.

절반의 성공

1920년이 저물 즈음 국내로 진입했던 결사대원들이 대부분 복귀했다. 광복군총영 본부는 일제의 강력한 토벌작전에 밀려 비밀 장소로 옮긴 상태였다. 총영장 오동진에겐 재회의 기쁨보다는 돌아오지 못한 대원들에 대한 걱정과 미안함이 더 컸다.

특히 선천에서 체포된 박치의. 그는 다음 해 일제 법정에서 사형선고를 받고 곧바로 집행돼 형장의 이슬로 사라졌다.

또 다른 한 명 안경신. 임신부였던 그는 거사 후 함경도에 숨어 있다가 1921년 3월 출산 직후에 체포돼 사형을 선고받았다.

안경신은 체포된 뒤 태어난 지 열흘 밖에 되지 않은 아들을 안고 평양 검사국으로 호송돼 많은 이들의 눈물을 자아내게 했다. 안경신은 감형 후 1927년 12월14일 가출옥으로 석방됐으나 그 뒤로 완전히 소식이 끊겨 그의 삶에 대해선 더이상 알려진 게 없다.

4곳에서 동시다발적으로 벌인 거사는 절반의 성공에 그쳤다. 그럼에도 국내외에 미친 파장은 컸다. 무엇보다 3.1운동이 무력에 의해 잔혹하게 진압된 이후 조선인들이 살아있음을 스스로 확인한 계기였다.

거사 직전인 6월엔 홍범도 장군 등이 이끄는 연합 독립군 부대가 봉오동에서 일본군에게 큰 승리를 거둔 소식이 전해져 많은 이들에게 위안과 희망을 주었다. 더 나아가 만주와 국경 지방을 벗어나 적의 심장부인 경성, 평양, 신의주에 결사대가 잠입해 과감하게 폭탄을 던진 것 자체가 영웅담이 되어 빠르게 퍼져 나갔다.

성과도... 역풍도...

미국 의원단 방문 시기에 맞춰 일어난 무력 시위 소식은 미국, 유럽 등지에서 적지 않게 보도됐다. 조선인들이 일제에 굴복하지 않고 저항하고 있으며 여전히 독립 의지가 불타고 있음을 세계에 알릴 수 있었다는 점에서 어느 정도 성과를 거둔 셈이었다.

역풍도 만만치 않았다. 경성 결사대가 체포됨에 따라 광복군 총영의 조직과 지휘체계, 향후 계획 등이 일제 당국에 고스란히 알려지게 됐다.

일제는 경성에서 체포된 김영철, 김성택, 김최명에게 각각 징역 10년, 궐석 재판을 열어 총영장 오동진에게도 징역 10년을 선고했다.

이와 함께 오동진을 테러리스트로 지목해 상금 10만원을 목에 걸었다. 이 돈을 현재 가치로 환산하면 15억원 정도. 이로써 오동진은 항일 투쟁 전선에서 전설적인 인물로 떠오르게 됐지만 신변 위험도 그만큼 커졌다.

이때 오동진은 서른한살이었다. 군사교육을 받은 적 없는 새파란 청년이 어떻게 사령관으로 임시정부와 협력관계이던 독립군 부대를 지휘할 수 있었을까?

오동진이 항일 무장 투쟁에 투신한 건 불과 1년 전이었다.

부잣집 귀한 아들

오동진은 1889년 8월 14일 의주에서 태어났다. 일제 재판 기록엔 본적이 평안남도 의주군 광평면 청수동 659번지로 적혀 있다. 본관은 해주 오씨, 동복 오씨 두 가지 설이 있으나 확인되지 않았다.

그의 가계에 대해선 자세하게 알려진 바는 없지만 상당히 부유한 집안이었다. 오동진이 태어난 지 6개월 만에 생모 한씨가 세상을 떠남에 따라 아버지와 할아버지 손에서 자라났다. 12살 때 아버지가 계모 백씨와 재혼함으로써 처음으로 어머니란 존재를 느끼게 됐다.

할아버지는 한학에 정통했고 일찌감치 민족의식에도 눈을 뜬 지사형 노인이었다. 손자 오동진을 끔찍하게 아꼈으며 어린 시절 인격 형성에 절대적인 영향을 끼친 것으로 알려졌다. 동네 서당에서 공부를 시작한 오동진은 할아버지 뜻에 따라 의주에 있는 사립 소학교에 입학했다.

오동진은 이곳에서 신학문을 접했다. 기울어 가는 나라를 보며 세계 정세에 눈을 뜨기도 했다. 아버지가 더 넓은 곳으로 유학 가기를 권했다. 스무살 때 평양 대성학교에 입학했다.

대성학교는 도산 안창호가 설립한 사립학교로 피끓는 젊은 이들이 몰려들었다. 오동진은 이 학교 속성 사범과를 2년 만에 졸업했다. 대성학교가 준 선물은 항일 의식과 기독교 신앙이었다. 특히 기독교의 평등사상은 오동진에겐 신세계였다.

1913년 학교 졸업 후 오동진은 스승 안창호 뒤를 이어 인재 육성에 전념하기로 마음먹고 고향 의주에 일신학교를 세웠다. 이 학교는 평양 대성학교의 의주판이라 보면 적절했다.

평생 스승 안창호 선생

오동진은 평생 스승 안창호를 존경하고 따랐지만 독립운동 노선에선 의견을 달리했다. 안창호가 실력양성론을 주창하며 애국계몽운동을 펼칠 때 오동진은 나중에 무장 항쟁으로 방향을 전환했다.

유학에서 돌아온 오동진은 물려받은 재산을 털어 건물을 짓고 학생을 모집했다. 아버지는 아들을 믿고 응원해줬다.

오동진의 헌신은 여러 증인들 입을 통해 전해져 내려온다. 당시 일화 가운데 하나.

오동진은 학생들에게 결코 이념이나 의식을 강요하지 않았다. 자주 사용했던 방법이 합숙이었다. 학생들과 함께 먹고 자며 딱 5일만 지나면 학생들은 오동진보다 더 오동진 같은 생각과 말을 했다는 것이다.

또 다른 일화.

오동진은 대성학교 시절 독실한 기독교 신자가 되었다. 일신학교 교사를 하면서 동네 주민들을 상대로 기독교를 전도했다. 놀라운 결과가 나타났다. 동네 주민 전부가 기독교 신자가 된 것이다. 교육 사업은 길게 가지 못했다. 1917년 새로운 건물을 완공해 놓고 희망에 부풀어 있었다. 1918년 새 학년을 시작할 때쯤 조선총독부가 사립학교령을 공포했다. 일제 눈에 거슬리면 문을 닫아야 했다. 당연히 일제 당국의 눈 밖에 나있던 일신학교도 이때 폐쇄 명령을 받았다.

일신학교 강제 폐교는 오동진을 항일 투쟁에 한 걸음 더 나아가게 했다. 임시방편으로 장사에 뛰어들었다. 장사를 하면서도 1918년 말 석주 이상룡과 함께 비인가 학교인 배달의숙을 세워 식민지 조국 소년들에게 꿈을 심어 주려 노력했다. 이런 암중모색은 1년간 지속됐다.

3.1만세 운동

1919년 3월 1일 조선 땅엔 만세 물결이 넘쳤다. 3월 1일 서울과 평양에서 시작된 만세운동은 철도를 따라, 5일장을 따라 전국으로 퍼져나갔다. 3.1운동은 땅속에서 여러 갈래로 타던 불 줄기를 한곳으로 모아 폭발시킨 뒤 다시 여러 갈래로 분출시킨 활화산이었다.

평안북도 의주도 다른 곳 못지않게 열기가 높았다. 청년 오동진은 가슴이 뛰었다. 태극기를 만들어 나눠주고 주민들을 모아 대오를 갖추게 해 맨 앞에서 행진하며 목이 터져라 외쳤다. 시위는 불과 닷새 만에 무력으로 진압되고 말았다.

주동자와 적극 가담자에 대한 체포령이 내려졌다. 오동진에게도 경찰 손길이 시시각각 조여왔다. 의주는 안전한 곳이 아니었다.

오동진은 독립운동을 하려면 어차피 만주밖에 없다고 판단했다. 그러나 갓 태어난 아들 경천이 눈에 걸렸다. 오동진은 1914년 이양숙과 결혼해 뒤늦게 아들을 얻었다. 순박한 시골

여성인 아내는 평생 오동진의 뜻에 따르고 뒤에서 조용히 내조한 숨은 후원자였다.

망명 결심은 쉽지 않았다. 수많은 망설임 끝에 3월 18일 아내와 젖먹이 아들을 고향에 남겨 두고 먼 길을 떠났다. 그날따라 의주엔 봄날 같지 않게 눈보라가 몰아쳤다.

기차는 위험해서 나룻배를 빌려 압록강을 건널 참이었다. 한참을 걷다가 뒤돌아보니 저멀리 산 그늘 아래 고향 동네가 누워 있었다. 이때만 해도 오동진은 아들 경천을 살아서 다시 만나지 못할 것이라곤 꿈에도 몰랐다.

대한청년단연합회

3월 말 만주 관전현에 도착한 오동진에겐 잠깐의 휴식도 사치였다. 함께 간 동지들을 규합해 조직을 결성했다. 4월 광제청년단이 탄생했다. 윤하진, 장덕진, 박태열 등 망명 동지들이 참여했다.

3.1운동 직후 만주에서는 독립군 단체가 우후죽순 솟아났다. 저마다 중구난방 조직을 만들다 보니 비효율적임은 물론 쓸데없는 경쟁과 오해를 불러 일으키기 일쑤였다.

우선 청년 단체만이라도 통합이 시급하다고 판단한 오동진은 안병찬, 김찬성, 김승만, 김시점, 오학수, 이춘근 등과 함께 20여 개 청년단체를 모으는 데 성공했다.

1919년 11월 대한청년단연합회가 출범했다.

만주 독립운동계에서 청년들이 연합 단체를 구성한 건 처음이었다. 출범 6개월 만에 연합회에 가입한 국내외 청년단은 59개에 회원은 약 3만 명에 이르렀다.

우후죽순 임시정부

3.1만세운동은 독립운동사에서 거대한 분기점이었다.

여기저기서 임시정부가 솟아났다. 가장 먼저 3월에 러시아 연해주에서 대한국민의회정부가 탄생한데 이어 4월에 상해 대한민국임시정부, 기호 대한민간정부, 서울 조선민국임시정부, 서울 한성정부, 평안도 신한민국임시정부 등 6개가 줄줄이 출범했다.

배가 산으로 갈 판이었다. 각 단체는 1919년 내내 대화와 협상을 거듭했다. 11월에 가까스로 상해 임시정부가 중심이 되기로 합의했다. 아직은 임시정부 영향력이 만주의 무장 독립군 부대에까지는 이르지 못했다.

당시 임시정부가 만주에 조사단을 보내 파악한 바에 따르면 북간도와 북만주지역에선 대한국민회와 북로군정서, 서간도 지방에선 서로군정서 등 모두 46개 정치군사단체들이 독립적으로 활동하고 있었다. 여기에 무장 독립군 단체가 22개에 군인은 3천 명에 이르렀다.

이런 상황에서 임시정부에 강력한 원군이 나타났다. 비슷한 시기 통합에 성공한 대한청년단연합회가 가장 먼저 대한민국

임시정부를 전폭 지지하고 나섰다.

상해 임시정부는 1920년을 독립 전쟁 원년으로 선포했다. 이에 발맞춰 청년단연합회도 무장 투쟁으로 방향을 완전히 전환했다. 일제의 무력 탄압을 목격하면서 비폭력 만세 운동 방식의 투쟁에 더 이상 매달릴 수 없다는 공감대가 만주 독립투사들에게 폭넓게 형성됐다.

청년단연합회는 1920년 1월 산하에 군사 조직인 의용대를 결성했다. 한만 국경 너머 평안북도가 의용대의 주요 활동 무대였다. 이 의용대의 지휘자가 오동진이었다. 또한 이때가 바로 오동진이 무장 투쟁을 시작한 출발점이었다.

1920년 2월 오동진의 직속 부하인 광제청년단 출신 의용대원 최봉린이 일본 헌병대를 습격해 권총을 탈취했고 평양청년단원 박이준, 계재섭, 박일구 등 11명은 평양경찰서에 폭탄을 던졌다. 이들은 모두 현장에서 체포됐다.

1920년 3월 청년단연합회 본부에 대규모 일본 경찰대가 들이닥쳤다. 의용대의 무장 활동이 거세지자 아예 뿌리를 뽑겠다고 달려들었다. 의용대와 일경 사이에 치열한 교전이 벌어져 대원 함석은이 전사하고 안병찬, 오능조, 박도명, 김인홍, 양원모 등 5명이 체포돼 끌려갔다. 오동진은 현장에 없었다.

광복군사령부

청년단연합회는 무력 항쟁을 확대하기 위해 군자금 조달과 무기 확보에 나섰다. 연합회는 무기 구입을 부탁하며 모금한 돈을 상해 임시정부에 송금했다.

이를 계기로 임시정부와 연합회 관계가 더욱 공고해졌다. 모금과 송금 전과정을 실무적으로 책임지고 진행한 이가 오동진이었다.

청년단연합회 주요 인사들은 청년 단체만으론 한계가 있음을 절감했다. 상해 임시정부의 지원 아래 독립운동 단체들 통합을 강력하게 추진하기로 했다. 오동진 등은 남만주 지역에서 활동하는 한족회, 대한독립단, 평북독판부 등 대표와 접촉해 통합 대원칙에 합의했다. 합의 내용은 이렇다.

*모든 단체를 총괄하는 통일 기관을 만든다.
*대한민국 연호를 사용한다.
*통일 기관 명의로 임시정부에 대표를 파견해서 상호 협력한다.
*통일 기관 본부는 국토와 가까운 압록강 연안 적당한 지점에 둔다.

김승학, 안병찬, 이탁으로 구성된 통일 기관 대표단이 상해 임시정부를 찾아 합의 사항을 보고하고 구체적인 실행을 요구했다. 임시정부는 즉각 국무회의를 열어 대표단의 보고에 부응하는 결정을 내렸다.

1920년 5월 임시정부는 참리부와 대한광복군사령부를 발족시켰다. 참리부는 만주 지방의 교민을 관장하는 민사 행정기구였고 광복군사령부는 임시정부 정규군을 표방하는 군사 조직이었다.

광복군사령부 산하에 6개 군영이 설치됐다. 제1영장 변창근, 제2영장 오동진, 제3영장 홍식, 제4영장 최시흥, 제5영장 최찬, 제6영장 김창곤 등이었다.

임시정부 명령에 따라 대한광복군사령부는 남북 만주에서 활동하는 모든 무장 항일단체의 상급기관으로 출범했다. 시작은 창대했다. 그러나 이름만 크고 알맹이가 없는 조직은 오래 갈 수 없었다. 무장이나 조직 체계, 훈련 상태 등 모든 면에서 역부족이었다. 처음부터 명망가 위주로 조직이 짜여지다 보니 실체 없는 경우가 대부분이었다.

임시정부 결정과는 달리 현지에선 이름뿐인 사령부가 아닌 실질 무장 부대가 필요하다는 여론이 높았다. 실제 같은 해 6월 봉오동 전투에서 연합 독립군이 대승을 거뒀지만 여기에 임시정부가 기여한 건 별로 없었다.

광복군총영

이해 7월 현지 독립군 활동가들이 임시정부 명령과 달리 독자 행동을 취했다.

광복군사령부를 광복군총영으로 개명하고 조직도 현지 사정에 걸맞게 다시 구축했다. 총영장엔 가장 강력한 무장 부대를 이끌던 오동진이 추대됐다.

오동진 부대의 최대 강점은 조직력과 단결력이었다. 부대원

대부분이 1년 전 결성했던 광제청년단 단원들이었다. 당시 많은 활동가들의 전언을 종합하면 오동진의 인품이 이들을 굳게 결속시킨 주요 요인이었다. 오동진은 동지나 부하들에겐 한없이 관대하고 적과 불의엔 추호도 용서나 타협이 없었다.

광복군총영은 1920년 7월 임시정부로부터 장총 240정을 무역회사인 이륭양행을 통해 비밀리에 전달받았다. 이는 대한청년단연합회 시절 군자금을 모아 임시정부로 송금한 대가였다.

광복군사령부와 광복군총영의 관계, 출범 시기를 놓고 자료마다 차이가 있다. 상해 임시정부의 지도력이 만주 무장 투쟁 현장엔 미치지 못했기에 하부 조직을 통제할 수 없었다는 점에선 이견이 없다. 그럼에도 오동진 총영장은 상해 임시정부를 상부 조직으로 존중했다.

당시 항일 전쟁에 나섰던 독립 투사들의 선공후사(先公後私) 정신을 보여주는 사례가 있다. 오동진이 광복군 총영장이 되자 임시정부에 의해 광복군 사령관으로 임명되었던 조맹선은 총영 경리부장을 자청했고 직제상 오동진의 상관이었던 광복군 참모장 이탁은 총영 참모부장으로 오동진을 보좌했다. 조맹선은 북만주 중-러 국경지역에서 활동하고 있었기 때문에 실제 광복군사령부나 총영에 참여하지는 않았다.

논밭 팔아 군자금으로

오동진은 총영장 취임 후 비밀리에 사람을 고향 의주로 보냈다.

아내에게 논과 밭을 팔게 해서 보내달라 부탁했다. 아내 이양숙은 군말 없이 가산을 팔아 남편 군자금으로 보냈다. 그 뒤로 아내 이양숙과 아들 이경천이 견뎌야 했던 고난의 세월을 오동진은 알면서도 눈을 감았다.

광복군총영은 일제 주요 시설 파괴, 적 요인 암살, 친일파 처단, 독립군 자금 모금 등 비정규전을 주로 수행했지만 장래를 위해 한 국가의 정규군 편제를 갖추려 계획을 세웠다. 당시 제정된 광복군총영 약장(규정) 주요 내용이다.

*경성에 본부를 두고 각 도에 도영, 군에는 군영을 설치한다.
*특별한 지역에 별영을 설치한다.
*부대원은 18세 이상 50세 이하 남녀로 한다.

국내 군영을 설치하기 위한 시도는 끊임없이 이어졌다. 총영 소속 부대원인 서봉근과 김덕호가 평안남도 안주, 조창룡과 이희도는 황해도 신계, 김성엽, 최지관, 이운봉은 의주에서 군영을 설치하려 시도했다. 그러나 이들은 중도에 모두 체포돼 국내 군영 설치는 성공하지 못했다.

국경지역 일제 통치 기능 마비

광복군총영은 출범하자 마자 국경지역을 날아다니듯 휘저었다.

총영이 가장 심혈을 기울였던 건 국내 진공 작전이었다. 오동진이 최고 지휘관으로 국내외에 이름을 떨친 사건도 바로 경성, 평양, 신의주, 선천 동시 폭파 공격이었다. 이에 따라 광복군총영은 일제의 표적이 되었다. 일제 군경은 오동진을 잡기 위해 혈안이었다.

총영이 국내에서 일본 군경과 마주쳐 전투를 벌인 곳은 의주, 용전, 벽동, 자성, 창성, 영원, 강계, 갑산 등 국경 지역이다.

총영 소속 독립군들이 후창군수, 자성군수를 처단하자 국경지대 조선인 관리들이 줄줄이 사직을 하는 일도 벌어졌다. 이로 인해 한만 국경지대의 일제 통치 기능은 마비 상태에 빠질 정도였다.

일제가 만든 각종 행정 기록, 재판 기록 등을 종합하면 1920년 한 해 동안 광복군총영의 전과는 이렇다.

*일제 군경과 교전 78차례
*경찰 주재소 습격 56곳
*행정 기관 파괴 20곳
*일제 군경, 일본 첩자, 매국노 등 사살 95명

대부분의 독립군 부대 본부가 만주에 있었지만 극소수 부대는 국내에 본거지를 두고 무장 활동을 하고 있었다. 그 가운데 가장 강력한 조직은 평안북도 삭주군에 있는 천마산부대였다.

1919년 결성된 이 부대 지휘관은 최시흥. 최시흥은 광복군 사령부 시절 임시정부가 제4영장으로 임명했던 맹장이었다.

1920년 가을 일본군 토벌작전이 본격화되자 천마산부대는 고립 위기를 맞았다. 오동진은 관전현으로 최시흥을 불렀다. 광복군총영 산하로 들어올 것을 권유했다. 평소 오동진의 인품을 잘 알고 있던 최시흥은 군말없이 천마산부대를 광복군총영 산하 천마별영으로 재편했다.

천마별영과 함께 또다른 국내파 유격부대인 벽파별영도 광복군총영 산하로 들어왔다. 김영화가 이끌었던 이 별영은 벽동과 파저강 인근에서 일제 주요 시설을 파괴하는 등 유격전을 수행하던 부대였다. 이로써 광복군총영은 만주와 국내에 부대를 거느린 유일한 독립군 부대가 되었다.

간도 참변과 자유시 참변

1920년은 항일 무장 투쟁이 활활 불타올랐던 시기였다.

만주에선 크고 작은 독립군 조직들이 국경을 넘나들며 끊임없이 일제 군경과 전투를 벌였다. 김좌진, 홍범도 장군 등이 이끌었던 연합 부대가 봉오동과 청산리에서 역사적인 승리를 거두기도 했다.

일제는 보복을 넘어 아예 독립군 뿌리를 뽑겠다고 나섰다. 일제는 우선 먼저 만주에 정규군 출병을 정당화할 음모를 꾸몄다. 10월 2일 중국 마적들을 사주해 훈춘현에 있는 일본 영사관을 습격하게 만들었다. 이른바 훈춘사변이다.

일본군은 이를 구실로 10월 12일 2만 5천에 달하는 대규모 정규군을 간도 지역에 투입했다. 청산리에서 전멸에 가까운 피해를 입은 일본군은 잔혹한 보복에 나섰다. 독립군들은 청산리 전투 이후 멀리 중-러 국경지대로 물러나 다음 작전을 구상하고 있었다. 오동진 부대도 일본군이 접근하기 어려운 깊은 산속으로 피했다.

일본군은 독립군들이 퇴각한 사실을 알고 새 작전을 세웠다. '간도지역 불령선인 초토화 작전'이라 하여 모든 조선인들 씨를 말리는 잔혹극이 펼쳐졌다.

조선인들을 보이는 족족 잔인한 방법으로 죽였다. 마을 집들은 불태웠고 학교와 교회 건물은 폭파했다. 거리엔 통곡 소리만 가득했다. 통곡 소리가 들리면 일본군이 또 달려들어 노인, 어린이를 가리지 않고 무조건 죽였다.

1920년 10월 12일부터 단 한 달 동안 일본군이 학살한 조선인만 해도 3천7백 명에 달했다. 다음 해인 1921년 4월까지 진행된 일본군의 만행으로 간도 지역 조선인들은 집계가 불가능할 정도로 큰 피해를 입었다. 이게 바로 간도대학살 또는 경신참변이다.

독립군들도 큰 피해를 입었다. 오동진 부대도 멀리 피했지만 많은 병력이 흩어지고 소수만 남아 겨우 광복군총영 본부를 유지하고 있었다.

엎친데 덮친격.

이때 무장 독립운동사에서 가장 비극적인 사건이 일어난다. 이른바 자유시 참변이다.

1920년대 초 조선을 둘러싸고 있는 나라들은 대부분 제국주의 일본 편이었다. 이런 상황에서 볼셰비키 혁명을 성공시킨 러시아가 피압박 소수민족의 독립을 돕겠다고 선언했다. 조선, 베트남 등 식민지 상태였던 약소국 독립운동가들에겐 반가운 소식이었다.

전 세계 어느 국가도 조선의 독립에 관심을 갖지 않던 시기 볼셰비키 러시아가 관심을 기울이자 독립운동가들은 그쪽으로 크게 움직이기 시작했다. 더욱이 그때 일본이 대규모 정규군을 투입해 대대적인 독립군 소탕작전을 벌였다.

무장 독립군 부대는 러시아 국경 도시 밀산을 거쳐 자유시로 집결했다. 자유시는 제정 러시아 시절엔 알렉세예프스크로 불리다가 볼셰비키 혁명 이후 자유라는 뜻을 지닌 스보보드니로 개칭된 도시다. 이런 이유로 조선인들은 자유시라 불렀다.

독립군 부대들은 이 기회에 조직을 통합해서 재정비하고 러시아 지원을 얻는다면 더 효율적으로 독립전쟁을 수행할 수 있으리란 기대를 갖고 있었다. 하지만 러시아 정부는 자국 영토 내에 들어온 독립군들의 무장 해제를 요구했고 독립군 내부에서 지휘권을 놓고 갈등이 격화됐다. 이 와중에 한쪽 편이 러시아와 손잡고 다른 편을 공격했다.

1921년 6월 27일 대규모 살상이 벌어졌다. 자료마다 차이가 있지만 이 사태로 사망한 독립군 숫자는 960여 명에 이르고 1

천8백 명이 실종되거나 러시아군의 포로로 붙잡혔다. 무장 독립운동 역사에서 가장 비극적인 사건이며 이로 인해 독립군 부대들은 치명적인 피해를 입었다.

대한통군부와 통의부

1921년은 독립운동가들에게 큰 시련을 안겨준 해였다.

간도 독립군들이 북쪽으로 몸을 피할 때 오동진이 지휘하는 광복군총영은 합류하지 않고 만주에 은거하며 암중모색의 시기를 보냈다. 자유시 참변 상처를 딛고 재기하는 게 가장 절실한 과제였다. 이때도 오동진 특유의 설득력과 포용력이 빛을 발했다.

1922년 2월 만주 환인현에 독립운동 단체 대표들이 집결했다. 서로군정서, 대한독립단, 벽창의용대, 평북독판부, 보합단, 광한당 등과 광복군총영 대표가 남만통일회의(南滿統一會議)를 개최하고 통합조직을 결성했다. 대한통군부였다.

통군부는 기존의 무장 투쟁 단체와는 달리 만주 지역 조선인들을 대상으로 민사 군사 행정을 총괄하는 임시정부 성격을 갖는 단체였다. 상해 임시정부와 협력 관계였지만 별도 독립 기구였다. 통군부만으론 역부족이었다. 더 큰 통합이 절실했다.

1922년 어느 봄날 양기탁이 오동진을 찾아왔다.

양기탁이 누구인가. 탁월한 언론인이자 거물 애국지사 양기탁이 만주 험악한 곳으로 오동진을 찾아온 것이다.

양기탁은 1911년 신민회 사건으로 4년 징역을 살고 나온 뒤에도 의지를 꺾지 않은 불굴의 투사였다. 국내에서 언론인으로 활동하며 1920년 미국 의원단 방문시 독립진정서를 제출한 사건으로 또 투옥되었다. 1922년 가출옥으로 석방된 뒤 국내 활동이 더이상 불가능하다고 판단한 양기탁은 만주로 망명했다.

만주도 그리 호락호락하지 않았다. 이합집산 독립운동 단체들의 통합이 가장 시급해 보였다. 뜻이 잘 통할 것 같은 광복군 총영장 오동진을 첫 대화 상대로 삼았다. 양기탁의 기대대로 오동진과는 처음부터 죽이 잘 맞았다.

의기 투합한 두 사람은 독립운동 단체들 설득에 나섰다. 덕분에 이 해 8월 환인현 마권자에서 제2차 남만통일회의(南滿統一會議)를 개최할 수 있었다. 이 회의엔 17개 단체 대표 71명이 참석했다. 이때 결정된 사항은 이렇다.

*통합 단체 명칭은 대한통의부로 한다
*모든 단체는 해체하고 통의부 산하로 들어온다
*총장엔 김동삼, 부총장엔 채상덕을 선임한다
*민사, 교섭, 군사, 법무, 재무, 학무, 실업, 권업, 교통 참모 등 10개 부서를 설치한다
*만주 한인들의 호적 정리, 학교 증설, 직업 권장 등 사업을 계속한다
*독립운동으로 피해를 당한 가족들을 구휼한다.

민사 행정 교육 경제 군사까지 총괄하는 임시정부 형태였다.

8월엔 산하 독립군 부대를 헤쳐 모이게 해 통의부의용군을 편성했다.

통의부가 출범하자 오동진은 무장 활동보다는 교통부장, 재무부장, 민사부장 등을 맡아 동포들 민생을 챙기는 일에 전념했다. 그런 가운데서도 광제청년단 시절부터 인연을 맺어왔던 의용군 전사들과 함께 군자금 모금과 친일분자 처단 활동을 멈추지 않았다.

통의부는 대규모 무장 투쟁보다는 만주 지역 동포들을 대상으로 한 민사 업무에 주력했다. 이같은 활동은 곧 한계에 부닥쳤다. 무력 뒷받침이 없는 평화적인 민사업무는 사실상 가능하지도 않았다.

통의부는 1923년 조직을 개편하고 무장 투쟁 쪽으로 방향을 선회했다. 민사업무에 주력하던 오동진이 무장 투쟁 현장으로 돌아온 건 뜻밖의 비극 때문이었다.

1924년 7월 의용군 사령관 신팔균이 일본군에 매수된 마적단의 습격을 받아 전사하고 말았다. 군사부장 겸 사령관을 맡을만한 사람은 오동진밖에 없었다.

황제 옹립 복벽주의 퇴장

통의부는 그러나 큰 불씨를 안고 있었다.

통의부 중앙 지도부에선 양기탁, 김동삼, 현정경, 오동진 등 공화주의 계열 민족주의자들이 주도권을 잡고 있었지만 군사 조직인 의용대는 구한말 의병 출신 복벽주의 인사들이 실권을 잡고 있었다. 복벽주의 독립군들은 황제를 옹립하고 대한제국을 부활시키는 게 목표였다.

항일 전선에서 하나가 되었지만 사실 공화주의와 복벽주의는 한 배를 탈 수 없는 실정이었다. 황제를 배척하는 건 복벽주의 인사들에겐 일본군이나 마찬가지인 역적이었다.

기어코 일은 터지고 말았다.

1922년 10월 14일 깊은 밤 전덕원 등 복벽주의 계열 독립군들이 중앙지도부를 습격했다. 이들은 김창의 선전국장을 살해하고 양기탁, 오동진 등 지도부 인사를 구타하고 감금해 버렸다.

있을 수 없는 하극상 사태가 벌어진 것이다. 지도부 일각에선 일벌백계를 주장했으나 오동진이 적극 말렸다. 분열을 막기 위해선 용서도 필요하다고 역설했다.

1923년 초 상처가 채 아물기도 전에 복벽주의 인사들은 결국 통의부를 탈퇴하고 의군부라는 새로운 무장 단체를 창설했다. 양기탁과 오동진은 재통합을 위해 여러 차례 화해를 시도했지만 거부당했고 이후 양 단체는 서로를 적으로 규정, 살육전을 벌였다.

의군부는 몇년 후 자연도태의 길을 걸었다. 의군부 사멸은 복벽주의의 퇴장과 동의어였고 이는 독립운동 전선에서 더이상 황제 옹립과 대한제국 회복 주장이 사라졌음을 뜻했다.

독립군 내부 갈등은 이뿐이 아니었다. 비슷한 색깔을 지녔던 아나키스트(무정부주의자)와 코뮤니스트(공산주의자) 계열의 독립군 부대들도 유혈 충돌을 서슴지 않았다. 1930년 1월 아나키스트였던 김좌진 장군이 공산주의 계열 청년에게 암살당한 것도 이같은 갈등의 연장선상에서 벌어진 일이었다.

의군부가 떨어져 나간데 이어 1923년 6월엔 통의부 1중대장 백광운과 5중대장 김명봉이 잇달아 탈퇴해 참의부라는 무장 단체를 또 만들었다. 참의부는 임시정부 소속 군대임을 표방했다. 백광운 참의장은 항일 투쟁 전선에서 영웅적인 활약을 했음에도 불구하고 정의부를 지지하는 독립군에게 살해당하고 말았다.

통합 또 통합

만주 항일 무장 단체의 분열과 유혈 충돌은 상해 임시정부 분열과도 깊은 관계가 있다.

상해 임시정부는 3.1운동 이후 독립운동의 중심세력으로 기대를 받으며 출범했으나 제 역할을 하지 못해 대표성과 지도력을 상실한 상태였다. 대통령으로 선출된 이승만은 미국에 체류하며 독립운동 현장에는 나타나지도 않았다.

새로운 길을 모색하기 위해 독립운동 단체 대표들이 적극 나섰다. 1923년 1월부터 6월까지 각 지역의 120개 단체 대표 120여 명이 상해에 모여 독립운동 방향을 놓고 대규모 회의를 열었다. 이른바 국민대표회의다.

이 회의에서 상해 임시정부를 해체하고 새로운 조직을 만들 자는 창조파와 고쳐서 다시 쓰자는 개조파, 그냥 가자는 유지 파가 격론을 벌였으나 결론을 내지 못하고 결렬됐다.

6개월에 걸친 회의가 결렬된 이후 임시정부는 소수 유지파들 이 남아 이승만을 탄핵하고 박은식을 새로운 대통령으로 선출 해 조직 혁신을 도모했다. 그러나 국민대표회의가 결렬된 이후 만주 무장 운동 단체 중 상해 임시정부를 지지하는 곳은 참의 부가 유일했다.

대내외 상황은 악화일로였다. 일제의 무력 진압은 날이 갈수 록 거세졌다. 또한 일제와 내통한 중국 정부, 만주 군벌의 독립 군 탄압도 가중되고 있었다. 이런 위기 국면을 극복하려면 더 넓고 더 단단한 단결이 절실하다는 걸 독립군 단체 구성원들은 모두 알고 있었다.

누가 구슬을 꿸까.

양기탁, 이청천, 김동삼, 오동진 등 평소 뜻이 통하는 동지들 이 앞에 나섰다. 그들은 백방으로 주변 부대들을 접촉하기 시 작했다. 1924년 7월 만주 길림에서 열린 전만통일회주비회(全 滿統一會籌備會)는 이런 노력의 결실이었다.

만주 지역 8개 독립운동 단체 대표 24명이 모여 독립 투쟁 전선에서 대동단결을 결의했다. 참여한 단체는 대한통의부를 비롯 길림주민회, 의성단, 노동친목회, 대한광정단, 대한군정 서, 고본계 등이다.

정의부-임시정부 성격의 군정 조직

1924년 11월.

새로운 통합 조직이 탄생했다. 정의부였다. 다음은 정의부가 출범 시 발표한 내용이다.

*정의부는 인류 평등의 정의와 민족 생업의 정신으로 광복 대업을 성취한다.
*지방 치안을 위해 무장대를 둔다.
*통치 구역은 당분간 하얼빈과 북간도를 잇는 선 이남 남만주 전체로 한다.
*세입으로서 매호 1년에 6원을 부과하고 따로 소득세를 부과한다.

1925년 1월엔 개별 단체들이 모두 정의부라는 큰 우산 아래로 헤쳐모였다. 정의부 국무위원 격인 중앙행정위원은 오동진, 이탁, 현정경, 지용기, 이청천, 김용대, 김이대, 윤병용 등이었다.

오동진은 국무위원에 생계위원장 직까지 겸직을 해 동포들 경제활동 지원에 주력했다. 그것도 잠시였다

초기 군사위원회 조직은 사령장 이청천, 참모장 김동삼 체제였으나 곧바로 오동진이 사령장을 이어 받아 상비군 7백 명을 지휘하게 되었다. 오동진 휘하에서 정이형, 문학빈, 양세봉 등 쟁쟁한 무장들이 소대장과 중대장으로 맹렬한 무장 투쟁을 벌

여 나갔다.

일제 재판 기록을 기반으로 재구성한 활약상 한 대목.

1925년 3월 18일 오동진 사령장은 3개 소부대로 이루어진 국내 진공 부대를 이끌고 국경을 넘었다. 19일 새벽 제1대는 초산군 성명 응암리 추동리 주재소를 공격했다. 주재소장을 포함해 경찰 3명을 사살했고 경찰 4,5명은 총상을 입은 채 도주했다.

제2대는 압록강을 넘어 예상치 못한 일본군 대부대와 조우했다. 오동진 사령장은 대원 생명이 최우선이라며 승산 없는 전투는 절대 하지 말라 엄명함에 따라 조용히 퇴각했다. 비슷한 시각 제3대는 벽동군 오북면 여해동 주재소장을 사살하고 장총 등을 노획한 뒤 주재소 건물을 불태우고 철수했다.

이밖에도 정의부가 평안북도 지역 일제 경찰과 행정기관을 공격한 사례는 수백 건이 넘어 일제 당국도 다 기록할 수 없을 정도였다. 당시 일제 평인북도 경찰부가 남긴 자료에 의하면 오동진 장군은 1922년 통의부 시절부터 정의부와 고려혁명당 군사위원장 겸 사령관이던 1927년까지 연인원 1만4천149명의 독립군을 지휘했다. 또한 관공서 143개소를 불태우거나 파괴했으며 일경과 관리, 밀정, 친일 부호 등 914명을 처단했다.

정의부-신민부-참의부 3부 체제

1920년대 중반은 만주 한인 사회에 이른바 3부 체제가 정립된 시기였다.

정의부와 참의부, 신민부 3개 단체, 즉 '3부'가 때론 경쟁하고 때론 협력하며 일제를 상대로 무장 투쟁을 벌였다. 항일 독립운동사에서 이들 3부의 활동이 제대로 알려진 건 2000년대 이후였다.

신민부는 3부 가운데 가장 늦게 출범했다. 남만주에서 정의부와 참의부가 통합 조직으로 활발하게 무장 활동을 전개하자 북만주 지역 단체들도 자극을 받았다. 북만주 지역에선 특히 민족종교인 대종교 소속 인사들이 맹렬하게 독립 항쟁을 벌이고 있었다. 1925년 1월 북만주 북간도 목릉현에 단체 대표들이 모여 부여족통일회의(扶餘族統一會議)를 개최했다. 영안현에 본부를 둔 새로운 통합 기구 신민부는 이렇게 태어났다.

신민부에 참여한 주요 인사는 대한독립군단의 김좌진, 남성극, 박두의, 최호 등과 대한독립군정의 김혁, 조성환, 정신 등이다. 이들 외에 북만주 지역 16개 단체와 국내 10개 단체 대표들도 가담했다. 신민부에선 김좌진 장군이 이끌던 북로군정서 출신들이 주축을 이루었다.

초기 정의부와 참의부가 골육상쟁을 벌였지만 항일 투쟁이 진행되면서 갈등은 수면으로 가라 앉았다. 참의부는 상해 임시정부 산하 군사 조직이었고 정의부와 신민부는 자치 정부 형태였기 때문에 역할과 관할 구역이 일부 겹쳤지만 근본적으로 달라 갈등 소지는 많이 해소된 상태였다.

상해 대한민국 임시정부는 대표성 확보를 위해 정의부, 신민부가 모두 참여하는 연립내각 형태의 국무위원회를 구성하고 정의부 소속 이상룡을 정부 수반인 국무령으로 선임했다. 또한 주요 인사들에게 국무위원을 제의했다.

그러나 정의부의 오동진, 김동삼, 이탁과 신민부 김좌진은 임시정부가 독립운동 전선에서 지도력과 대표 지위를 상실했다며 국무위원 취임을 거부하고 독자 노선을 걸었다. 이에 따라 이상룡도 국무령 직을 사임하고 말았다.

고려혁명당

정의부, 신민부, 참의부 3부 체제는 만주 지역 동포 사회를 세 구역으로 나눠서 관할하는 연합 임시정부 체제였다.

독립운동 단체들 간의 통합 운동은 새로운 형태로 계속되었다. 3부를 포함, 좌우익 모든 독립운동을 포괄해 단일 전선을 형성하려는 움직임이 일어났다. 민족유일당 운동이다.

정의부 중앙지도부도 독립 투쟁의 내용과 형식을 혁신할 필요성을 절감했고 그 대안이 민족유일당 운동이라 결론내렸다. '사상적 기반을 구축한 독립 전쟁'이라는 시대적 조류도 유일당 운동에 작용했다.

정의부 대표 양기탁과 군사위원장 오동진이 논의를 시작했고 현정경, 고활신, 정이형 등이 뜻을 함께 함에 따라 이념에 기반한 정당을 창건하기로 했다.

1926년 4월 5일 길림에서 고려혁명당 창당대회가 열렸다.

1925년 좌파 중심의 조선공산당이 성립된 이후 좌우가 합작한 정당은 고려혁명당이 최초였다. 고려혁명당엔 정의부 인사뿐 아니라 시베리아에서 돌아온 이규풍, 주진수, 최소수 등 사회주의 계열 인사들과 천도교 혁신파인 김봉국, 이동락과 형평사운동의 이동구, 송헌 등이 참여했다.

정의부 대표인 양기탁이 위원장을 맡았고 오동진은 책임비서로 선임됐다. 출범 당시 당원 수는 1천500명. 정의부 소속 독립군은 고려혁명당 당군으로 활약했으며 후에 고려혁명군으로 이름을 바꿨다. 고려혁명군이란 이름은 자유시참변 당시 같은 이름의 독립군 단체가 있었지만 관계는 없다. 오동진은 책임비서 겸 군사위원장 겸 사령관을 맡아 고려혁명군을 지휘했다.

좌우 합작은 예상보다 험난했다.

양측의 이념 차이는 컸다. 사사건건 의견 충돌이 일어났다. 여기엔 일제 경찰의 이간책도 크게 작용한 것으로 훗날 밝혀지기도 했다.

오동진은 공화주의를 신봉하는 민족주의에 속했지만 우파 시각으로 보면 자발적인 좌익이었고 좌파 시각으로 딱 떨어진 우익이었다. 정작 당사자인 오동진은 한번도 자신의 이념을 좌우로 표현하지 않았다.

우파 인사들의 대규모 탈당 사태에 이어 러시아에서 온 좌파 인사들도 몇몇은 되돌아갔다. 김동삼, 이청천, 김석하, 오동진 등은 고려혁명당을 더욱 강력한 지도 정당으로 자리매김하기 위해 정의부를 아예 고려혁명당과 같은 이념의 단체로 개조하려 노력했다. 그러나 정의부 내 우파 인사들의 완강한 반대로 뜻을 이루지 못했다.

동포들 민생에 주력

오동진은 정의부와 고려혁명당 군사위원장 직을 맡고 있으면서 동포들 민생에 힘을 기울였다.

장기적인 독립 전쟁을 수행하려면 동포들이 먼저 먹고 살아야 한다고 믿었다. 만주 지역 동포들은 대부분 가난한 소작농이었으나 이들 대부분이 독립군들의 인적 자원인 동시에 자금원이기도 했다.

1924년 11월 정의부 성립 초기 관할 구역은 하얼빈 이남 길림성과 봉천성으로 1만7천여 가구, 8만7천여 명의 이주 한인들이 거주하고 있었다.

오동진은 1927년 안창호, 양기탁이 주도하는 만주 동포 생활개선운동에 적극 참여했다. 같은 해 4월 1일 길림성 대동문에서 김동삼, 이탁, 김기풍, 김이대 등 지도자들과 함께 농민호조사(農民互助社)를 조직하기도 했다.

이 단체는 토지를 매입해 새로운 농업공동체를 건설하려는 목표를 갖고 있었다. 농업 문제 해결을 위해 중국 군벌 당국과 교섭을 벌여 경작지와 황무지를 사들여 신안촌농장, 삼일농장을 개척하기도 했다.

또한 조합과 농업공사를 만들어 농기구 대여와 농사 자금을 대여하는 사업도 진행했다. 오동진은 더 나아가 한인 동포를 위한 병원 건립 계획까지 수립했으나 실행에 옮기지는 못했다.

교육사업은 오동진의 비원이 서려 있는 꿈이었다. 오동진의 강력한 제안으로 정의부는 학교를 세워 한인 동포 자녀들에게 폭넓은 교육 기회를 제공했다.

동명중학(류하현), 화성의숙(길림성), 화흥중학(흥경현), 삼성중학(흥경현) 등이 정의부가 세운 학교들이다. 또한 정의부 군장교들 가운데서 인재를 선발해 광동 황포군관학교 등 중국 무관학교에 유학을 보내기도 했다.

정의부가 세운 민족학교에서 소년 시절 김일성이 공부하기도 했다. 김일성의 아버지 김형직이 1926년 사망하며 오동진에게 아들을 돌보아 달라고 부탁했다. 이때 14살 김일성을 화성의숙(교장 최동오)에 입학시킨 장본인이 오동진 고려혁명군 사령관이었다.

김일성의 회고록 '세기와 더불어'에 따르면 오동진은 김형직과 절친했다. 김형직이 일제 경찰에 쫓겨 중강진으로 도피했을 때 오동진이 적극 나서 김형직을 구해준 인연도 있었다.

만성 자금난

자금 부족은 늘 오동진을 옥죄었다.

동포들 민생, 교육, 보건 특히 무장 투쟁에서 절실히 필요한 건 돈이었다. 이를 일제 당국이 모를 리 없었다. 또한 오동진 목엔 거액의 현상금이 걸려 있었다. 위험요소를 고루 갖춘 셈이었다.

1926년 12월 고려혁명당 책임비서 가운데 한 사람인 이동락이 장춘에서 일제 경찰에 체포됐다. 불행하게도 이동락은 고려혁명당 비밀서류를 갖고 있었다. 서류엔 당 간부진 명단과 소재지가 적혀 있었다. 일경은 대대적인 검거작전에 나섰다. 국내외에서 20여 명이 체포됐다.

1927년 여름 오동진에게 옛 동지 김종원이 비밀리에 찾아왔다. 김종원은 정의부 시절부터 독립운동에 적극 참여해온 충직한 부하였다. 몇 년 전 체포돼 징역을 살고 나왔기 때문에 오동진에겐 부채감마저 갖게 만드는 동지였다. 오동진은 그를 자기 집에 머물게 하면서 물심양면으로 그를 도와줬다.

그 해 가을 어느 날 김종원이 제의했다. 당시 평안북도 금광 개발로 조선인 최고 부자로 이름 나있던 최창학을 설득하면 후원을 받을 수 있다는 것.

최창학은 실제 극비리에 독립운동 자금을 후원한 것으로 알려지기도 했다. 솔깃한 얘기였다. 어렵게 여비를 마련해 김종원을 최창학에게 보냈다.

며칠 만에 돌아온 김종원은 얼굴이 밝았다. 최창학이 자금 지원을 약속했다는 것. 또한 최창학이 당시 정의부와 고려혁명당 군사위원장 겸 총사령관이던 오동진 동지를 만나 말씀도 듣고 독립운동 자금을 직접 드리고 싶다는 전갈도 함께 보내왔다.

오동진은 즉각 가겠다고 했다. 주변에선 사령관이 가는 것은 위험하다고 말렸다. 그러나 개인의 안위 때문에 기회를 놓칠 수는 없다고 고집하며 기어코 길을 나섰다.

밀정

1927년 12월 26일. 오동진은 수행원 한명도 거느리지 않고 김종원과 함께 약속 장소인 신음하 주변 장춘역으로 가기 위해 기차를 탔다.

기차를 타고 가던 중 기차 안 분위기가 심상찮음을 본능적으로 감지했다. 오동진은 김종원의 조언을 받아들여 목적지인 장춘역이 아닌 흥도진역에서 내렸다.

역사를 빠져나가 서둘러 피하려는 순간 함께 내렸던 김종원이 사라졌고 한 무리의 사복 경찰들이 오동진을 에워쌌다. 함정이었다.

이때 경찰을 이끌고 왔던 자가 일제강점기 친일 경찰로 악명 높았던 김덕기였다. 김덕기는 후에 평안북도 경찰부 고등과장까지 지냈으며 그가 체포한 독립지사는 1천여 명에 이르렀다. 이 가운데엔 오동진은 물론 안창호, 조봉암, 박헌영 등 거물이 즐비했으며 '고문의 황제'라는 별명으로 널리 알려졌다.

그가 체포한 독립지사 가운데 10% 이상이 일제에 의해 형장의 이슬로 사라진 것으로 밝혀지기도 했다. 그는 해방 후 반민특위에서 사형 선고를 받았으나 이승만이 특별히 구출해 준 인물이다. 김덕기는 그러나 풀려난 뒤 산책 길에 정릉 근처 벼랑에서 떨어져 죽었다고 전해진다.

일제에 포섭돼 처음부터 오동진을 겨냥해 접근한 밀정 김종원은 거액 현상금을 챙긴 뒤 자취를 감췄다. 이로써 오동진 장군의 무장 항일 투쟁은 막을 내리고 말았다.

고려혁명당 해체

정의부와 고려혁명당은 갈 길을 잃었다.

고려혁명당은 이념 차이로 크게 흔들리던 차에 군사위원장이자 고려혁명군 사령관 오동진마저 체포당하자 조직의 안위가 위태로워졌다. 정의부와 고려혁명군은 즉각 오동진 구출 작전에 나섰다.

정의부 5중대 상등병 장기선과 최성준 등으로 구성된 결사대가 신의주 주변에서 구출 작전을 5개월간 벌였으나 별다른 성과를 거두지 못했다.

1928년 4월엔 제10중대 소속 김여영과 최동복 등 구출대가 신의주로 잠입했다. 이들은 신의주 형무소를 공격해 오동진을 빼내 오려다 형무소 인근에서 체포되고 말았다. 이어 박경철 등 7명이 구출결사대를 조직해 국내로 잠입하다 발각돼 압록강 건너로 퇴각하는 등 뜻을 이루지 못했다.

고려혁명당은 결국 고비를 넘지 못하고 1928년 해체됐다. 이념을 초월해 좌우가 합작한 최초의 독립운동 정당이 역사 속으로 사라진 것이다. 이후 정의부와 참의부, 신민부 등 3부는 1929년 극적으로 통합에 성공해 국민부를 결성했다.

옥중 투쟁

"나는 세계 평화를 완성하기 위하여 조선 독립군 사령관이 되었다."

오동진은 판사를 향해 딱 이 말만 던져놓고 입을 닫았다. 묵비권과 함께 재판도 거부했다. 무장 투쟁은 끝났지만 이는 새로운 투쟁의 시작이었다.

고문은 혹독했다. 차마 인간에게 해서는 안 될, 악마도 하지 못할 온갖 잔인한 폭력이 그의 몸 위에 쏟아졌다. 그럼에도 고문 경찰은 오동진 입에서 단 한 명의 동지 이름이나 단 한 마디의 조직 비밀도 끌어낼 수 없었다. 재판이 끝날 때까지 한번 다문 입을 끝내 열지 않았다.

체포된 이후 2년간 모든 조사를 거부한 채 수감돼 있던 오동진은 1929년 11월 11일 단식투쟁을 시작했다. 생사를 초월한 싸움이었다. 33일간 계속된 단식투쟁으로 목숨이 위태로워지자 일제 경찰은 강제 급식으로 일단 살려 놓고 말았다.

일본인 재판장은 오동진의 변론을 맡았던 김병로 변호사와 이인 변호사를 별도로 불러 재판 진행을 위해 오동진이 묵비권을 행사하지 말도록 설득해 달라고 부탁하기도 했다.

이때 취조를 담당했던 예심 판사 사이토는 김병로 변호사와

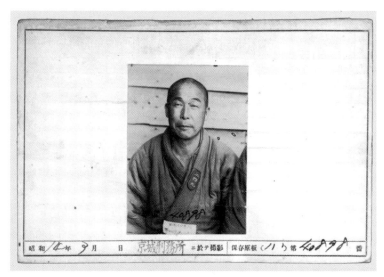

경성형무소 수감 당시

이인 변호사에게 이렇게 말했다.

"오동진은 남북 만주 독립단의 수령인만큼 인격이 보통 사람은 아닙니다. 취조하는 저도 이런 지조 있는 인물을 만나면 절로 기분이 좋아집니다."

오동진의 반응은 한결 같았다.

"대한독립군 사령관이 일제의 재판을 받을 순 없다."

지지부진하던 재판은 5년을 끌었다. 신의주 지방법원 합의부는 1932년 6월 24일 1심 판결에서 무기징역을 선고했다. 죄명은 '총독부 제령 7호 위반, 치안유지법 위반, 강도, 살인, 방화' 죄명이 많았던 만큼 취조 기록도 방대했다. 재판정에 쌓여있는 오동진 관련 기록 높이만 5미터에 달했다.

당시 신의주 지방법원 1심 선고 공판에서 있었던 일에 대한 이인 변호사의 증언도 놀랍다.

재판정 밖에는 독립군 사령관의 공판을 보기 위해 조선인들이 대거 몰려왔다. 경찰은 이들이 재판정에 접근하지 못하도록 위협해 쫓았다. 들어가다가 이를 본 오동진이 "대한독립 만세"를 크게 외치자 경찰은 오동진 입을 틀어막은 채 재판정으로 끌고 갔다.

"너희들이 감히 나를 심판해?"

일본인 판사가 인정 심문을 위해 이름을 부르는 순간 오동진이 호통쳤다.

"이놈 감히 어른의 함자를 함부로 부르느냐? 심판을 받아야 할 놈들이 감히 나를 심판해? 이놈들 내려와서 내 심판을 받아 봐라!"

오동진이 판사석으로 뛰어올라 재판장의 멱살을 움켜쥐었다. 법정 관리들이 달려들었지만 호통을 멈추지 않았다.

"너희들이 나를 가둘 수는 있어도 굴복시킬 수는 없다. 이놈들! 하늘이 무섭지 않느냐?"

재판정은 아수라장이 되었다.

이후에도 투쟁은 계속되었다. 일제는 오동진을 햇빛 한 줄 들어오지 않는 징벌방에 가두었다. 하루에 한 번 주먹밥 한 개만 주어지는 징벌방은 지옥 그 자체였다.

오동진 장군 1심 판결문

　100일이 지난 후 징벌이 해제되자 교도관들과 수인들은 그의 모습이 궁금했다. 오동진은 그러나 한치 흐트러짐 없이 꼿꼿한 자세로 토굴 문을 걸어 나왔다. 일본인 간수들은 경악했다.

　카미사마. 그때 오동진에게 붙여진 별명이다. 절대적인 존재, 신이라는 뜻이다. 간수들은 물론 형무소장마저 오동진을 함부로 대하지 못하고 특별대접하기도 했다.

　이인 변호사는 오동진을 이렇게 묘사했다.

"내가 목격한 대로 과연 대륙 천지를 진동케 했고 일제 간담을 서늘케 한 우리 독립군의 영웅이로구나."

오동진은 1934년 20년형으로 감형되며 경성형무소로 옮겨졌다. 경성형무소는 일제하 독립지사들을 죽음에 이르게 한 악명높은 곳이었다.

오동진은 비인간적인 대우를 중단하라며 죽음을 각오하고 제2차 단식투쟁에 나섰다. 처음 15일간은 물조차 마시지 않았다. 형무소장이 매일 변기를 조사하라고 지시했으나 물 한 모금 마시지 않으니 소변조차 나올 리 없었다.

단식은 48일간이나 이어졌다. 인간 한계를 뛰어넘은 극한투쟁이었다. 결국 형무소장이 오동진의 요구를 수용하기로 한 뒤에야 단식을 풀었다.

그 뒤로 형무소장마저 오동진 앞에선 예의를 갖췄다. 그러나 오동진의 건강은 이미 크게 악화된 상태였다.

경성형무소 수감 10년 만에 공주형무소로 이감됐다. 공주형무소는 정신질환자들을 수용하는 시설이었다. 이때 의료진이 진단한 병명은 '형무소 정신병' 존재하지도 않던 병명이 오동진에게 붙여진 것이다.

광복을 눈앞에 두고

오동진은 호랑이와 양의 성격을 모두 지니고 있었다.

항일 투쟁에선 한 치의 타협이나 굴복도 없었다. 반면에 동료

현충원 무후선열제단에 있는 오동진장군 위패

나 부하들에겐 한없는 유순함과 포용력을 보여줬다. 독립 투쟁을 하는 동안 오동진은 동지나 부하들과 단 한 번도 개인적인 충돌을 하지 않았던 것으로 유명했다. 아무리 어린 전사라도 깍듯한 존댓말로 대했다.

정의부 중대장이었던 정원흠은 훗날 회고담에서 독립운동 전선에서 가장 존경할 만한 동지는 오동진 장군이었다고 기록했다. 한 번만이라도 옆에서 활동한 사람들은 대부분 오동진을 '평생 함께 하고 싶은 동지'라고 신뢰를 보였다. 1919년 광제청년단 이후 오동진 곁에는 수많은 애국청년 들이 모여 들었고 항일 운동 단체들이 결집했다.

오동진은 공주로 이감된 지 얼마 지나지 않아 세상을 떠났다.

공주시 공산성 인근의 오동진장군 추모비

오동진 장군의 순국일은 자료마다 차이가 있지만 1944년 5월 20일이 정설로 받아들여지고 있다. 향년 55세.

오동진 장군이 1919년 만주로 망명한 이후 부인 이양숙 여사는 단 한번도 남편을 만날 수 없었다. 1928년 2월 그때까지도 남편이 일본 경찰에 붙잡힌 사실을 모르고 있던 이양숙은 이웃이 전해준 신문 기사를 보고서야 알게 됐다.

부랴부랴 신의주형무소로 달려갔다. 짧은 시간 철창 사이로 얼굴을 마주 했다. 아내는 울었고 남편은 애틋한 눈길로 바라

보기만 했다.

갓난 아이 때 헤어진 아들 경천군은 벌써 10살이 됐으나 형무소가 면회를 불허하는 바람에 부자상봉은 이뤄지지 않았다. 그 뒤 얼마 지나지 않아 어린 아들 경천은 아버지 얼굴을 한번도 보지 못한 채 이름 모를 병으로 짧은 생을 마쳤다.

오동진 장군에겐 광복 후 한참이 지난 1962년에 건국훈장 최고등급인 대한민국장이 추서됐다. 그러나 장군의 유해는 행방이 묘연하다.

국립 현충원의 한 구석 무후선열제단(無後先烈祭壇)에 달랑 이름 석자만 남아 있다. 유해도 없고 후손도 없는 분들의 위패가 이곳에 있다. 북한에선 애국열사릉에 가묘를 만들어 모셔 놓고 오동진 장군을 추모하고 있다.

공주는 송암(松菴) 오동진(吳東振) 장군이 마지막 머물다 순국한 곳이다. 이 도시를 둘러싸고 있는 공산성 성벽 한켠에 비석 하나가 외로이 서있다.

비문은 이렇다.

"愛國志士 吳東振 先生 追慕碑(애국지사 오동진선생 추모비)"

[참고 문헌]
• 한국독립운동사, 국사편찬위원회, 1967
• 대한민국 독립유공 인물록, 국가보훈처, 1997
• 독립 유공자 공훈록, 국가보훈처
• 오동진 연구 논문, 신채홍, 국사편찬위원회 1989
• 한국 민족문화 대백과사전
• 한국 독립운동사 연구, 박걸순, 1990

독립운동에 뛰어든

10대 소녀들 이야기

이윤옥

한국외대 문학박사. 일본 와세다대학 객원연구원, 한국외대연수평가원 교수를 역임했으며 한일문화어울림연구소장으로 활동 중이다. 지은 책으로는 『동고동락 부부독립운동가 104쌍 이야기』, 『인물로 보는 여성독립운동사』, 『46인의 여성독립운동가 발자취를 찾아서』, 시와 역사로 읽는 『서간도에 들꽃 피다』(전10권), 『여성독립운동가 300인 인물사전』 등 여성독립운동 관련 저서 20권 외 다수.

독립운동에 뛰어든 10대 소녀들 이야기

이윤옥 (시인, 한일문화어울림연구소장)

1. 머리말

지난 20여 년간 여성독립운동가들의 활약상을 추적하면서 꼭 한번 다뤄보고 싶었던 것이 '10대 소녀들의 독립운동'이다. 그런 욕심이 났던 것은 10대 소녀 유관순외의 여성독립운동가를 알려 주는 책이 없었던 것이 계기가 되었다. 김성재, 김진현, 유순희, 이선경, 김윤경 등.... 헤아릴 수 없이 많은 10대 소녀들이 독립운동에 뛰어들었다. 이번 『애국지사들의 이야기』

제8권에 소개한 10대 소녀들의 독립운동 이야기는 필자가 오랜 기간 자료를 모으고 이들이 활동했던 지역을 직접 찾아다니는 등 공을 들인 인물들이다.

인생에서 10대의 시기란 얼마나 찬란하고 아름다운 시기런가! 일제의 침략의 역사가 없었더라면 꽃다운 나이의 10대 소녀들이 독립운동의 죄목으로 형무소에 수감되어 형용할 수 없는 고문으로 죽어가지 않았을 것이다. 너무나도 가슴 아픈 이야기들이 서대문형무소 수형자카드에 고스란히 남아있는 것을 알게되면서부터 필자는 이들 '10대 소녀들의 독립운동 이야기'를 세상에 알리고 싶었다.

까만 치마저고리 차림, 앙다문 입술, 조금은 겁먹은 얼굴이지만 초롱초롱한 눈빛의 앳된 10대 소녀들의 모습이 박혀있는 수형자카드를 샅샅이 살피는 과정에서 그들의 울부짖음을 외면할 수 없었다.

"그래, 반드시 이 소녀들을 기록하리라. 반드시 이 소녀들을 세상에 알리리라"

이번 원고는 필자가 집필 중인 책 '10대 소녀들의 독립운동 이야기' 가운데 5편을 소개한 것이다. 이 글이 오롯이 10대 청춘을 조국독립을 위해 바친 선열들의 삶을 조금이나마 이해하는 데 보탬이 된다면 더 바랄 것이 없겠다.

2. 10대 나이로 독립운동에 뛰어든 여성독립운동가들

1) 태극기 높이 든 배화여학교 열네 살 소녀 '김성재'

김성재(金成才, 1905.10.14. ~ 모름) 지사는 황해도 장연군 설산면 읍서리 17번지 출신으로 1920년 3월 1일 서울 배화여학교 재학 중 학교 뒷산에서 3.1운동 1주년 만세시위에 참여하여 만세를 부르다 체포되어 경성지방법원에서 징역 6월(집행유예 2년)을 선고받았다.

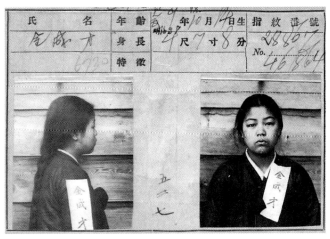

▲ 김성재 지사 서대문형무소 수형자카드 (14세, 앞면)

김성재 지사를 포함한 배화여학교 학생들은 전국적으로 번졌던 1919년 3.1 만세시위에 참여하지 못하고 이듬해 1주년이 되는 해인 1920년 3.1만세시위에 대대적인 참여를 하게 되

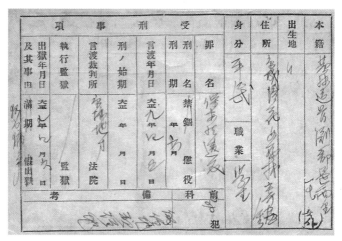

▲ 김성재 지사 서대문형무소 수형자카드 (뒷면)

었다. 이들이 3.1만세시위 1주년 때에서야 참여하게 된 까닭은 당시 스미스 교장 선생의 철저한 감시 때문이었다. 거족적인 1919년 3.1만세 시위를 앞두고 김성재 지사 등은 서울시내 학생들과 연대하여 만세시위를 하기 위해 착착 진행해나가고 있었다. 그러나 이들의 행동을 눈치챈 스미스 교장 선생은 배화여학교 학생들이 3.1만세시위에 참여하지 못하도록 기숙사 문을 봉쇄해버리는 바람에 안타깝게도 배화여학교 학생들은 1919년 3.1만세시위에 참여하지 못했다. 당시 배화여학교에 다니던 여학생들은 김성재 지사처럼 거의 기숙사 생활을 하고 있었다. 1919년 무렵 여성이 각지에서 경성(서울)으로 올라와 여학교에 다닌다는 것은 결코 쉬운 일이 아니었다. 김성재 지사처럼 황해도 출신으로 경성 유학길에 나선 학생들은 손영선, 이신천, 이용녀 등이 있었고 강원도 출신으로는 김경화, 박경자, 왕종순, 윤경옥, 이남규, 한수자 등이 있었다. 그뿐만 아니라 소은숙 지사를 비롯하여 김마리아, 김의순, 박양순, 박하향, 성혜자, 안옥자, 안희경, 이수희, 최난씨 등은 경기도 출신이며, 경북 출신은 문상옥, 충북 출신으로 박신삼 등 당시 기숙사에는 전국에서 올라온 학생들이 학업을 위해 기거하고 있었다.

3.1만세시위 1주년인 1920년이 되어서야 경성의 여러 학생들과 함께 만세시위에 동참할 수 있었던 배화여학교 학생들은 일경의 삼엄한 경계 속에서 급우들과 함께 서대문형무소로 잡혀 들어갔다. 이날 잡혀들어간 사람들은 김성재 지사를 포함하여 김마리아, 소은숙, 안옥자, 안희경, 박양순, 김의순, 문상옥, 박경자, 박신삼, 박하향, 김경화, 성혜자, 소은명, 손영선, 왕종순, 윤경옥, 이남규, 이수희, 이신천, 이용녀, 지사원, 최난

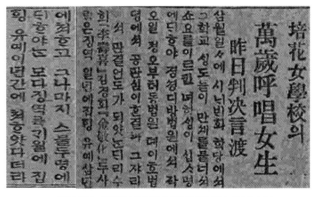

▲ 배화여학교 여학생 판결 언도 기사(매일신보.1920.4.6.)

씨, 한수자 등 24명이다. 한 학교에서 이렇게 많은 학생들이 무더기로 만세시위에 참여하다 잡혀간 경우도 흔치 않은 일이다. 당시 배화여학교 학생들의 재판 소식은 장안의 화제가 되어 〈매일신보〉 등 언론에서 대서특필했을 뿐 아니라 멀리 미주지역 신문인 신한민보 1920년 4월 20일자를 비롯하여 매일신보 등에서도 연일 '배화여학교 여학생들의 만세 사건'에 관련한 기사를 크게 보도했다.

황해도, 경상도, 충청도, 강원도, 경기도 등에서 청운의 꿈을 간직한 채 올라와 학업에 정진하는 한편, 일제의 식민지 정책에 저항하여 집단으로 만세시위에 참여하다가 길게는 1년 짧게는 6개월의 옥고를 겪었던 여학생들의 나이는 대부분 10대였다.(김성재 지사 2019년 대통령표창 추서)

▲ 독립운동에 앞장선 배화여학교 6인의 소녀들, 김경화, 박양순, 성혜자(뒷줄), 소은명, 안옥자, 안희경 지사(앞줄), 〈서대문형무소 수형자카드〉

▲ 배화여고 독립운동 자료실 모습

　민족의식이 투철한 교사들과 그 아래서 빼앗긴 나라를 되찾기 위한 배화여학교 여학생들의 처절한 절규는 자료실에 그대로 보존되어 있다. 배화학당의 배화(培花)란 꽃을 배양한다는 뜻으로 조선의 여성을 신앙과 교육으로 아름답게 배양하여 꽃 피워내는 배움의 터전이란 뜻을 품고 있다. 올해로 개교 126주년을 맞이하는 배화여자고등학교는 1898년 10월 2일, 미국 남감리교 여선교사 조세핀 필 캠벨(Mrs. Josephine Eaton Peel Campbell) 여사가 당시 고간동(현 내자동)에서 여학생 2명과 남학생 3명으로 시작한 학교다. 현재는 839명의 재학생들이 과거 서울의 명소인 필운대(서울시문화재자료 제9호, 백사 이항복 집터)를 배경으로 풍광이 아름다운 학교에서 김성재 지사를 비롯하여 다수의 여성독립운동가를 배출한 학교의 자존심을 걸고 열심히 학업을 닦고 있다.

2) 서울 유학 중 만세시위 주도한 제주소녀 '김진현'

  김진현(金鎭賢, 1911.5.18. ~ 모름) 지사는 제주도 신좌면 조천리 (당시 주소) 출신으로 서울로 유학 와서 이화여자고등보통학교(이 하, 이화여고보)에 다녔다. 여학생들의 교육이 일상적이지 않던 그 무렵, 서울 유학길은 선망의 대상이었다. 김진현 지사가 4학년 이던 1930년 1월 15일은 서울에서 광주학생운동으로 구금당 한 학생들의 석방을 촉구하는 대대적인 만세시위가 있었다. 이 에 앞서 1929년 11월에 광주에서 일어난 '광주학생운동' 소식 을 전해 들은 김진현 지사는 1930년 1월 9일, 동급생 최복순· 최윤숙·윤마리아 등과 함께 만세시위를 착실히 계획하였다. 그 뒤 1930년 1월 15일 아침, 이화여고보 교정에서 300여 명의 학생들과 함께 태극기를 흔들며 독립만세를 외쳤다.

  이들은 시위에서 "학교는 경찰의 침입을 반대하라, 식민지 교육정책을 전폐시켜라, 학생 희생자 모두를 석방시켜라, 조선 청년 학생이여, 아아, 일본의 야만정책에 반대하자, 각 학교의 퇴학생을 복교시켜라, 광주학생사건에 대하여 분개한다." 등 6 개 항목을 결의하였다. 이어서 학교 밖으로 나가 다른 학교 학 생들과 함께 격문을 뿌리며 시위를 계속하다가 검거에 혈안이 된 일경에 학우 약 50명과 함께 붙잡혔다. 이날 시위에 참석하 여 일경에 붙잡혔던 여학생들은 1930년 3월 26일 자 동아일 보에 '출옥한 6인방'으로 크게 보도되었다.

▲ 광주학생사건에 연루되어 출옥한 여학생들,
최윤숙, 이순옥, 박계월, 송계월, 김진현, 임경애(오른쪽부터)
동그라미 속이 김진현 지사 (동아일보, 1930. 3. 26)

　　다음은 김진현 지사와 함께 구속되었던 이화여고보 급우, 윤
마리아 '신문 조서'다. 이를 통해 함께 구속되었던 어학생들의
신문 내용을 유추할 수 있다.

문 : 무엇 때문에 만세를 부르짖었는가?

답 : 광주학생사건 소식을 듣고 각 조선인 학교에서 만세를 부르며 시
　　위운동을 하고 있으므로 이화여고보에서도 이들과 보조를 함께
　　하여 소요를 일으키기로 하고 이를 실천하게 된 것이다.

문 : 1월 15일에 실행한다고 한 것은 언제 정하였는가?

답 : 1월 14일 정오를 지난 중식시간에 4학년 최정선이 나의 처소에

와서 경성여자고등보통학교 학생인 4學년 급장 윤정희가 나를 면회하고자 와 있다고 알려 주었다. 나 혼자 교정에 나가 보았더니 일면식도 없는 한 사람이 와 있기에 무슨 용건이 있어 온 것인지 또 어떻게 해서 나의 이름을 알고 있었는가를 물은바, 이름은 지인으로부터 들었으며 용건은 광주학생사건 관계 일로 자기들도 이에 동정하지 않을 수 없으므로 이 일을 일반 학생에게 알려 달라는 것이었다. 나는 각 학년에 알릴 수는 없으므로 교실로 돌아와서 교단에 올라가 고녀생(高女生)으로부터 들은 그대로 4학년 전부에게 알려 주었다.

– 서울여학생동맹휴교사건 경성서대문경찰서 1930. 1.19. –

▲ 시내 여학생 판결 기사(동아일보 1930.3.23.)

공판이 있던 날 법정에는 학부형들과 교사들이 판결을 보기 위해 몰려들었다. 막상 판결이 내려지자 김진현, 윤마리아 등 여학생들은 엷은 미소를 지으면서 법정을 퇴정했는데 학부형과 교사들은 눈물바다를 이뤘다.

1929년 11월 3일 광주에서 시작해 이듬해 3월까지 전국적으로 194개교 학생 5만 4천 명이 참여한 광주학생운동은 3.1 만세시위 이후 가장 큰 규모로 일어난 학생 항일운동이었다. 광주학생운동의 발단은 1929년 10월 30일, 나주역에서 발생한 조선 여학생 희롱사건이 불씨가 되어 11월 3일 전국으로 퍼져나갔으며 거족적인 독립운동으로 펼쳐졌다. 이날 오후 광주역을 출발해 나주역에 도착한 통학 열차에서 학생들이 개찰구를 향해 나갈 때였다.

댕기머리 조선인 여학생인 이광춘과 박기옥이 막 개찰구 쪽으로 나가려 할 때 일본인 남학생 후쿠다 슈조(福田修三)가 이들의 댕기머리를 잡아당긴 것이었다. 광주여고보 학생이던 이광춘과 박기옥은 느닷없는 일본인 남학생의 희롱에 어찌할 줄 몰라하고 있을 때 마침 광주고보 학생이던 박기옥의 사촌 동생 박준채가 다가서며 점잖게 후쿠다를 나무랐다. 그러자 후쿠다가 '조센징 쿠세(조선인 주제)'라며 행패를 부리자 두 사람 사이에 싸움이 벌어졌다. 문제가 커진 것은 이 싸움을 목격한 나주역의 일본인 순사가 후쿠다를 비호하며 박준채의 뺨을 여러 차례 때린 데서 비롯된다. 그러잖아도 나라를 빼앗고 주인행세를 하던 일제국주의자들에 대한 분노가 억제할 수 없이 커지던 시기에 광주학생운동은 기름통에 불을 붙이듯 조선인들의 가슴에 불을 질렀다. 광주에서 학생운동이 일어났다는 소식을 들은 서울의 이화여고보 학생들은 다락방 비밀집회를 열어 향후 만세시위에 대한 회의를 열었다. 이 자리에서 이화여고보 학생들은 '광주학생사건 옹호동맹 중앙본부'를 조직하고 1차 거사날을 1929년 11월 15일로 잡았다.

▲ 김진현 지사 19세 때 모습, 1930년 1월 29일, (서대문형무소 수형자 카드 앞면)

1차 거사날인 1929년 11월 15일, 이화여고보 학생 약 400명이 교정에서 만세를 부르자 같은 정동에 있는 배재고등보통학교 학생 약 670명도 이 만세운동에 합세했다. 그 뒤 두 학교 학생이 무리 지어 교정 밖으로 진출하려 하자 서대문경찰서 기마대가 출동해 데모를 막고 주동자 54명을 잡아갔다. 이 일로 만세시위의 확산을 막기 위해 학교는 11월 16일부터 휴교에 들어갔다. 당시 이들의 석방을 요구하는 교장의 탄원이 있었지만 받아들여지지 않았다. 잡혀간 학생 가운데는 12월 18일 퇴학 및 무기정학 당한 학생들도 있었다. 이 만세시위가 다른 학교에 퍼지려는 조짐을 보이자 11월 17일엔 배화여자고등보통학교, 정신여자고등보통학교 등의 학교가 잇달아 휴교에 들어갔다.

김진현 지사는 급우들과 진명여고보, 배화여고보, 여자미술학교, 경성여상, 근화여학교 등 각 여학교 학생들과 1930년 1월 15일에 시위할 것을 결의했다. 이 소식을 듣고 당시 이화여전 음악과 졸업반 이순옥은 '제국주의 타도 만세', '피압박 국민 해방 만세' 등이 적힌 전단을 만들었다.

▲ 제국주의 타파만세, 약소민족 해방만세 등의 글귀를 적은 전단(삐라)을 만든 것은 이순옥 지사다. 〈한국민족해방운동사자료집 10권〉

《이화100년사》에 따르면 이 운동은 '시내여학생만세사건'으로 불릴 만큼 서울의 여학생들이 총궐기했다. 당시 동아일보는 이 운동을 '시내여학생사건'으로 보도했다. 여학생들은 김진현 지사 등이 준비한 태극기와 작은 깃발도 흔들었다. 이화여고보 교정 한복판에는 '조선의 청년 학생이여! 일제의 야만정책에 반대하자', '식민지 교육정책을 전폐하라', '광주 학생 사건을 분개한다' 등의 문구가 검은 글씨로 적힌 붉은 천의 대형 깃발이 휘날리고 있었다.

"조선청년학생대중이여! 제국주의적 침략에 대한 반항적 투쟁으로서 광주학생운동을 지지하고 성원하라! 우리는 이제 과거의 약자가 아니다. 반항과 유혈이 있는 곳에 승리는 역사적 조건이 입증하지 않았던가? 조선학생대중이여! 당신들은 저 제국주의 이민배의 광적 폭거를 확인하였을 것이다. 이것은 광주조선학생동지의 학살의 음모인 동시에 조선학생에 대한 압살적 시위다.(중간줄임) 그들의 언론기관은 여기에 선동하였으며 그들 횡포배들은 일본인의 생명을 위하여 조선인을 죽이라는 구호 아래 소방대와 청년단을 무장시켰으며, 재향군인연합을 소집하여 횡포 무도한 만행이 있은 후에 소위 그들의 사법경찰을 총동원하여 광주학생 동지 400여 명을 참혹한 철쇄에 묶어 넣었다. 여러분! 궐기하라. 선혈의 최후까지 조선학생의 이익과 약소민족의 승리를 위하여 항쟁적 전투에 공헌하라."

(동아일보.1930.9.9.)

피 끓는 남녀 학생들의 우렁찬 만세시위 함성 속으로 두려움 없이 뛰어들었던 이화여고보의 10대 소녀들, 김진현, 윤마리아, 최윤숙, 이순옥, 박계월, 송계월, 임경애! 그들의 이름 석자를 기억하는 일부터 '항일 여성독립운동사 이해'는 시작되는 것이리라.(김진현 지사 2019년 대통령표창)

3) 핏덩이 안고 광복군으로 뛴 '유순희'

한 장의 빛바랜 사진 속에서
핏덩이 끌어안은
임의 모습 찾았네

이역만리 중국땅에서
푸르른 고국 하늘 우러르며
인고의 시간 보낸 뜻은

아들 광삼이가 살아갈
자유로운 세상
빛 찾은 조국의 품이었음을

임의 얼굴에 드리운
골 깊은 주름보고
비로소 깨달았다네.

* 유순희 지사는 어린 핏덩이를 안고 광복군 제3지대에서 활약하였다. 부대원들은 아들 이름을 광삼(光三, 광복군의 광, 제3지대의 삼을 이름으로 지음)이라 지어주고 자신들의 아들처럼 사랑했다.

▲ 갓난아기를 안고 광복군이 된 유순희 지사(앞줄 오른쪽에서 6번째, 광복군 제3지대 본부 연병장에서, 1944.7.)

유순희(劉順愛, 1926.7.15.~2020.8.29.) 지사는 황해도 황주군 청송면 용정이 고향으로 1944년 중국 하남성에서 전방지하공작원과 접선되어 활동하다가 1945년 5월 광복군 제3지대 구호대원으로 입대하여 활동하였다.

다음은 필자가 유순희 지사 생존시에 오희옥 지사와 함께 취재한 기사다.(우리문화신문.2017.4.1.)

봄비가 촉촉이 내리는 가운데 유순희(劉順姬, 1926.7.15.~ 92세, 생존) 지사를 뵈러 간 것은 2017년 3월 31일(금) 오후 2시였다. 잔잔한 안개꽃 한 다발을 사들고 동대문구 신내동 자택을 찾아 가던 날은 생존 독립운동가이신 오희옥(92세) 지사님과 함께였다. 오희옥 지사와 유순희 지사는 서로 왕래를 하던 터였지만 몇 해 전부터 유순희 지사의 건강이 날로 안 좋아 두 분이 만난 것도 몇 해 되었다고 한다. 고양시 일산에 사는 필자는 이른 아침, 수원에 사시는 오희옥 지사를 모시러 수원으로 달렸다. 유순희 지사의 집을 알고 있는 사람이 오희옥 지사라서 반드시 동행하지 않으면 안 되는 상황이었다. 수원에서 서울의 끝자락 동대문구 신내동으로 차를 몰던 날은 메마른 대지 위에 촉촉한 봄비가 내리고 있었는데 아파트 주변에 심은 산수유꽃이 노란 꽃망울을 터뜨리고 있었다.

황해도 황주 출신인 유순희 지사는 광복군 제3지대, 제1구대 본부 구호대원(救護隊員)으로 광복이 될 때까지 활동한 광복군 출신이다. 그의 나이 열여덟 때의 일이니만치 벌써 73년 전의 일이다. 가물가물한 기억을 더듬고 계시는 틈에 기자는 거실 벽면에 걸린 한 장의 흑백사진을 발견하였다. 유리액자를 떼어 유순희 지사 손에 들려드리자 막혔던 말문이 터지듯 73년 전 일을 마치 어제 일처럼 들려주셨다. 흑백사진은 해방되기 1개월 전인 1944년 7월에 찍은 사진으로 광복군 제3지대 제1구대 본부 구호대원들이었는데 유순희 지사는 맨 앞줄에 자리하고 있는 자신을 가리키고 있었다. 아뿔사! 그런데 갓난아기를 안고 있는 것이 아닌가!

"이 녀석이 제 아들이에요. 갓 낳은 핏덩이가 지금 일흔을 넘었으니 세월이 많이도 흘렀지요."라며 유순희 지사는 당시 유일한 유부녀 광복군 시절의 이야기를 들려주었다. 부대원들의 사랑을 독차지했던 갓난쟁이 아들 이름은 광삼(光三, 광복군의 광, 제3지대의 삼을 이름으로 지음)으로 부대원들이 광복군 제3지대를 상징하는 뜻에서 지어주었다고 했다. 그 어린 광삼이를 안고 유순희 지사는 당당한 광복군이 되어 뛰었던 것이다.

1940년 9월 17일 중국 중경에서는 조선을 침략하여 점령하고 있는 일제를 몰아내고자 한국광복군총사령부(韓國光復軍總司令部)를 창립했다. 광복군은 4개 지대(支隊)로 편성하여 각 지대 내에 3개 구대(區隊)를 두고, 다시 각 구대 내에 3개 분대(分隊)를 설치하여 본격적인 활동으로 들어갔다. 하지만 광복군의 부대 편성 과정은 많은 어려움이 따랐다. 무엇보다도 부대원을 확보하는 일은 큰 걸림돌이었다. 상식적으로 생각해도 남의 땅에서 군대조직을 꾸린다는 것은 예삿일이 아니다. 다행히 1942년 4월 김원봉(金元鳳)이 이끄는 조선의용대(朝鮮義勇隊)가 광복군 제1지대로 편입함에 따라 2개 지대의 편성이 가능해졌다.

이에 따라 광복군총사령부는 1942년 2월 김학규(金學奎)를 산동성(山東省)으로 특파하여 일본군으로 강제 징집당한 한국 청년들을 대상으로 초모공작(招募工作)을 전개하도록 하였는데 이때 김학규는 양자강 이남의 안휘성(安徽省) 부양(阜陽)에 머물면서 3년 남짓 초모활동을 전개하였다.

▲ 광복군제3지대 여군소대. 두 번째 줄 오른쪽 첫 번째 동그라미 속이 유순희 지사

　유순희 지사는 1944년 11월 중국 하남성(河南省) 녹읍(鹿邑)에서 대한민국임시정부 전방 특파원 조성산과 접선하여 지하공작원으로 활동하였으며 1945년 2월 김학규가 이끄는 광복군 제3지대 화중지구(華中地區) 지하공작원 윤창호로부터 광복군 지하공작원으로 임명받았다. 그 뒤 광복군 제3지대에 입대한 뒤 제3지대 제1구대 본부 구호대원으로 활약했던 것이다.

　"유 지사님! 이런 갓난아기를 안고 정보활동을 하셨다니 굉장히 위험했겠어요. 만일 아기가 울기라도 하면 어쩌려고요." 필자의 질문에 유순희 지사는 대답 대신 미소를 지어 보였다.

어쩌겠는가! 갓난아기를 안고라도 광복군에 뛰어들 수밖에 없던 상황을 어찌 지금의 시각으로 설명할 수 있을까 싶었다. 그럼에도 그런 질문을 던진 것은 이애라(1894~1922) 지사가 갓난아기를 업고 독립운동을 하다 아기가 우는 바람에 서울 아현동에서 잡혀 아기가 죽임을 당한 사실이 떠올랐기 때문이다.

광복군 제3지대 부대원들이 지어준 어린 핏덩이 광삼(光三)이와 유순희 지사는 어려운 환경이었지만 행복했다. 아이 아빠가 같은 부대원으로 활약했기 때문이다. 광삼이 아버지는 독립운동가 최시화(崔時華, 1921~?) 지사로 당시 나이 24살이고 유순희 지사의 나이는 19살이었다.

금슬 좋은 광복군 동지 출신의 부부독립운동가 유순희 지사는 불행하게도 환국 뒤, 남편과 6·25전쟁으로 헤어지게 된 뒤 홀로 어린 세 자녀를 키워야 하는 운명과 맞닥트렸다. 길고 긴 고난의 길이 시작된 것이다. 그래도 유 지사는 꿋꿋하게 자녀들을 키워냈다. 지금은 최성희 손녀딸(둘째 아드님의 딸)의 극진한 보살핌을 받으며 살고 있다. 유순희 지사를 찾아간 그날도 손녀딸은 먹음직스런 딸기 등을 대접했다. 그러는 동안 유순희 지사는 한국광복군 제3지대의 활약상이 담긴 《항일전의 선봉》이란 앨범을 보여주었다. 1982년에 한국광복군제3지대사진첩발간회에서 만든 흑백사진첩 속에는 유순희 지사를 비롯한 수많은 광복군들의 활동 모습이 생생히 담겨 있었다. 유 지사는 또렷하게 당시를 기억하는 듯 손가락으로 한 분 한 분을 가리키며 설명에 여념이 없었다. 특히 동지이자 남편인 최시화 지사의 사진이 나오자 감회에 젖는 듯 멈칫하는 모습이 안쓰러웠다.

▲ 생존 애국지사 오희옥 지사,
건강이 몹시 안좋은 유순희 지사, 필자(왼쪽부터, 2017.3.31.)

유 지사가 활동하던 흑백사진 속의 세월은 어느새 73년 전의 일이 되어버렸다. 이제 그의 나이 92살! 참으로 무정한 세월이었다. 일제의 침략에 저항하여 어린 핏덩이를 안고 광복군에 뛰어든 시절부터 환국하여 또다시 겪은 민족의 비극 6·25전쟁, 그 전쟁에서 남편의 생사도 모른 채 어린자식들을 부여잡고 살아온 세월!

"정말이지 내가 92살이라는 게 믿기지 않아..."

유순희 지사는 필자가 사 들고 간 안개꽃 화분을 지그시 바라다보며 마치 안개속 같았던 자신의 삶을 되돌아보는 듯 했다. 이날 함께 유순희 지사 집을 찾은 오희옥 지사는 유순희 지사와 동갑이지만 건강이 조금 나은 편이라 높은 연세에도 각종 기념식이나 독립운동 관련 행사에 적극적으로 참여하고 계신다.

현재(2017.3.) 생존한 여성독립운동가는 유순희, 오희옥, 민영주 지사 세 분뿐이다. 이제 이분들에게 독립운동 이야기를 들을 시간이 많이 남아있지 않다는 생각을 하니 두어 시간 대담 시간이 그렇게 소중할 수가 없었다.

"유 지사님, 햇살 고운 가을날, 오희옥 지사님이 수원에서 용인의 마당 있는 집으로 이사하고 나면 제가 모시러 올게요. 함께 나들이해요."라면서 필자는 두 손을 꼭 잡아 드렸다. 혼자서는 걸을 수도 없는 수척한 모습의 유순희 지사와의 대담을 마치고 나오는 길은 왠지 코끝이 찡했다. 다시 만날 수 있는 시계바늘이 얼마를 기다려줄 지 모르는 세월 앞에서 그저 건강하게 오래 사시라는 말밖에는 건넬 수 없다는 사실이 눈시울을 붉게 했다.

참고로 유순희 지사는 투병 끝에 2020년 8월 29일, 94세를 일기로 영면하셨으며, 오희옥 지사는 2018년 3월, 뇌경색으로 쓰러져 현재(2024년. 2월) 서울중앙보훈병원에서 투병중이시다.

(유순희 지사 1995년 애족장)

4) 다시 살아난 수원의 잔 다르크 '이선경'

이선경(李善卿,1902.5.25.~1921.4.21.) 지사는 경기도 수원면 산루리 406번지(현 수원시 팔달구 중동)에서 태어났다. 산루리는 일제

강점기 향교로와 수원화성의 4대 문 중 하나인 팔달문 사이에 있던 마을로, 현재의 수원시 팔달구 중동지역이 이에 해당한다. 이학구(李學九) 선생의 둘째 딸로 태어난 이선경 지사는 일찍이 딸들에게도 신학문을 가르쳐야 한다는 의식을 갖고 있던 아버지 덕에 수원공립보통학교(현재 신풍초등학교 분교)에 입학할 수 있었다. 그 뒤 보통학교를 졸업하고 1918년, 숙명여학교에 입학하였으며 2학년 때인 1919년에는 언니 이현경이 졸업한 경성여자고등보통학교로 전학을 갔다.

이선경 지사가 열여덟 살 되던 해인 1920년 6월 20일, 경기도 수원에서 구국민단(救國民團)이 결성되었는데 이 조직에서 구제부장(救濟部長)으로 활동하였다. 당시 이선경 지사는 경성여자고등보통학교 3학년 재학 중이었는데 수원 삼일여학교 교사 차인재의 소개로 이화여자고등보통학교 2년생인 임순남과 최문순을 알게 되어 함께 구국민단 활동을 하게 되었다. 차인재 선생은 상해 임시정부로부터 〈독립신문〉을 받아 구국민단의 이득수 동지와 함께 관내의 조선인들에게 이를 배포하는 등 적극적인 독립활동을 펴던 참이었다.

마침 이득수 지사는 혈복단(血復團)이라는 단체를 만들어 조선 독립을 위한 기초를 다지고 있던 터에 차인재 선생을 통해 이선경, 임순남, 최문순 등을 소개받았다. 이득수 지사는 기존의 혈복단(血復團)을 구국민단(救國民團)으로 바꾸고 본격적인 활동에 들어갔다. 구국민단의 조직을 보면 단장 박선태, 부단장 이득수, 서무부장 임순남, 재무부장 최문순, 교제부장은 차인재가 맡았으며 이선경 지사는 구제부장을 맡았다. 당시 구국민단은 2대 목표를 세웠는데 첫째는 한일병합에 반대하고 조선을 일제의 통치하에서 벗어나게 하는 것과 둘째는 독립운동을 하다가 수감되어 있는 유족 구제를 하는 것이었다. 이들은 7월 초순 〈대한민보〉에 나오는 조선독립사상에 관한 기사를 인쇄하여 수원면내의 조선인에게 배포하였으며 1주일에 한 번씩 금요일마다 수원 읍내에 있는 삼일학교에서 동지들과 모임을 갖고 조선의 독립을 위한 활동 계획을 세워나갔다.

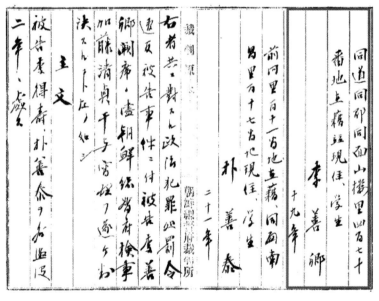

▲ 이선경 지사 판결문 (경성지방법원. 1921.4.12.)

한편 이선경 지사는 기회를 엿보아 상해로 가서 대한민국임시정부에 참여하여 더 큰 활동을 하려는 꿈을 꾸고 있었다. 그리하여 상해 임시정부로 가기 위해 8월 9일 수원을 출발하여 상해로 향하다가 경성에서 그만 잡히고 말았다. 이선경 지사의 신문 조서 내용 중 일부를 보면,

"언제부터 조선 독립에 대한 생각을 가졌는가?"
"어른들로부터 어렸을 때부터 들었으니 태어났을 때부터요"

"그 생각이 옳다고 생각하는가?"
"정의의 길이라 생각하오"

"만일 석방된다면 다시 이 운동을 벌일 생각인가?"
"그렇소. 석방되어도 다시 나라의 독립을 위해 싸우겠소"

신문 내용에서 볼 수 있듯이 이선경 지사의 강한 독립의지는 매우 확고했다. 체포 뒤 신문 과정에서 이선경 지사는 심한 고문으로 병을 얻어 재판정에도 나올 수 없는 심각한 상태가 되었다.

궐석재판 끝에 1921년 4월 12일, 경성지방법원에서 '1919년 제령(制令) 제7호(정치에 관한 범죄처벌 건)' 위반으로 징역 1년, 집행유예 3년을 선고받았으나 구류 8개월 만에 석방, 고문 후유증으로 열아홉 살 되던 해인 1921년 4월 21일 순국의 길을 걸었다.

▲ 산루리 삼남매의 독립운동 포스터(2021년), 수원박물관 주최, 맨 위가 이선경 지사이고 바로 아래가 언니 이현경, 맨 밑에는 동생 이용성.

한편 이선경 지사의 언니 이현경도 독립운동가다. 이현경 지사는 경성여자고등보통학교를 졸업하고 일본 유학을 떠난 인텔리다. 이현경 지사는 1920년 3월에 창립된 여자청년회에서 창립총회 명단에 서기로 이름을 올렸으며, 그해 11월 조선여자유학생학흥회의 편집부원을 맡았다. 1921년 3월 1일 3.1만세운동 2주년 때에는 도쿄 히비야(日比谷) 공원에서 태극기를 흔들며 만세를 외치다가 일본 경찰에 검거되었다. 그러나 아쉽게도 이현경 지사는 현재 독립유공자로 포상받지 못한 상태다. (2024.2.15. 현재)

이현경 지사는 유학 중에 도쿄 히비야 공원에서 만세운동을 벌였는데 그 내용은 1921년 3월 5일 국내에도 알려져 〈동아일보〉가 크게 보도하였다.

"3월 1일은 조선독립선언의 기념일이라 하여 동경에 유학하는 조선학생 등이 동일 오후 2시부터 히비야공원에서 만세를 부르고 독립

연설을 하다가 76인이 검거되었다함은 이미 보도한 바어니와, 당일에 이러한 거동이 있을 줄을 짐작한 히비야경찰서에서는 마쓰다(增田)서장 이하 경관이 미리 경계하고 있던 중, 마침 비오는 날임에도 불구하고 조선학생들은 각각 한국 국기를 가지고 삼삼오오 모여, 오후 1시 반경에는 1백 수십 명에 달하여 만세를 연하여 부름으로, 동 서장은 곧 해산을 명하였으나 잘 듣지 아니하므로 잠시 충돌이 있었으나, 곧 주최자의 혐의가 있는 시부야(澁谷) 593번지 오카다(岡田)집의 와세다 대학생 국기열(鞠錡烈·30) 이하 76인을 검거한 결과, 그중에는 이현경(李賢卿·22)이라는 여학생 외에 5명의 여학생도 검거되어 엄중히 취조중이라더라.

-이현경 지사 보도 내용(동아일보, 1921. 3. 5.)-

　수원의 잔 다르크라 불리는 이선경 지사와 언니 이현경 지사 자매가 독립운동 한 사실은 잘 알려지지 않았다. 수원지역에서는 이 두 자매의 활동이 조금씩 알려지고는 있지만 특히 열아홉 꽃다운 나이에 일제의 고문으로 목숨을 잃어야 했던 이선경 지사의 지고지순한 순국의 삶을 알리는 게 나에게 주어진 책무라는 생각이 든다.(이선경 지사 2012년 애국장 추서)

5) 10대에 상해한인여자청년동맹 위원장이 된 '김윤경'

　김윤경(金允經, 1911.6.23.~1945.10.10.) 지사는 백범 김구 선생과 고향이 같은 황해도 안악(安岳) 출신으로 일찍이 부모와 함께 중국 땅으로 이주하여 어린 시절부터 중국에서 보냈다. 1924년 8월 15일부터는 상해 프랑스 조계(租界)에 있는 백범 집에 살면서 임시정부에서 만든 인성학교에서 교육을 받았다. 어린 시절부터 독립운동가들의 항일의식과 민족의식을 직, 간접적으로 몸에 익힌 김윤경 지사는 열아홉되던 해인 1930년 8월에 여성들의 독립운동 단체인 상해한인여자청년동맹(上海韓人女子青年同盟)에서 위원장으로 뽑혀 여성 항일운동의 맨 앞에 서서 임시정부와 긴밀한 연락을 주고받으며 독립운동을 위한 정보수집에 심혈을 기울였다.

여자청년동맹에서는 일본 관헌들로부터 얻은 정보를 임시정부에 전달한다거나 또는 임시정부에서 대일(對日) 독립항쟁을 위해 일본 관헌을 교란시킬 필요가 있을 때에는 이들이 적극적인 활동을 개시하였다. 김윤경 지사는 1933년 상해에서 남경으로 거처를 옮겨 이번에는 이곳의 한국국민당(韓國國民黨)의 여성 당원으로 독립운동의 일선에서 활약하였다. 그러나 일제가 1937년 중일전쟁을 일으키는 바람에 남경이 함락

▲ 김윤경 지사

되자 이곳에 기지를 둔 각종 항일단체는 다른 지역으로 옮겨 가게 되었다.

이 일로 김윤경 지사는 동지들과 중경으로 다시 활동지를 옮겨갔고 중경에서는 한국독립당 산하의 부인회 등에 참여하여 항일운동을 지속하다가 광복을 맞이하였으나 귀국하지 못한 채 1945년 10월 10일 이국땅에서 34살의 나이로 숨을 거두었다.(김윤경 지사 1990년 애족장 추서)

김윤경 지사의 발자취를 찾아 상해에 가다

상해의 7월은 서울보다 무덥다. 지난 16일(2015년) 상해 마당로에 있는 대한민국임시정부유적지에 들른 날도 찜통 같은 무더위가 계속되고 있었다. 하지만 90여 년 전 이곳을 드나들며 독립운동에 여념이 없던 선열들을 떠올리다 보니 더위쯤은 아무것도 아니었다. 상해 관광을 가든 항주나 인근 지역에 볼일을 보러 가든 임시정부청사 유적지는 이제 한국인들의 필수 답사 코스처럼 되어버렸다. 임시정부청사 유적지야말로 고난에 찬 일제강점기의 역사를 온몸으로 말해주는 곳이 아니고 무엇이랴 싶었다. 임시정부청사 건물은 낡고 비좁았는데 삐그덕거리는 청사 계단을 오르며 많은 상념에 젖어본다. 밀랍인형으로 만든 백범 김구 선생이 청사 2층 사무실에서 집무를 보는 모습이 마치 그때의 상황을 말해주는 것만 같아 몇 번이고 다시 바라다보았다. 어디 백범 김구 선생뿐이겠는가. 이곳을 드나들던

숱한 독립지사들의 이름이 스쳐 지나간다. 사실 이번에 상해를 찾은 것은 여성독립운동가 가운데 한 분인 김윤경 지사의 발자취를 더듬기 위해서였다.

"상해에 있는 우리 인성학교에서는 금년에 제4회 졸업식과 진급식을 지난달 9일에 삼일당에서 거행하였다. 교장 도인권 씨의 사회로 졸업증서, 진급증서, 정근증서 등 상품 외 수여식이 있었고, 학교 직원의 학사 보고와 내빈 가운데 이청천, 김창환 두 분의 축사가 있은 뒤 폐회식을 가졌다. 졸업생 성명은 현보라 정흥순 김영의 김옥인이다."

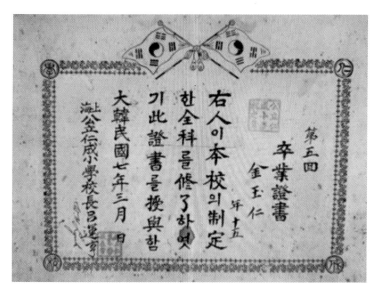

▲ 상해인성학교 제5회 졸업증서
(신한민보 1923.8.30. 기사에 나오는 졸업생 4명 중 김옥인 졸업증서)

이는 신한민보 1923년 8월 30일치 인성학교 졸업식 기사다. 일제의 조선침략으로 1910년 초부터 상해에는 수많은 한국인이 독립운동을 위해 몰려들었다. 이렇게 상해 거주 한국인들이 늘어나면서 자녀 교육을 위한 학교 설립의 필요성이 생겼고 이에 인성학교가 문을 열게 되었다. 인성학교는 1916년 9월 1일 상해 공공조계 홍구지역(公共租界 虹口) 곤명로 재복리(昆明路 載福里) 75호에서 4명의 학생으로 시작하여 1935년 11월 11일 문을 닫을 때까지 명실상부한 한인들의 든든한 교육기관이었다. 인성학교에서는 한인 자녀들의 일반적인 교육뿐 아니라 민족의식을 불어 넣는 독립운동가 양성기관의 역할도 충실히 담당하였다.

실제로 1921년 현재 프랑스조계의 한인 약 700명 가운데 200명 정도가 직업적인 독립운동가였을 정도로 당시 상해에는 많은 독립운동가들이 조국의 독립을 위해 모여들었고 그러다 보니 자녀의 교육문제가 심각해졌다. 인성학교는 이러한 요구를 받아들여 설립한 학교다. 인성학교는 1916년 9월 1일 상해 공공조계에서 '상해한인기독교소학'이라는 이름으로 문을 열었는데 처음에는 소학교로 출발하였지만 그 목표는 상해뿐만 아니라 해외 한인들의 가장 완비된 모범교육기관으로서 초등·중등·전문과정을 교육하는 종합학교를 지향하였다.

인성학교의 교육목표나 내용은 민족교육을 통해 민족정신과 민족역량을 배양하고 자활능력을 양성하여 완전한 민주시민 육성과 신민주국가를 건설하는 데 있었으며 지덕체(德智體)를 바탕으로 한 건전한 육체와 인격을 갖춘 인재 양성을 중시하였으며 '민족혼'과 '독립정신'교육은 무엇보다도 중요한 교육목표였다. 교과목은 한글, 한국의 역사와 지리 등에 치중하였으며 수업은 한국어로 하고 일본어는 절대로 사용하지 못하도록 금지시켰다. 교과서는 인성학교에서 직접 등사로 밀어 제본한 교본을 사용하였다. 인성학교의 교장을 비롯한 교원들은 대한민국임시정부와 관계있는 독립운동가들로 구성되었으며 선우혁, 여운형, 김태연, 김두봉 등이 교장을 맡으면서 자연스러운 독립운동가를 키우는 학교로 자리매김되어 나갔다.

1929년 8월 당시 김두봉 교장은 상해를 방문한 한글학자 이윤재와 대화를 나누었는데 이 자료에서 인성학교가 지향하는 목표를 어느 정도 파악할 수 있을 것으로 본다.

"내가 상해 부두에 내리기는 지난 8월 8일 하오 1시엇다. 마차를 타고 법계(法界)에 들어서 서울로 치면 종로와 가튼 하비로를 거치어 다시 맥새이체라로로 빠저 원창공사(元昌公司)를 차젓다. (가운데 줄임) 학교가 창립된 지 10여년에 요만큼이라도 돼가는 것은 순전히 교민들의 힘이지요. 그러고 상해에 거류하는 우리나라 사람들이 천여 명이나 됩니다. 아이들만 해도 수백 명이 되는데 아이들을 중국 사람의 소학교에 보내면 중국의 교육을 밧게 됨으로 모국말을 다 이저버리고 중국말만 하게 됩니다. 이찌 조선 사람의 구실을 할 수 있습니까. 이러한관계로 해서 더욱이 학교에 힘을 쓰지 아니 할 수 업게 됩니다"

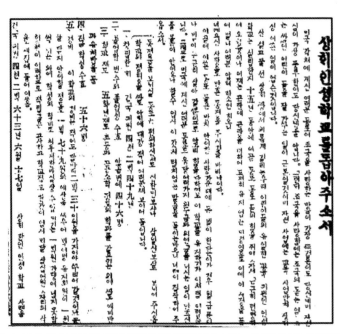

김윤경 지사가 다닌 상해인성학교의 재정상태의 어려움을 호소하는 신한민보 기사 〈1930.7.17〉

인성학교 학생 수는 1916년 개교 당시 4명이었지만 1920년도 신학기에는 학급수가 4개로 늘어나고 유치원급이 증설되면서 학생 수는 30명으로 늘어났다. 1920년대 후반 이후에는 매년 50~70명 선의 학생 수를 유지할 정도였다. 그러나 인성학교의 재정 사정은 넉넉치 않았다. 이를 입증하는 기사가 신한민보 1930년 7월 17일치에 '상해인성학교를 도와주소서'라는 제목으로 실려 있는 것으로도 그 어려움을 짐작할 수 있다.

푹푹 찌는 무더위 속에서 임시정부청사 유적지를 나와 지척에 있는 프랑스조계지로 발걸음을 옮겨보았다. 지금은 카페거리라고 해도 좋을 만큼 커피숍과 맥주집이 즐비한 이곳이 100년 전에는 조국 독립을 위한 한인들의 발걸음이 끊이지 않았던 곳이라니 새삼 내딛는 발걸음 그 어느 한 곳도 예사로 지나칠 수 없다. 숱한 한인들 속에서 유달리 사명감과 나라사랑 정신이 강했을 김윤경 애국지사의 모습을 그리며 임시정부청사와 프랑스조계지를 서성이는데 어디선가 매미소리가 힘차게 들려왔다.

3. 맺음말

〈동아일보〉 1930년 2월 16일 기사에는 다음과 같은 여학생들의 결의문이 소개되어 있다.

첫째, 1930년 1월 15일 오전 9시 반 정각에 각 학교에서 학생 전부가 만세를 부르며 종로 네 거리로 나와 남대문 방면으로 진행할 것.

둘째, 경찰에 잡히더라도 이 자리에 모였던 사람들의 이름을 말하지 않을 것.

셋째, 경찰서에 유치되는 경우 단연히 단식을 단행할 것.

이는 〈근우회〉 소속의 각 학교 대표 16명이 가회동 송계월(2029년 건국포장)의 하숙집에서 비밀 모임을 갖고 맺은 결의안이었다. 그리고 이들은 약속 날짜인 1930년 1월 15일, 숙명여고보를 필두로 경성 시내 각 여학교 학생 2천여 명이 모여 만세시위를 주도했다. 이날의 만세시위에 대하여 일제의 〈고등법원검사국사상부〉에서는 극비문서로 '경성시내여학생만세소요사건'이란 문서를 만들어 대대적인 여학생 검거 작전에 들어갔지만 여학생들의 투지를 꺾을 수는 없었다. 불굴의 의지로 조국의 독립운동에 뛰어들었던 10대 소녀들! 이들이 한국독립운동사에 끼친 혁혁한 공을 우리는 결코 잊어서는 안될 것이다.

동포사회 지도자, 단체장,
초청 인사들의 글

황환영(비존펠로우쉽 대표) /
한국인에게 일평생 속죄한 일본인 목사 오다 나라찌(전영복)

문창준(온타리오 은퇴목사회 회장) / 애국지사기념사업은 시대적 사명이다

김영선(온타리오 목사회 회장) /
애국지사기념사업이 왜 우리들의 의무요 권리인가?

구자선(한인상 위원회 회장) / 어머니의 마지막 유산 '태극기'

윤용재(수필가) / 애국지사기념사업회의 어제와 오늘, 그리고 내일

허준혁(유엔 피스코 사무총장) / 상해임시정부수립 105주년과 재외동포

조주현(영어언어학자) / South Korean Patriots

남택성(시인) / 꺼지지 않는 불꽃

한국인에게 일평생 속죄한 일본인 목사
오다 나라찌(전영복)

황 환영 (비전펠로우십 대표)

오다 나라찌 부부, 자료출처: 박경진

1882년 9월 28일 조선의 선비 이수정(李樹廷)은 신사유람단 2
진인 박영효의 비공식 수행원으로 일본에 가게 된다. 그런 그
가 가장 먼저 만난 사람은 쓰다센(津田仙) 농학자인데, 그를 통
해 복음을 받아들이게 되었고 1884년에는 미국 성서공회 루

미스(Henry Loomis, 1839-1920) 목사의 도움으로 마가복음을 최초로 번역하게 까지 된다. 재일본 미국선교부에서는 일본사람들을 조선에 선교사를 보내겠다고 할 때 이수정은 이를 반대하고 1884년 미국에 조선선교사 요청의 편지를 두 번씩이나 보냈다. 이것이 계기가 되어 미국의 신학생들이 여기저기에서 반응을 일으켜 개신교의 한국 선교의 문이 열리게 된 것이다. 최초의 지원자는 장로교회의 언더우드(Horace G. Underwood, 1859-1916)와 감리교회의 아펜젤러(Henry G. Appenzeller, 1858-1902)로 일본에 도착해 이수정을 만나고 한국어를 3개월간 배운뒤 최

이수정과 스승 쓰다센, 자료출처: http://lawtimes.net/4819

초의 개신교 선교사로 조선 땅을 밟게 되었다.

일본 내 한인교회들은 미국, 캐나다 등지의 선교사들의 도움을 받아 교회를 개척하고 재일동포들의 눈물을 닦아주며 그들의 영혼을 어루만지는 사역을 감당해 나갔다.

재일대한기독교회(이하 KCCJ)는 1927년 시작된 캐나다 선교사 루터 영(Luther L. Young, 1875-1950) 목사의 사역을 통해 장족의 발전을 이뤄 오늘날 재일동포 사회의 기둥과 같은 역할을 감당하고 있다.

2021년 11월 23일 오사카한인교회에서 열린 KCCJ 제 56회 총회에서 일본인 나카에 요이치 목사가 총회장에 선출되었다. 한인교회 중심의 KCCJ에서 일본인 목사가 총회장으로 선출되는 이변일 수도 있는데 이는 처음 일이 아니었다. 이미 1966년 제 22회 총회에서 일본인 목사가 총회장으로 추대되는 일이 있었는데 이 분은 오다 나라찌(織田楢次, 1908-1980 한국명: 전영복) 목사였다.

오다 나라찌 목사는 누구인가?

오다 목사는 다이묘였던 오다 노부나가의 후손으로 1908년 1월 18일, 일본 효고현에서 10남매의 막내로 태어났다. 부친은 독실한 불교 주지로 재산을 다 털어서 절을 지을 정도로 독실했다. 장차 아들 오다에게 절을 물려 주고자 하였고, 그도 11살부터 부친의 뜻을 따라 스님이 되려고 수련에 정진했다. 그러나 아무리 노력해도 확신이 없고 회의가 들었던 그는 17세되던 1925년 절간을 뛰쳐 나와 고베(神戸) 길거리를 방황하고 있었다. 때마침 교회의 노방전도대에 호기심이 들어 뒤따르던 그는 그리스도교회까지 따라간 그곳에서 당시 유명했던 호리

우찌 목사의 설교 말씀에 감동을 받고 기독교로 개종하게 되었다. 호리우찌 목사의 권유로 다음해 오다는 고베의 '신카이치(新開地) 복음전도관'에서 세례를 받은 후 '일본전도대어영성서합사'(日本傳道隊御影聖書學舍, 關西神學校의 전신)에 입학하여 고베의 작은 교회에 봉사하면서 신학을 공부했다. 그는 이 고베교회에서 '김'이라고 부르는 한국 유학생을 만났는데, 이 만남이 그의 인생을 변경시킨 계기가 되었다.

'김'은 자기 아버지가 3.1만세운동 때 일본헌병들에게 총살당했다는 말과 함께, 한일합방, 민비시해사건, 고종독살사건, 관동대지진조선인학살사건 등 일본의 침략과 일본제국의 한국에 대한 죄상을 낱낱이 폭로하면서 비분강개하는 것을 보면서 오다는 큰 충격을 받았다. 마침내 그는 일본인의 잘못에 대해 용서를 구했다. 그 후 오다는 한국 민족에 관심을 갖기 시작하고, 3개월의 기도 끝에 한국에 선교사로 나가 일본인이 한국에 대하여 지은 죄에 대해 사죄하면서 한국인을 위해 자기생명을 바치기로 결심을 하였다. 21세가 되던 해인 1928년 그는 고베항에서 목포로 가는 화물선에 몸을 싣고 무작정 떠났다. 한국말을 듣는 것도 표현하는 것도 서툴렀지만 그는 오직 사죄의 일념만 가지고 4월 24일 목포항에 도착하였다. 1932년 '조선성결교회'에 가입하고 경성성서학원에 들어가 수학하며 서대문 밖에 있는 천연동에 교회를 개척했다. 1935년 '동양선교회'에 가입하여 목사안수를 받았다.

지배자로서 식민통치 국가에서 온 일본인인 오다 나라찌의 한국에서의 전도활동은 쉽지 않았다. 더듬거리는 한국말로 복음을 전하는 일은 의사소통에 많은 문제가 있었음에도 사죄하는 마음과 눈물의 기도로 극복해 나갔다. 때로는 한국인을 보호하면서 일본 경찰들에 대해 한국인 학대를 신랄하게 비판하기도 했다. 한국인들과의 거리를 좁히기 위해 이름도 한국식으로 바꾸었다. 성(田)은 오다(織田)에서 따오고, 이름은 '영원'을 뜻하는 영(永)과 후쿠오카(福岡)에 있다고 해서 복(福)자를 사용하여 전영복(田永福)이라 지었다. 田자의 성씨는 입 구(口) 안에 십자가(十)가 들어있어 입으로 십자가, 즉 영원한 복음을 전하는 사명자로서의 그의 다짐을 나타내고 있었다.

신사참배 반대로 핍박을 받다

점차 강압적인 식민지배를 강화하던 일제는 1933년부터 신사참배를 강요하기 시작했고 한국교회들은 우상숭배라며 반대했다. 일부 일제에 부화뇌동하던 목사들을 중심으로 1938년 신사참배결의를 앞두고 이를 공론화하기 위해 일본 기독교대회 대회장 도미다 목사를 초빙하여 서울, 평양에 강연회를 열고 '신사참배는 종교행위가 아니라 국민의례다. 이를 거부하면 비국민으로 규탄 받는다.'고 선전하였다.

그런데 신사참배를 반대하던 평양기독교회 대표자들은 1937년 오다 목사를 초청하여 평양 숭실전문학교 강당에서 1,000여 명이 참석한 가운데 강연회를 열었다. 이 강연에서 그

조선일보는 평양신사에 참배하는 장로회총회대표단을 보도했다.(자료출처=민족문제연구소)

는 "여러분! 도미다 목사는 거짓말을 하고 있습니다. 그의 말에 속지 마십시오. 신사참배는 종교의식입니다. 일본의 신사는 잡다한 귀신, 더욱이 한국민의 원수인 임진왜란의 원흉 도요도미 히데요시(豐臣秀吉)의 도요구니 귀신에게 참배하라는 것은 역사를 거역하는 언어도단의 망발이며 이는 '하나님 외에 다른 것을 섬기지 말라'는 십계명의 첫째와 둘째 계명을 어기는 죄악입니다."라고 역설했다. 숭실대 학생들과 의식 있는 목사들은 그의 말에 크게 감동을 받았다. 그러나 이후 그는 일본 경찰에 의해 평양경찰서로 끌려갔다. 닷새동안 구류된 그는 강연회에서 발표한 내용을 모두 적어 낸 뒤 풀려났다. 몇일 후, 형사 세 사람이 들이닥쳐 불문곡직하고 가택수색을 하더니 "너 이놈, 나쁜 놈아. 너 같은 악질은 혼 좀 나야 돼."라며 오다 목사의 일기장 등을 압수하고 경기도경찰국 지하실에 구금시켰다가 수원경찰서로 이송했다. 당시 수원경찰서에서는 일본 군인들이 수원 인근 제암리교회에 사람을 모아놓고 불을 지른 잔악한 장본인들이었다. 교회 안에서 22명이 죽고 교회 뜰에서 6명이 죽는 학살사건 이후 검문검색을 강화했다. 그 무렵 숭실전문학교 학생 박중학(朴重學)이 고향 순천으로 내려가다가 검문당해 오다 목사의 강연을 듣고 기록한 일기장과 오다 목사의 명함이 문제가 되어 오다 목사가 수원경찰서까지 오게 된 것이었다. 형사는 오다 목사의 옷을 벗기고 눈 위에 무릎 꿇리고 등 위에 눈덩이를 올려놓았다.

어느 날 서장이 배불리 먹인 다음, 한국인이 전쟁소모품이 되도록 설득해달라고 회유했다. 오다 목사는 책상을 치면서 나는 한국인을 진실로 사랑한다며 단호히 거절했다. 그러자 순사들이 검도장으로 끌고 가서 구둣발로 사정없이 찼다. 두 손을 포승줄로 묶어서 3일 동안이나 천정에 매달아 놓았다. 5개월 후 '치안유지위반 및 조선독립운동선동자'란 죄목으로 서울형무소로 이감되어 검찰청에 출두했다. 오다는 전도밖에는 한 일이 없다며 그가 한국에 온 경위와 행적을 말해줬다. 검사는 한국에서 전도하지 않는 조건으로 석방하고 일본으로 추방했다.

일본 귀국 후에도 한인을 위해서

오다 목사는 1939년 5개월의 옥고를 마치고 풀려났지만 더 이상 한국에서의 선교활동이 불가하므로 일본으로 돌아갔다. 일본에서 그는 '일본신학교'(도쿄신학교의 전신)에서 연구하고, 1941년 졸업 후 1월 미카와시마교회(三河島 한인교회) 담임목사로 부임하였다. 오다 목사가 동 교회를 담임하는 기간(1941-1946) 일본은 전시체제 아래 국민들의 사상과 행동을 엄하게 통제하였다. 일본 경찰은 교회를 감시하고 교회의 운영을 당국에 보고하게 했다. 예배에 참석하는 교인 수가 줄어들고, 본국으로 돌아가는 사람들이 속출하였다. 그럼에도 동 교회의 예배는 계속 드려졌고 한국의 광복을 위한 기도회는 쉬는 일 없이 계속되었다. 1943년에 들어서 일본의 전세가 기울어지자 일본 정부는 노동력 부족을 충당하기 위해 목사들에게도 권노 동원을 요청했다. '일본기독교단'은 이에 응하여 만 45세 이하의 목사 203명의 명단을 제출했다. 이에 따라 여기에 해당되는 목사들은 모두 1944년부터 징용에 동원되기 시작했는데 오다 목사도 징용대상이었다. 오다 목사는 한국어를 구사할 수 있다는 이유로 요코하마의 소화전공(전기회사)에서 한국어 통역으로 일하는 징용에 동원되었다. 또1944년 7월 해병대(海兵隊)에 입대하라는 소집영장을 받고 군에 입대했다. 제2차 세계대전이 끝나고 1주일 후 오다 목사는 해병대에서 제대하자마자 도쿄로 올라와 미카와시마교회 교인 이재실(李栽實)의 집에서 교회를 재건하고자 했으나 전후 모든 것이 무너져 쉽지 않았다.

그 후 오다 목사는 교토(京都)한인교회 담임으로 부임했다. 그는 일본교회가 한국에게 준 과거 상처를 감싸주게 하여 재일한국인과 일본인이 화해하는 계기를 마련하고자 노력했다. 전영복은 1970년 22년을 교토한인교회의 사역에서 은퇴하고 일본에 있는 한국인에게 전도하면서 KCCJ 전도국의 간사로 전도활동에 임했다. 일본의 연약한 교포교회를 돌보며 교역자가 없는 교회에 가서 설교를 하고 교포들이 많이 사는 지역에 교회 개척을 추진했다. 그는 1980년 9월 27일 하나님의 부르심을 받았다.

이처럼 오다 목사는 일평생 한국을 사랑한 일본인 전도자였다. 우리나라 정부가 5.16 민족상을 수여하려고 했으나, 그는 "내가 세상에서 상을 받으면 하나님 나라에 가서 받을 상이 없습니다."라며 거절했다. 오다 나라찌 목사는 하나님의 부르심을 받기까지 속죄하는 마음으로 한국인과 재일동포를 사랑하며 진정으로 한국인을 섬겼던 선한 목자로서, 한 알의 밀알같은 일본인이었다.

[참고 문헌]
- 감리교뉴스 한국교회사(한국교회사31: 한국을 사랑한 일본인 목사 오다 나라찌(전영복) 박경진 2016. 1. 6. 10:11)
- 한국인 섬긴 일본인(기독신문 기자 김병국 2004. 8. 30)
- 도쿄 요츠야선교회와 재일한인교회: 미카와시마 조선기독교회의 형성(1924~1960년대)(백종구, 서울기독대학교)
- 비전펠로우십 재일동포캐나다선교사전시관(visionfellowship.org)
- KCCJ 선교100주년기념사(2008, KCCJ)

애국지사기념사업은
시대적 사명이다

문 창준(온타리오 은퇴목사회 회장)

역사학자 E. H. Carr(카)는 "What is History?(역사란 무엇인가)"라는 저서에서 "역사는 과거와 현재의 끊임없는 대화다"라고 정의했다. 그렇다. 현대를 살고 있는 우리는 과거의 역사를 반추하며 이 시대정신을 이해할 수 있다. 우리 민족은 수많은 역사의 소용돌이 가운데도 역사를 보존하고 계승했기에 국난을 극복하는 슬기로운 민족이 되었다. 만일 파란만장한 역사의 흔적을 우리 민족이 망각했다면 우리의 미래는 암울했을 것이다. 척박한 우리 이민의 땅 캐나다에 애국지사기념사업회가 창단되어 역사를 사랑하는 우리 동포들에게 큰 자부심을 갖게 하였다. 13년의 세월 속에 사업회를 위하여 헌신하신 김대억 회장, 이하 모든 분께 감사를 드린다. 역사의 흐름을 망각하거나 역사의 문맹이 되면 후손들에게 민족의 정기와 유산을 전수할 수 없다. 특히 디아스포라 이국 땅에 흩어져 사는 이민 땅의 후손들에게 바른 역사의 교훈을 가르치고 계도할 책무가 우리에게 있는 것이다. 특히 한국 최근세사의 역사 흔적을 우리의 2세, 3

세, 4세대에게 가르치고 전수할 의무가 있다. 암울했던 조선말의 역사 인식과 조선왕조가 몰락하고 패망하여 일본 제국주의와 열강에 의해 나라를 빼앗긴 슬픔의 현장을 배워야 하는 것이다. 국권을 일본에게 유린당한 후 우리 선조와 조상들은 일제의 36년 동안 어떻게 저항하며 민족의 독립을 위해 투쟁하셨는지 생생한 역사의 현장을 배워야 할 것이다. 내가 누구인가? 우리 선조들은 역사의 위기 가운데 우리를 위해 어떻게 사셨는지 올바른 역사인식을 가르쳐야 할 것이다. 조국의 독립을 위해 헌신하신 선조들의 숭고한 역사의식이 없었다면 오늘과 내일의 역사는 존재할 수 없다.

석학 아놀드 토인비는 "역사는 도전과 응전"이라 말했다. 역사를 잘 이해하는 민족은 언제나 도전(Challenge)하여 역사를 새롭게 창조해 나가는 것이다. 하나님의 섭리사관의 관점에서 보면 고난의 역사 와중에서 새롭게 도전하는 용기를 역사의 교훈에서 얻어내는 민족을 지칭한다. 그래서 응전(Response)할 준비를 갖추는 민족이 된다. 대한민국 역사는 끝없는 역경의 역사에도 선조들의 도전과 응전으로 오늘의 번영을 이룩한 것이다. 도전하기 위해서는 역사의 새 창조를 위하여 애국 애족의 역사를 배워야 한다. 청년과 다음 세대들에게 역사의 흔적을 일깨워 새로운 역사를 창조하게 해야 한다. 그러한 민족에게 내일의 역사를 열 수 있는 주인이 된다.

한국 방문 중 시간을 만들어 중국을 꼭 방문한다. 애국지사들의 역사의 흔적을 답사하며 새로운 도전을 받았다. 상해를 방

문하여 임시정부 청사를 돌아보며 척박한 환경에서도 김구 주
석외 수고하신 선조들의 얼을 되새겼다. 홍구 공원 윤봉길 의
사의 기념관에 들러 폭탄을 투척한 윤의사의 기개를, 역사 자
료를 통해서 큰 감동을 받았다. 동북 삼성에서는 독립항쟁의
선구자 선조들의 모습을 역사 현장을 통해 도전을 얻었다. 연
변 자치주의 길림성과 근처에 위치한 용정시 용정 중학교내 애
국자 윤동주 시인 기념관에서 큰 감명을 받았다. 민족 해방의
기쁨을 맞보기 전에 순절한 윤시인의 일생을 회고하며 애국사
상이 무엇인지 깨닫게 한다. 선구자 노래의 현장인 일송정을
지나 민족의 영산 백두산 천지연에 올라가 비로소 민족의 혼을
되새겨 본다. 연변서 17시간 기차로 헤이룽장성(흑룡강성)의 성
도 하얼빈 시에 도착했다. 역 청사 부근에 안중근 의사 기념비
를 발견할 수 있었다. 1909년 민족의 원흉 이토 히로부미(이등
박문)를 암살한 하얼빈 의거 역사의 현장에서 다시 한 번 안의사
의 높으신 기개를 상기하며 대한독립 만세를 외치고 싶어졌다.

우리는 누구인가? 우리는 무엇을 위해 사는가? 우리는 이 세
상에 살면서 무엇을 남길 것인가? 늘 자신에게 묻고 답을 찾는
지혜가 필요하다. 우리는 어디에 살고 있는가 하는 장소 개념
이 아닌, 무엇을 위해 사는가? 하는 "How to Live"(어떻게 살아
야 하나)에 목표를 두어야 한다. 그러기 위해 시대정신을 이해하
며 우리 민족이 역사 속에서 어떤 발자취를 남겼는지 인지하며
인생을 설계해야 할 것이다. 사랑하는 후배, 자녀들, 후손들이
여! 애국애족의 민족정신은 반만년 유구한 역사의 원동력이 되

어 왔기에 반드시 기억해야 한다. 우리의 세계관은 애국의 사상 속에 지평을 넓혀갈 수 있다. 이제 새 역사의 주인의식으로 힘차게 도전하는 나라 사랑. 애국애족의 정신으로 세계를 주도하는 멋진 한국인이 되자!

　바라기는 앞으로도 애국지사기념사업회가 더욱 열심히 역사적 사명을 수행해 나감으로 국내외 동포들과 우리들의 자랑스러운 자녀들이 애국지사들의 숭고한 민족 사랑과 조국 사랑을 마음에 간직하며 살아갈 수 있게 되기를 간절히 소망한다.

애국지사기념사업이 왜
우리들의 의무요 권리인가?

김 영선(온타리오 목사회 회장)

느헤미야(Nehemiah) 1.3절, "저희가 내게 이르되 사로잡힘을 면하고 남은 자가 그 도에서 큰 환난을 만나고 능욕을 받으며 예루살렘 성은 훼파되고 성문들은 소화되었다 하는지라(They said to me, "Those who survived the exile and are back in the province are in great trouble and disgrace. The wall of Jerusalem is broken down, and its gates have been burned with fire.")"

우리가 살고 있는 캐나다 땅에서 애국지사들의 숭고한 정신을 계승하고 선양하는 역사적 대업에 기여하고자 제 8권 출판을 계획하여 애국지사기념사업을 추진하는 일에 대해 먼저 축하를 드리며, 이 일에 온타리오 목사회 뿐 아니라 동포사회에서, 이 귀한 애국지사 기념 사업에 관심을 가지고 합력함이 마땅할 뿐 아니라 왜 우리들의 의무요 권리인가를 생각해 보려고 합니다.

내가 평소 쉽게 이해하던 애국 지사들은 유관순 열사, 이인식

선생, 그리고 손양원 목사 정도로 생각해 왔었는데, 이번 기회를 통해 얼마나 많은 분들이 일제에 의해 국권이 침탈되고 이에 맞서 독립운동을 펼치며, 전 재산을 독립자금으로 헌납하며, 이웃 사랑과, 애국 애족의 삶을 기탄없이 보여주시다 어떤 이들은 그 열매를 보기도 전에 생을 마감하였고, 어떤 이들은 나라의 광복을 맞은 자들도 있다.

히 13.7절, "하나님의 말씀을 너희에게 일러 주고 너희를 인도하던 자들을 생각하며 그들의 행실의 결말을 주의하여 보고 그들의 믿음을 본받으라"

그들이 목숨걸고 희생하기까지 했던 것은 강점 말기 일제의 한국인의 정체성을 지키며, 황국식민화정책 앞에 분연히 일어나 독립투쟁을 했던 그 정신을 본 받아야 함은 하늘 아래 어디에 살고 있던지 같은 조국을 가슴에 품은 자들에게 있어서의 의무요 권리인 것이다.

올 2024년, 새해를 연 지 수 주가 지났다. 그런데 새해를 맞이한 기대와 희망뿐 아니라, 토론토 시민으로서 주어지는 납세의 의무자에게 세금이 인상된다는 소식을 접하고 있다. 큰 이유는 주택난 해결과 난민 정착을 위한 비용이 예년에 비해 재산세 인상이 두 자릿수로 인상이 예상된다. 상당히 높은 인상폭이다. 여기서 관심을 갖는 것은 예년에 비해 급격히 많아진 난민의 정착을 위한 비용이라고 한다. 아마도 이 문제는 시간이 지남에 따라 캐나다 뿐 아니라 세계적인 과제로서 피할 수 없게 될 것이다. 왜냐하면 전쟁과 가난과 온난화 현상으로 인한 사회적 국가적 문제가 현실화되었기 때문이다.

고대 그리스 비극 시인 유리피데스가 한 말을 되세겨 본다. 이들은 민족적, 종교적, 정치적 갈등이 전쟁을 일으키고, 이에 불안한 상황을 벗어나고자 빚어진, 미얀마 민주화 사태, 탈북자, 코소보 사태, 중동 세계의 압제를 피해 유럽으로 이주 등이다. 최근에는 러시아와 우크라이나 전쟁, 이스라엘과 하마스 전쟁, 불안한 중동 전운 등으로 인해 수 많은 난민을 동반하게 된다.

물론 차원은 다르나, 나의 가족과 디아스포라 800만에 가까운 해외 동포들 역시 타문화권에서 정착하여 살고 있다. 앞으로도 더욱 더 다양하게 국경을 초월한 이민자들이 많아질텐데, 그럼에도 불구하고 조국이 있었기에 내가 있다는 명제 아래, 애국지사들의 정신을 돌아보는 것은 이런 시대를 이겨낼 수 있게 하는 힘이요 지혜가 되는 것이다.

어느날 나는 목사로서 나의 사명에 충실해야지라는 마음에, 말씀으로 천지를 지으신 하나님, 믿음의 조상 아브라함, 그리고 섬기는 교회와 조국을 위해 기도하며 말씀을 묵상하면서, 느헤미야서에서 조국의 소식을 듣고 마음이 뜨거워지는 느헤미야 선지자를 생각할 때, 과연 나는 조국에 대한 마음이 어떤가? 라는 도전적인 생각을 멈출 수 없었다.

느헤미야 1.3절, "저희가 내게 이르되 사로잡힘을 면하고 남은 자가 그 도에서 큰 환난을 만나고 능욕을 받으며 예루살렘 성은 훼파되고 성문들은 소화되었다 하는지라"

조국에 대한 소식을 들은 느헤미야는, 그 자리에 주저 앉고 말았다. 그가 비록 바벨론에서 오랜 동안 살아왔고, 조국을 경험하지도 못했지만, 하나님의 택한 백성으로서 늘 조국에 대한 부담을 안고 살았던 것 같다. 그래서 조국의 상황을 그냥 흘릴 수도 없고 견딜 수도 없는 안타까운 마음으로 가득한 그는 하나님이 전해 준 소식, 즉 동족의 환란, 훼파된 성, 불에 탄 채 남겨진 성문이 느헤미야로 하여금 이스라엘의 역사를 변화시키게 만든다. 느헤미야는 바사 아닥사스다왕의 허락을 받아 예루살렘에 올라가 성벽재건을 완성한다. 그도 우리와 같이 이중(다중)문화권에서 살아가던 자였다. 하지만 하나님의 나라에 대한 소식이 느헤미야로 하여금 견딜 수 없게 만들었고 그것이 슬퍼 울며 금식하고 기도하게 하였으며 결국 그는 사명을 위하여 자기의 모든 성공을 내려놓을 각오를 가지게 된다. 그가 이렇게 조국을 마음에 품고 하나님의 뜻을 이룰 수 있었던 것은, 순전히 그가 성장하면서 부모 또는 주변 믿음의 백성들로부터 조국에 대한 이야기를 듣고 배운 증거일 것이다.

이는 무엇을 의미하는가? 비록 이민자로 살아가지만 애국지사들의 훌륭한 정신을 배우고 자손에게 가르쳐 주고 전할 의무요 권리인 것을 새삼 깨닫게 해 준다. 실제 애국지사기념사업을 계획하고 발굴하고 사업을 추진하기 위해서는 과거와 현재를 연결해야 하는 어려움이 적지 않음에 분명하다. 더욱이 그런 흔적들이 세월이 지남에 따라 더욱 희미해질 것이기 때문이다. 그럼에도 불구하고 불굴의 정신으로 2010년부터 벌써 8번째 출간을 하게 된 것에 대해 뜨거운 박수를 보낸다. 조국 사랑의 마음이 의무가 되고 권리가 되어야 함은 너무나 마땅하다. 조국에 대한 소중함이 더한 시대를 살고 있고, 오히려 조국을 떠나니 더욱 더 그렇다.

오늘날 나의 조국이 경제발전과 산업화, 민주화로 이어질 수 있었음은, 외부의 침략에 맞서기도 하며, 국력을 번영하는데 참여하고 함께 연대했기 때문이다. 이런 측면에서 조국의 독립운동을 전개하였던 애국지사들의 정신을 기리며, 앞장서서 이 일을 추진하는 김대억 목사님의 노고에 큰 감사를 드립니다. 앞으로 동포 사회에 더욱 더 귀한 사업으로 지속되기를 마음 모아 응원하며 다시 한번 제 8판 출간을 축하드립니다.

어머님의 마지막 유산 '태극기'

구 자선(한인상 위원회 회장)

한국을 떠나 30번이나 넘게 이사를 거듭했지만 어머님께서 남겨주신 태극기만은 내 몸의 한부분처럼 간직해오고 있다.

이사가는 집이 쪽방이든 아파트든 개인집 사무실이든 제일 잘 보이는 곳에 걸어놓고 수시로 바라보고 있노라면 까마득히 잊어버렸던 어머님의 생전의 모습이 기억난다. 정규교육을 받아보지 못했던 어머님이 시골로 17세에 시집와서 아이들만 줄줄이 7남매를 낳고 39세에 과부가 되셨다.

그 어려운 시골 살림에 아이들 먹여 살리기도 하루하루 힘드셨을 텐데 생전에 들어보지도 못했던 나라 독일 광부로 떠나는 아들에게 태극기를 잘 포장해 주시면서 "잘 간직하고 네 머리맡에 두고 지내라" 하신 말씀을 한순간도 머리속에서 잊어버린 적이 없었다.

일본 식민지하에 있을 때 얼마나 나라 없는 설움과 어려움을 겪으셨으면 돈 한푼이라도 더 벌어 보겠다고 제 나라를 떠나는 아들에게 주면서 조국을 잊지 말라고 하시던 어머님의 모습을 죽기 전에는 지워버릴 수 없다. 어머님이 주신 소중한 유산이 지금 간직하고 있는 '태극기' 이다.

조국과 민족을 위해 모든 것을 바친 『애국지사들의 이야기』를 1권부터 7권까지 읽으면서 그동안 알지 못했던 분들이 일제 36년 동안 서러움 속에서 나라를 되찾고 지키기 위하여 목숨을 바치셨음을 새삼스레 알게되었다.

그분들의 피와 땀과 희생이 없었다면 오늘의 대한민국이 세계 10대 선진 경제 강국으로 급성장할 수 있었을까 하는 질문을 해본다.

독일 1500m 지하에서 탄을 캐면서 세계 각 나라에서 온 사람과 일할 때 모로코에서 온 광부에게 모욕을 당한 일을 지금도 잊지 못하고 있다.

같이 일하면서 "코레아가 어디 있느냐, 전기가 있느냐, 버스가 있느냐" 등등 비아양거리며 무시당하던 생각이 난다.

힘이 없고 가난하면 언제 또 누구에게 당할지 모르는 시대에 살고 있지 않은가?

세계정세는 하루가 다르게 나타나는 힘의 견제 속에서 이권 다툼으로 피의 전쟁이 끊이지 않고 오늘의 피의 전쟁은 언제 끝날지 모르는 상황이 아닌가?

흔히 우리가 이야기하는 "역사는 반복된다"는 말을 지나온 역사를 통하여 알 수 있듯이 애국지사들이 흘린 땀과 피의 대가로 우리는 일제 식민지하에서 독립이 되었고 뜻하지 않은 6.25동족끼리의 전쟁의 폐허 속에서 오늘의 대한민국의 발전은 애국지사들의 고귀한 정신을 이어받아 세계 10위권의 선진 경제 강국으로 눈부신 발전을 이루었다.

이제부터 우리들이 해야 할 일은 고귀한 애국지사들의 삶을 바쳐 이루어 낸 대한민국을 지키기 위해서 우리는 물론 우리 후손들에게 한국의 역사를 가르쳐야 한다.

조국의 역사박물관을 관람시켜 생각만이 아니라 뼛속 깊은 깨달음을 통하여 앞으로 한국을 든든히 지켜나갈 수 있는 생생한 역사교육이 필요하다.

온 심혈을 기울여 발간되는 『애국지사들의 이야기』를 후손들에게 정신적 유산으로 물려주어 조국 대한민국을 지켜 나갈 수 있는 길잡이가 되기를 바란다.

그동안 재정적으로 어려운 여건 속에서도 꾸준히 『애국지사들의 이야기』 책을 발행해오신 김대억 회장님과 집필하신 모든 분들에 감사와 경의를 표합니다.

애국지사기념사업회의
어제와 오늘, 그리고 내일

윤 용재 (수필가)

   캐나다 애국지사기념사업회가 조직되고 활동을 시작한 지 벌써 10여 년이 넘었다.

   그동안 대표적인 애국지사들에 대한 재조명과 숨겨진 인물들에 대한 새로운 소개 등을 통해 민족의 자긍심을 고취하는 한편 캐나다에서 자라나는 후손들에게도 우리나라의 역사와 민족혼을 계승시키는데 최선을 다해왔다고 본다.

   그러나 애국지사를 선양하고 또는 재조명한다는 것은 영속성이 필요한 일임에도 불구하고 기본적으로 인물의 한계성과 검증의 어려움 등이 있는 것이 사실이다.

   숨은 애국지사 소개에서의 주요 문제점은 주관적인 정의와 평가 기준의 모호성, 역사적 맥락에 따른 다양한 해석 차이, 나아가 이념적, 정치적 이해 차이 등이 있을 수 있다.

   극단적 예를 들면, 국내외에서 역사적으로 분명 매국 활동한 인사로 확인된 인물임에도 불구하고 그들의 후손들이 자신들만의 기념사업회를 구성하여 애국지사인양 대외적으로 홍보하는 일이 실재하는 것만 봐도 숨은 애국지사를 찾아내어 선양하는 일이 얼마나 중요하면서도 어려운 일인지를 알게 해 준다.

이러한 어려움에도 불구하고 애국지사에 대한 기념사업이 지속돼야 하는 이유는 우리 동포들의 정체성 확립과 자랑스런 민족혼이 후대에까지 끊임없이 온전하게 전해져 가도록 해야 한다는 데는 이견의 여지가 없기 때문이다.

따라서 캐나다 애국지사기념사업회는 차제에 이러한 소재의 한계성과 동포사회라는 지역적 특수성을 감안하여 기존의 기본 사업은 지속적으로 추진하되 일부 사업의 강화와 새로운 사업의 구상 등 획기적인 변화의 도모가 필요하다는 점에서 몇가지 제언해보고자 한다.

첫째, 애국지사들의 업적을 선양하고 교육하기 위한 관련 문예 공모전의 지속적인 개최다.

해외동포, 특히 자라나는 세대들에게 우리 역사와 전통을 올바르게 알려 자긍심과 애국심을 고취하기 위해서는 모든 장르를 불문하는 애국지사 관련 문예 작품 공모전을 추진하는 것만큼 효과적인 것은 없다고 본다.

애국지사에 대한 각계 각층의 다양한 접근과 해석이 가능하여 많은 사람들의 관심을 유도하고 여러 우수 작품을 통해 많은 사람들의 흥미를 끌 수 있다고 본다. 나아가 입선자에 대해서는 관련 단체나 해외동포청 등 유관 기관과 협조하여 모국의 관련 사업이나 행사에 참여할 수 있는 우선권을 주는 방안도 고려하여 사업 효과의 극대화도 시도해 볼 만 하다.

둘째, 기념사업회의 궁극적 지향점은 모든 세대를 아우르는 동포사회의 애국적 결속과 자랑스런 역사와 전통 문화의 계승과 발전을 통해 복합문화 국가인 캐나다의 발전에 선도적 역할을 하는 한인사회의 건설에 있는 만큼 세대를 불문하고 한인으로서 캐나다 사회의 발전에 지대한 공헌을 하였거나 현재 활약 중인 인사의 발굴과 소개가 필요하다고 본다. 특히 미래의 애국지사라 할 수 있는 캐나다 각계각층에서 뛰어난 활동을 하고 있는 숨겨진 한인 인사들이 생각보다 많으며 아쉽게도 상당수가 한인사회와 한국문화로부터 소외, 단절되어 있어 한인사회는 물론 그들 자신도 한인이라는 장점을 살려 스스로의 자긍심은 물론 그들의 해당 분야에서 시너지 효과를 낼 수 있는 기회를 갖지 못하는 경우도 있다. 따라서 다양한 방법으로 이들의 활약상을 발굴하고 소개하여 향후 우리의 후세들이 각계의 리더로 성장하는데 훌륭한 지표로 삼을 수 있게 하고 이들이 바로 역사속 애국지사들의 정신을 이어받은 자랑스런 후손으로서 훗날 이들이 다름아닌 미래의 애국동포, 애국지사들이라는 자긍심과 사명감을 갖도록 성원해야 할 것이다.

이같은 영향력있는 인사를 발굴하는 방법은 다양한 측면에서 접근할 수 있는데, 먼저 미디어 및 소셜 미디어 모니터링하는 것으로 현지 및 국제적인 미디어에서 동포들의 성과나 활동에 대한 보도를 찾아볼 수 있고 소셜 미디어 플랫폼에서도 활발한 동포 활동을 추적할 수 있다.

다음으로는 현지 커뮤니티를 조사하는 방법으로서 동포 커뮤니티와 단체에서 활동하고 있는 동포들을 통해 찾아보고, 그들의 업적이나 영향력을 조사할 수 있다.

또한 상장된 기업 또는 기관의 동포 직원을 검색하여 유명한 기업이나 기관에서 활동하고 있는 인사를 찾아내는 것도 한 방법이고, 또다른 방법으로는 수상 내역을 확인하는 방법으로 동포가 받은 상이나 영예 등을 조사하여 유명 동포를 발굴할 수가 있는 것이다.

마지막으로, 인터뷰 및 이야기를 수집하는 방법으로 관련 동포들과 직접 대화하거나 인터뷰를 통해 그들의 이야기와 성과를 발굴하는 것이다.

이와같이 향후 기념사업회는 애국 애족의 고귀한 정신과 문화를 계승 발전시킨다는 것은 어느 한시대의 일회성 과제에 국한돼서는 안되는 중요한 일인 만큼 그 목적과 지향성을 견고히 하면서도 사업의 영속성을 가지고 한인 동포가 이곳에서 끝없는 역사를 써 내려가듯 기념사업회도 영원히 대를 이어가며 발전해야 하며 그를 위해 몇가지 시급한 당면 과제를 해결해야 한다고 본다.

우선 2세, 3세들의 적극적인 참여를 유도하고 안정적인 재정 확보를 위한 방안도 다각도로 마련돼야 한다고 본다.

먼저 2-3세 후손들의 적극 참여 유도는 사업회의 영속성과도 직결되는 문제이므로 시급성이 있는 중요한 문제이다. 사업회의 운영진에 젊은 세대를 참여시키고 역할 공간을 충분히 만들어 주어 종국에는 그들 스스로 참여 의식과 사명감을 갖고 분명한 목적성을 갖고 이 사업에 참여토록 해야 한다.

또한 재정의 안정적 확보를 위해서는 캐나다 동포 사회의 유수한 기업들이 적극 후원하도록 참여 동기를 부여하고 참여 기업들은 보람과 함께 정부의 세제 혜택을 받는 등의 방안을 함께 강구해야 효과가 있다고 보는데 이는 한인회와 협의하면 충분히 가능하다고 판단된다. 더불어 한인 사회에서 중추적 역할을 하는 각 종교기관의 협조를 얻는 방법도 고려해 볼 만하며 한국 동포청의 제도적 지원책을 촉구하는 것도 빼 놓을 수 없는 중요한 방안이다.

캐나다 애국지사기념사업회는 캐나다 동포 사회라는 척박한 환경속에서도 본국에서는 감히 구상조차 못한 『애국지사들의 이야기』 출판사업을 비롯한 관련 각종 선양 사업을 지속해 오고 있다. 고난의 연속인 이 사업회가 지금까지 이어져 오고 있는 이유는 그 만큼 우리에게 절대적으로 필요한 일이고 앞으로도 계속되어져야 하는 이유로서 그것은 바로 우리 의 '혼'을 이어받고 후대로 전해줘야 하는 일이기 때문이다. 지금까지 기술한 여러 방법 외에도 다양하고 기발한 방안이 창안되어 캐나다 애국지사기념사업회가 영속적으로 발전되기를 간절히 기원한다.

상해임시정부수립 105주년과
재외동포

허 준혁(유엔 피스코 사무총장)

고종의 갑작스러운 의문사와 그에 따른 장례식을 계기로 시작된 1919년 3.1운동은 약 202만 명이 참가하였다. 조선 전체 인구 2,000만 명의 10%에 달했다. 사망자 7,500여 명, 부상자 16,000여 명, 체포·구금된 사람이 46,000여 명이었다. 3.1운동은 정부수립운동으로 이어져, 1919년 4월 11일 상해에서 열린 임시 의정원 회의에서는 임시헌장이 채택되었다.

나라이름은 대한민국·조선공화국·고려공화국 등이 제안되었다. 신석우 선생이 황제의 나라를 뜻하는 '제국'을 공화국을 뜻하는 '민국'으로 바꾸어 '대한민국'으로 할 것을 제안하자 여운형 선생이 '대한'이라는 이름으로 나라가 망했는데 다시 쓸 필요가 있느냐고 주장하였다. 이에 신석우 선생이 "대한으로 망했으니 대한으로 다시 흥해보자"라 하였고, 다수가 공감함에 따라 '대한민국'으로 결정되었다.

나라이름과 함께 세계사적으로 중요한 결정도 있었다. 이날 채택된 임시 헌장 1조는 '대한민국은 민주공화제로 함'이었다.

당시 세계 어느 나라도 헌법에 민주공화제를 규정한 곳은 없었다. 세계 최초였다. 임정의 임시 헌장은 1948년 대한민국 제헌국회에 의해 제헌 헌법으로 계승되었다.

이렇듯 대한민국 임시정부의 독립운동은 단순한 소집단적 항쟁차원이 아니라, 국가적·정부적 차원에서 전개되었다. 3.1운동 정신을 실천할 수 있는 민주적 정부수립 의지와 해외에서 성숙된 민주공화적 자립의지가 융합되어 대한민국 임시정부가 탄생하였던 것이다.

상해의 대한민국 임시정부, 서울의 한성정부, 러시아령의 대한국민의회 등 국내외 7개로 활동했던 임시정부들은 1919년 9월 11일 개헌형식으로 대한민국 임시정부로 통합하였다. 정부를 상하이에 둔다는 데에는 큰 이견이 없었다. 본토와도 가깝고, 일본군이 주둔해 있는 중국 동북성이나 러시아령보다 안전하고, 미주는 너무 멀기 때문이었다.

상해임시정부의 중심은 재외동포

임시정부는 조국 독립을 쟁취하기까지 27년간 상하이·항저우·전장·창사·광저우·류저우·치장·충칭으로 옮겨 다니면서도, 독립운동의 구심점으로서의 역할을 이어나갔다. 임시정부의 인적 구성은 사실상 100% 재외동포였다. 본토가 일제에 강점되어 있던 상황때문이기도 했지만 이승만, 김구, 안창호 등 해외유학파와 해외동포들이 세계각지에서 습득한 선진지식과 쌓아온 인맥들도 임시정부활동에 필수적인 것들이었다.

임시정부 요인들은 국제연맹, 유럽과 세계 열국, 그리고 각종 국제회의에 대표단 참석 등 다양한 외교활동으로 대한민국의 독립을 호소하며 국제여론을 환기시켰다. 또한 중국·미국·영국·소련·프랑스·폴란드·몽골 등과 국교를 수립했다.

동시에 신흥무관학교의 정신을 살린 육군무관학교 상해설치와 김좌진·김동삼 장군 등이 이끄는 각지의 독립군도 임시정부로 편입하며 무장독립운동도 병행했다. 윤봉길의사의 상해의거로 장제스 국민정부의 지원과 함께 독립에 대한 여론을 국제적으로 환기시켰다.

충칭에 정착한 임시정부는 광복군을 창설하였고, 연합군사령부의 요구로 유엔군의 일원으로 활약하기도 했다. 1945년 7월 국내탈환작전을 결정하고 연합군과 국토수복작전을 준비하던 중 일제의 패망으로 귀국하게 되었다.

재외동포들의 눈물겨운 모국지원

임시정부의 1차 년도 재정수립의 50%는 하와이 사탕수수밭을 중심으로 한 재미동포들의 기부금에서 나오는 등 임시정부 운용에 재외동포들의 헌신이 막중했던 것은 익히 알려진 사실이다.

재외동포들의 헌신은 독립이후 조국의 경제발전과 올림픽개최, IMF 등에도 계속 이어졌다. 3천여 명의 광부와 2천여 명의 간호사들의 독일파견과 멕시코 에네켄 농장 등에서 보내온 외화는 조국경제 발전에 밑거름이 되었다. 서울올림픽때 체조·수영·테니스 등 주요경기장과 올림픽 회관은 재외동포들이 보내온 541억원에 이르는 후원에 의해 이뤄진 것이었다. 동포들의 후원은 IMF극복에도 계속 이어져왔다.

한국이 세계 속의 문화강국으로 우뚝 설 수 있었던 것도 동포들의 노력이 절대적이었다. K컬처의 원조 태권도 보급을 시작으로, 미국 워싱턴D.C.·캘리포니아·뉴욕·버지니아 등 12개 주와 시, 브라질 상파울루, 아르헨티나, 영국 런던 킹스턴 왕립구에서 '김치의 날'이 선포되거나 제정되었다.

미국 LA 시의회·실리콘밸리 산타클라라 시의회에서 '한글날'이, 미국 동부 테너플라이·뉴저지에서 '한복의 날'이 선포되거나 제정되는 등 세계곳곳에서 한국문화 보급을 위한 재외동포들의 노력과 성과는 눈물겹고도 눈부시다. 세계곳곳에서 개최되는 한인의 날이면 하나가 되어 부르던 '아리랑'과 '우리의 소원'은 K팝 떼창의 출발점이었다.

1903년 최초의 하와이 이민을 시작으로, 멕시코·브라질·아르헨티나 등 남미와 로스앤젤레스·샌프란시스코 등 북미, 간도·연해주와 강제 징용·징병으로 끌려간 일본, 광부와 간호사로 떠난 독일, 뜨거운 사막 중동 등 재외동포들은 세계곳곳에서 눈물과 땀으로 고국을 응원하고 후원해왔다.

재외동포들의 세계적 분포

재외동포청의 〈2023년 재외동포현황〉에 의하면, 전세계 193개국에 7천8만1,510명의 한인 재외동포가 체류 또는 거주하고 있다. 동북아시아는 중국 2백10만9,727명(29.79%)과 일본 80만2,118명(11.33%) 총 2백91만1,845명(41.12%)으로 가장 많다. 북미주 역시 미국 2백61만5,419명(36.93%)과 캐나다 24만7,362명(3.49%) 총 2백86만2,781명(40.43%)으로 쌍벽을 이루고 있다.

유럽은 65만4,249명(9.24%), 남아시아·태평양은 52만490명(7.35%)이며 이중 베트남은 17만8,122명(2.52%)으로 동포 다수 거주국가 5위, 호주는 15만9,771명(2.26%)으로 7위이다. 중남미는 10만2,751명(1.45%), 중동은 1만8,939명(0.27%), 아프리카는 1만455명(0.15%)이 체류 또는 거주하고 있다.

중국·폴란드·이스라엘 등 자국민 대비 동포들의 비율이 높거나 숫자가 많은 나라들이 있지만, 폴란드나 이스라엘 같은 경우는 절대다수가 미국에 거주하며 중국은 동남아시아에 집중된다. 하지만 대한민국처럼 무려 193개국에 퍼져있는 나라는 없다.

임시정부수립 105주년과 슈퍼선거의 해

올해는 3.1운동 105주년이자 대한민국 임시정부 수립 105

주년이 되는 해이기도 하다. 지난 105년을 되돌아보며 오늘의 대한민국이 있기까지 재외동포들의 피와 땀을 되돌아보며 새로운 도약을 준비해야 한다.

국제적으로는 세계 76개 나라에서 선거가 치러지는 '슈퍼 선거의 해'이다. 80억 명의 세계인구 중 절반이 넘는 42억 명이 투표를 한다. 우리도 국회의원 선거가 있다.

대한민국 임시정부를 세우고 세계최초로 민주공화국 체제를 헌법에 명기하고 제헌의회에서 계승하도록 했던 재외동포들이다. 그렇지만 300석 대한민국 국회에는 재외동포를 대표하고 대변하는 의석이 한자리도 없다. 여성·노동·청년·장애인·다문화·스포츠 등 부문별로 '몫'을 배정했고 '탈북민'에게도 기회를 줬다. 그러나 재외동포들의 자리는 없다.

재외동포들의 목소리와 시대정신

재외국민들은 높은 유권자등록과 실투표율로, 정치권은 세계한인들의 숙원사업을 전담하고 글로벌 대한민국을 선도할 재외국민대표들이 국회에서 활동할 수 있도록 해야 한다. 그동안 수많은 여야 정치인들이 동포사회를 만날 때마다 비례대표를 약속했으나 결국은 거짓말이었다.

이제는 재외동포들의 목소리에 귀기울여야 한다. 단순히 '재외동포들의 몫'을 주장하는 '목소리'로 치부해서는 안된다. 새로운 시대를 함께 열어가자는 시대정신이며, 거스를 수 없는 시대적 요청이다. 목숨을 걸고 싸우고 목이 터져라 대한독립을 외치고 목이 매도록 대한독립을 기다려왔던 재외동포들의 목소리를 외면해서는 안된다. 누구보다 애국적이고 누구보다 애족적이고 누구보다 선진적인 그 목소리에 귀기울이고 함께 나가야 한다. 바야흐로 모국이 답해야 할 때이다.

한반도 평화와 번영보장, 한국어 UN공용어지정, UN 제5 사무국 한반도 유치, 복수국적 연령완화, 세계한인 지원법 제정, 재외 선거구 개설 등 해야 할 일들이 산적해있다.

국회의원 선거는 공직선거법 규정에 따라, 4년마다 국회의원 임기 만료일인 5월 29일의 50일 전, 즉 4월 9일 이후의 첫 번째 수요일에 치르도록 되어 있다. 4월 9일~15일 사이의 둘째 혹은 셋째 주 수요일이 해당된다. 상해임시정부 수립 105주년이 되는 올해는 4월10일에 총선이 치러진다. 임시정부수립일 (4.11) 하루전날이다.

본토 백성들의 염원을 받들어 앞장서 독립운동을 하며 대한민국의 기틀을 세웠던 재외동포 지도자들이었고 상해 임시정부였다. 4년 주기의 국회의원 선거가 대한민국 임시정부수립에 즈음하여 치러지는 것이 결코 우연의 일치만은 아닌 듯 하다.

South Korean Patriots

- the Ultimate Sacrifice, Paragon of Patriotism,
  and lack of Recognition

조 주현(영어언어학자)

The truth and facts are also subject to change by the characteristics of government and its view on the history, and sometimes even ethics can be redefined as a situational ethics, which is hard to be convinced in my view. The patriots in South Korea have been suffered from the true recognition and respect by the political collaborators who were easily subordinated to the dominant countries such as Japan and the USA since the beginning of the 20th century.

When in adversity, under colonies, or during the period of invasion, leaders of a country are usually but clearly categorized by 3 groups in general: (1) betrayers or traitors, (2) compromisers or collaborators, or (3) resistance or patriots. The same thing had happened in South Korea under the Japanese colony exactly as in France, Taiwan, and in England after the World War Two. The topic of this column is associated with patriots, which I am to talk about their ultimate sacrifice, paragon of patriotism, and the realities of how much they have been recognized and respected by the people of their home country, South Korea.

Unfortunately, I am extremely saddened by the truth and the realities about how they have been treated by the leaders whose power didn't go together with the patriots, which was the main reason why the patriots couldn't be treated well and properly in South Korea. I'd like to classify the patriots in South Korea into the following 5 stages: (1) Japanese invasion in Chosun Dynasty; (2) Japanese colony; (3) the government under the USA influence; (4) Military dictatorship; and (5) the Established Ancient Regime.

We have had so many patriots throughout South Korean history. Korean old saying goes "Adversity produces real heroes." South Korean patriots never hesitated to sacrifice their precious lives for the independence of their country, never compromised their death for the liberation from Japanese colony, never negotiated their philosophy for unifying Korean

Peninsula, never yielded their hope for the true democracy from the brutal military dictatorship, and never abandoned their ideals for the ideal restructure from the established and the have.

I feel also shame on my description of South Korean patriots, not simply mentioning Korean patriots in this column. It's because South Korea had failed in the clearance against the traitors' successors right after the liberation from Japanese colony, which resulted in a disastrous situation to build up the justice in their history. The traitors and compromisers toward Japanese colony took over a political power again under the new government of the USA influence, which misguided Korean history to the opposite direction of the South Korean patriots.

The Koreans are basically strong fighters who never surrender, which was why no countries occupied Korea in a real sense for a long time except the cruel Japanese colonial times. Yi Sun-shin was a symbol of a true patriot who defended Korea, formerly called, Chosun Dynasty, from the Japanese invasion. Yu Kwan-sun was a Korean independence activist during the Japanese colony. She was a particularly notable for her role during the March 1ˢᵗ Independence movement. She has become one of the most famous Korean independence activists and a symbol for the independence movement. Yi Jun was delegated by Emperor Gojong in the Chosun Dynasty to attend the second Hague Peace Conference in Hague, Netherlands. He

was commissioned to announce to the international community that Korea was an independent country, and that the Japanese invasion was unlawful. Yi Jun committed suicide for the independence of his home country, Korea. Ahn Jung-geun shot Ito Hirofumi, a high-ranking Japanese official with a pistol at Harbin Station in Manchuria, China. Ito Hirofumi was the most powerful man who controlled the cruel domination over Korea. This event later had a great influence on his country's independence activists.

Kim Ku, also known by his art name Paekbom, was a Korean statesman who has been a most respectful patriot, not by the neo-con government but by the liberal and reformative government. He was a leader of the Korean independence movement against the Japanese Empire, head of the Korean Provisional Government for multiple terms, founder of the Korean

Liberation Army, and a Korean reunification activist after 1945. Hong Beom-do was a Korean independence activist and general defeating many battles against the Japanese army. Recently, he has become a controversial patriot under the current neo-con government of Yun Seok-yul, regarding his bust inside the Korean Military Academy. The Ministry of National Defense under the administration of extremely conservative government announced that the bust of Hong Beomdo would be removed because of his past ties to the Soviet communism. The decision prompted criticism called McCarthyism without any consideration for the international situation of the times.

So many patriots who fought against the dictators such as Rhee Seung-man, Park Jung-hee, and Chun-Doohwan were missing or assassinated mysteriously, which people assumed all the patriots and activists removed by Korean CIA or someone controlled behind the curtain. During the turmoil period of dictatorship since 1945 until 1993 when Kim Young-sam inaugurated as president under the title of a civilian government, countless democratic activists mostly composed of university students had been suffered from the toughest ordeal and ruthless torture by the dictators' regimes. However, dictators' fate ended terribly and uglily; Park Jung-hee was assassinated by his closest friend, Chun Doo-hwan and Noh Tae-woo who led and directed Kwangju massacre were jailed and died with no place to be buried in South Korea.

Since South Korea realized its democracy in 1993, people have never taken a rest to fight against the ancient regime's corruption, which is still going on. Recently, Lee Jae-myung, an opposition party leader was attacked in the daytime interview in Busan on his neck by a neo-con murderer's sharpened knife most probably controlled by someone behind the curtain. All the democratic activists such as Paek, Ki-wan, Jang Jun-ha, Noh Hae-chan, Park Won-soon, including Lee Jae Myung were either tortured, killed, mysteriously suicided, or life-threatened attacked under the neo-con established and corrupted government composed of compromisers and traitors, so called pro-Japanese and pro-American government.

Absolutely, it's not easy to establish an ideal democratic country clearing and removing all the traitors in the past brutal Japanese colony. I wish

South Korean people can realize their dream of fair society and unified country someday soon. I recently found out and read a series of history novels written by professor Zong Jinho, titled 'The Dawn, Revolution, and Destiny of Korea', which inspired me a lot but feeling guilty inside my morals. It's a must for us all to recognize and respect our role model patriots who ultimately sacrificed their lives for the bright future of our country. What we are today owes to the paragon of their patriotism.

꺼지지 않는 불꽃

남 택성(시인)

"2023년은 대한민국과 캐나다의 수교 60주년 되는 해입니다. 일제 강점기 조선에 온 캐나다 선교사들은 대부분 북한에서 활동을 했기 때문에 미국 선교사들에 비해 이름이 덜 알려졌습니다. 이번에 캐나다 선교사들의 활동을 조명해 보고 그들의 독립 운동사를 뮤지컬로 무대에 올리려고 해요. 대본 집필 작업에 꼭 참여해 주기 바랍니다."

지난 해 말, 캐나다에서 활동하시는 '한카문화예술원 박정순' 시인으로부터 이런 제안을 받고 처음엔 고사했다. 독립을 위해 애쓴 애국지사는 비단 우리나라 사람 뿐 아니라 수많은 선교사들의 값진 희생이 뒤따랐다는 것을 모르는 바 아니었지만 내가 알고 있는 지식이 너무 피상적이고, 그 고마움을 깊이 깨닫고 느끼기에 부족함이 많았기에 당연히 나 스스로 자격이 없다고 생각했기 때문이다. 그러나 눈을 돌려 관심을 가지고 자료를 하나하나 찾아볼수록 일제의 야수와 같은 침탈 앞에 바람 앞의 등불처럼 위태로웠던 조선에서 그들의 생애를 바쳐 선교뿐 아니라 우리나라의 독립과 의학의 발전, 교육을 위해 애쓴 선교사들의 삶에 나도 모르게 이끌려 들어가기 시작했고 가칭 〈조선의 등불을 밝혀라〉 대본 작업에 참여하기 시작했다.

내가 맡은 부분이 스코필드 박사에 관한 것이어서 그의 생애를 책으로 읽고, 마침 스코필드 기념관이 돈의문박물관마을에 있는 것을 알게 되어 찾아보게 되었다. 영국 태생의 캐나다 의학자이며 선교사였던 스코필드 흉상이 입구에서 나를 반겨 주었다. 3.1운동 당시 현장을 촬영 기록하여 일제의 포악상을 세계에 알린 것을 시작으로 그는 제암리 학살 사건 등을 일본 경찰의 감시를 피해 비밀리에 촬영했고 그것을 끊임없이 만방에 알리고자 노력했다. 서대문 형무소에 찾아가 유관순, 노현희 등 열사를 만나고 그들의 고문 현장을 안타까워해 수용 생활의 향상과 그들의 인권을 위해 백방으로 노력하기도 했다.

스코필드를 비롯한 선교사들의 일거수일투족을 감시하던 일본에게 스코필드는 눈엣가시였고 그를 추방하기에 이르렀다. 그러나 우리나라를 떠나서도 그의 대한민국 사랑은 식지 않았다.

석호필이라는 한국 이름을 사랑했던 그는 34번째 민족 대표로 우리의 독립에 앞장섰고, 수많은 인재를 양성하여 국립현충원에 묻힌 최초의 외국인이었다. 그의 일생을 돌아보며 내가 부끄러워졌다. 그는 외국인이면서도 3.1정신을 잊어선 안 된다고 살아있는 내내 우리 국민에게 강조했다.

나라가 어려울 때 고귀한 희생을 했던 분들의 삶을 찾아보고 그들의 빛나는 업적을 어떤 방식으로든 정리해 보는 일은 대한민국 사람이라면 누구나 해야 할 일이고 그 과정 속에서 그들이 외쳤던 독립의 열망을 우리 역사 속에 녹여내어 국가 발전의 원동력으로 삼는 일은 당연한 일이다. 그런데도 무심히 살아온 나 자신이 부끄러웠다.

이번에 관심을 갖는 계기로 캐나다에서 독립 운동가를 비롯한 애국지사의 업적을 발굴해 조명하는 일을 꾸준히 하는 단체에 대해서도 알게 되었다.

2010년 발족한 애국지사기념사업회(김대억 회장)가 그 중 하나이다. 빼앗긴 나라를 되찾기 위해 싸우신 애국지사의 정신을 기념하기 위해 발족한 애국지사기념사업회는 2015년부터 꾸준히 애국지사들이 한 일을 책으로 엮어 7권까지 냈으며 애국지사의 초상회를 제작해 진시하기도 했나. 우리나라 독립을 위해 애쓴 캐나다 선교사들의 업적과 캐나다인 6.25 참전용사들의 희생에 대해 조명했다. 뿐만 아니라 우리 역사가 없다면 대한민국의 역사도 없다는 신념으로 한인단체나 한글학회에 역사를 알리는 일에도 꾸준히 참여했다.

내 나라도 아니고 머나 먼 타국에서 삶을 뿌리내리기에도 힘든 시간이었을 텐데 그 누구보다 애국하는 마음으로 우리 역사가 후손에게 잊히지 않게 하기 위해 애쓰시는 분들에게 마음으로부터 존경심이 솟았고 감사했다. 세상의 한 모퉁이에서 일으킨 불꽃이 많은 사람들의 가슴에 전해지고 있는 것이 다행이다.

푸른 눈의 34번째 민족대표 스코필드 박사가 마지막 병상에서 한 말은 다음과 같다.

"1919년 젊은이들과 늙은이들에게 진 큰 부채를 부디 잊지 말라. 한 민족은 때로 저항하지 않으면 안 될 경우가 있다. 그렇지 않으면 그 혼까지 잃고 만다. 그 당시 이 민족이 저항하지 않았다면 일종의 노예 상태를 용이하게 하거나 눈가림하게 했을 것이다."

애국지사기념사업회에서 하는 일도 우리 민족의 혼을 기억하고 일깨우는 것에 있을 것이다. 독립의 외침으로 타올랐던 역사의 불꽃이 꺼지지 않고 언제까지나 이어질 수 있도록 애쓰시는 분들께 진심으로 감사하고 다함께 노력해야 하는 이유다.

대한 독립

한글학교 교사와 학생들의 글

신옥연(온타리오 한글학교협회장)
애국지사에 대한 교육을 어떻게 할 것인가

이남수(다니엘 한글학교 교사)
역사를 배우는 이유가 무엇일까

이예진
멀리서 들리는 민족들의 독립 외침

Charlie Kim
Korean Independence Activist - Yu Gwan-sun (유관순)

이종성(9학년)
봉오동 전투와 홍범도 장군과 독립군

이종민(6학년)
자유와 정의를 지키는 사명

애국지사에 대한 교육을
어떻게 할 것인가

신 옥연(온타리오 한글학교협회장)

대한민국의 독립에 큰 기여를 한 애국지사들에 대한 차세대 교육의 중요성은 아무리 강조해도 지나치지 않다. 독립 투사들의 희생과 공헌을 이해하는 것은 정체성 함양과 국가적 자부심, 그리고 현재의 한국이 있도록 자유를 쟁취해준 것에 대한 깊은 감사를 젊은 세대에게 심어준다.

차세대에게 애국지사들에 대한 교육이 필요한 이유와 이를 달성하기 위한 방법들을 살펴보기에 앞서 이의 중요성을 인식하기 위해 20세기 초 한국의 역사를 간략히 짚어본다. 한국은 1910년부터 1945년까지 일제강점기로 대표되는 격동의 시기를 겪었다. 이 기간 동안 수많은 사람들이 조국의 해방을 위해 항거하고 투쟁하는데 한 몸을 바쳤다. 이들 애국지사들의 희생이 오늘날 우리의 자주독립 초석이 된 것이다. 우리 동포들은 이들의 숭고한 정신과 업적을 한시라도 잊지 말아야 할 의무가 있다.

젊은 세대에게 이를 교육해야 하는 주된 이유 중 하나는 우리 민족의 정체성을 지키기 위한 것이다. 독립을 위한 투쟁을 이해하면 국가의 역사 및 유산과의 연결이 강화된다. 독립투쟁의 기억은 시간이 지날수록 흐려질 수 있다. 이에 애국지사들에 대한 지식을 꾸준히 전달하는 것은 젊은 세대에게 뿌리와 연결해 정체성을 심어주고, 애국심을 고취하며, 자유의 가치를 인식시키는데 중요한 역할을 한다. 독립투사들을 통해 차세대들은 조국에 대한 사랑, 희생의 가치, 불의에 맞서는 것의 중요성을 깨달을 수 있다.

또한 과거 애국지사들에 대한 지식은 젊은 세대가 현재의 시민사회 문제에 적극적으로 참여하도록 북돋을 수도 있다. 독립을 위해 싸운 선조들의 용기와 결단력에 대해 배우면 사회에 긍정적으로 기여하도록 동기를 부여 받게 된다. 게다가 한국 독립의 역사를 아는 것은 현재 지정학적 상황에서 주권 유지의 중요성을 깨닫게도 한다. 역사는 현재와 미래를 형성하는데 귀중한 교훈을 제공하며, 젊은 세대에게 과거에 대한 깊은 이해를 바탕으로 현재의 도전에 맞서도록 준비시킨다.

한국의 독립에 기여한 애국지사들에 대해 차세대를 교육하는 효과적인 방법 중의 하나는 독립 운동과 애국자들의 공헌에 대한 포괄적인 수업을 학교 커리큘럼에 포함시키는 것이다. 이를 통해 학생들은 정확한 정보를 얻고 자신의 역사에 대한 철저한 이해를 구할 수 있다. 학생들이 조국의 역사와 자유독립을 위해 치른 선조들의 희생에 대해 정확히 배울 수 있는 기회를 얻는 것이다.

이곳 캐나다의 재외동포 2세대, 3세대 들에게는 한글학교에서 이러한 교육을 담당할 수 있으며, 현재 적극적으로 이뤄지고 있다. 물론, 애국지사기념사업회가 정기적으로 출판하는 '애국지사들의 이야기'나 관련 '문예작품 공모전'도 매우 훌륭한 방법 중의 하나다.

한국 역사와 독립에 관한 각종 기념행사와 세미나, 토론 등을 장려해야 한다. 젊은 세대가 지역사회 행사에 많이 참여하면 애국지사들에 대한 지식을 미래 세대에게 전수해야 한다는 집단적 책임감도 조성된다.

또한 교육용 웹사이트, 모바일 앱, 가상현실 등 디지털 플랫폼을 활용하면 애국지사에 대한 정보의 접근성을 높일 수 있다. 이러한 기술은 역사 콘텐츠에 대한 혁신적인 방법을 제공하여, 신기술에 호기심이 많은 젊은 세대의 관심을 촉진해서 학습을 더욱 역동적으로 만든다.

물론 독립운동가들을 기리는 박물관, 기념관, 유적지 등을 세우는 것도 훌륭한 방법이다. 이러한 장소는 교육 자원 역할을 하고 몰입형 경험을 제공하여 젊은 세대에게 역사를 더욱 실감나게 만들어 준다. 다큐멘터리, 전시 등을 통해 애국지사들의 이야기를 생생하게 전달하여 차세대가 역사에 쉽게 접근하고 참여하도록 만든다.

이외에도 부모와 가족 구성원 등이 한국의 독립 운동과 관련

된 의견을 젊은 세대와 공유하도록 권장한다. 가족 내 이러한 비공식 교육은 차세대의 역사 이해에 중요한 영향을 미칠 수 있다.

이 같은 접근 방식들을 결합해 우리의 미래 세대들이 한국 독립 역사에 대해 잘 알 수 있도록 하는 포괄적이고 매력적인 교육 방법을 만들어 나갈 수 있다.

역사를 배우는 이유가 무엇일까

이 남수(다니엘 한글학교 교사)

올겨울은 따듯하다. 엘니뇨현상 때문이라고 한다. 한동안 개인적 일로 바빠서 학생과의 소통도 잠시 답보상태이다. 작년과 재작년에는 캐나다 내한 선교사들의 역사를 알고 나서 역사 공부했다는 사람이 이것도 모르다니 참으로 부끄럽게 생각되었다. 작년엔 캐나다와 한국 수교 60주년이어서 다채로운 행사가 참 많았다. 1888년에 캐나다 선교사로서 내한한 제임스 게일이 구한말 최초로 우리 땅에 발을 내디뎠다. 그리하여 135년 전에 이미 캐나다와 한국은 오랜 역사가 있음을 알게 되었다. 캐나다에 사는 우리 한인 후손들에게도 캐나다 내한 선교사들이 이 땅에 와서 선교, 교육, 병원 사업을 펼쳤다. 더욱이 그들은 3.1 독립운동에도 뒤에서 후원하면서 전 세계에 일제의 만행과 알리는 데 크게 기여한 사실을 알려야 할 필요성이 느껴졌다.

캐나다에 사는 한인 2세들은 전세계적으로 문화의 변방에서 중심으로 그 한 축을 담당하는 K-culture의 유행 속에서 대한민국 후손으로서 그 정체성과 자부심을 느끼고 있다. 하지만 특히 한국 역사에 대한 지속적인 학습의 장이 우리 한인 2, 3세대에게 지속적으로 이뤄져야 그 의미와 정신이 이어져 나갈 것이다. 최근세사에서 몰아친 우리 역사의 일제 강점기, 좌우 대립과 6.25 전쟁, 그리고 그 폐허 위에서 이루어낸 한강의 기적은 한마디로 표현하기는 쉽지 않다. 하지만 더 중요한 것은 유례없는 산업화와 민주화를 동시에 이뤄낸, 그러나 제국주의 국가가 아닌 유일한 현대 국가로서 많은 신생 국가들의 본보기가 되고 있다는 점이다. 작년 여름 7권 출간 기념사업회에서 만나게 된 파키스탄 출신의 아주 핸섬하고 열정에 찬 두 명의 젊은이가 기억난다. 그중에 한 친구는 파키스탄 총리의 비서관을 지내고 나서 캐나다 유학 왔다고 하였다. 그는 특별히 한국의 정치와 문화, 역사에 큰 관심을 보여서 국악고 학생들의 공연에도 자발적으로 관람하였다. 특별히 현대사에서도 박정희 대통령에 대한 관심이 지대하였다. 그가 해왔던 경제 개발 5개년 계획과 더불어 새마을 운동에도 많은 질문을 하였다. 자기도 추후에 우리 나라 발전 과정을 롤모델로 자기 나라, 파키스탄을 발전시키고 싶다는 포부를 밝혔다. 그만큼 제국주의 열강으로부터 식민지로 있다가 독립한 많은 신생 국가들에 닮고 싶고 배우고 싶은 나라가 되었다.

우리가 누리는 이 혜택과 권리는 어디에서 왔는가? 바로 일제강점기 우리나라 독립을 위해 자기가 가진 모든 것을 바쳤던 독립운동가들의 숭고한 희생이 그 밑바탕이 되어서일 것이다. 그들이 지나왔던 그 혹한기 지독했던 추위의 시절, 그 긴 겨울을 버티고 이겨나온 그분들의 열정과 노력이 오늘날 우리에게 따뜻한 봄을 누리게 해준 것이다. 역사는 과거와 현재 끊임없는 대화이다. 우리 인간 삶의 모든 이야기가 다 들어있는 것이다. 복합문화 다민족국가에서 살고 있는 우리 후손들에게 특별히 독립운동가들의 삶이 던지는 메시지는 무엇일까… 온전히 자신들의 삶을 걸고 치열하게 살아왔던 그 가치는 무엇인가. 나라가 없으면, 국민도 없다. 내 땅이, 내 영토가 있어야, 나라가 있고, 내가 존재할 수 있는 것이다. 그들이 추구했던 그 애국심과 헌신, 열정은 우리가 이 시대에 어떻게 살아야 하는지 배울 수 있는 살아있는 역사의 증거다. 독립 운동가들의 삶을 통해서 아이들은 앞으로 맞이할, 혹은 겪게 될 자신들의 고난과 힘든 역경에도 포기하지 않고 끝내 살아남는 정신을, 그들의 삶을 통해서 꺾이지 않는 용기와 노력을 배울 수 있다. 그러므로 할 수 있다면 그 들의 삶을 1년에 한 번씩 각 한글학교에서 가르칠 수 있도록 커리큘럼을 만들어 제공하는 것도 애국지사기념사업회가 한글학교 연합회와 공동으로 기획하면 좋으리라. 정례화된 커리큘럼의 계발로 독립운동가의 생애와 캐나다 내한 선교사들에 대한 교과 과정이 된다면, 아이들에게 캐나다와 우리 역사의 교집합을 이해함으로서 보다 제대로 된 역사교육의 현장을 만들어 낼 수 있을 것이다.

더불어서 우리 근대사의 핵심인 일제 강점기와 6·25전쟁, 그리고 현대 한국의 발전 과정을 캐나다 교과서에 실리게 할 수 있도록 그 운동을 해야 한다. 구체적으로 논의하여 캐나다 History Fund에 응모하여서 재정지원을 받아낸다면 가능한 이야기일 것 같다. 캐나다 고등학교 세계사에서 우리 최근세사를 학생들이 배우게 된다면, 우리 한인 학생들에게도 자부심을 느끼게 할 뿐만 아니라, 일본 제국주의 실상을 제대로 알릴 수 있어서 무엇보다도 가장 살아있는 역사교육이 될 것이다. 그리고 매해 아시아의 달이 제정되어서 행사가 진행됨으로 노스욕 도서관이나 토론토 퍼블릭 라이브러리 같은 곳에서 대표적 독립운동가들과 내한 선교사, 스코필드, 제임스 게일을 선정하여 워크숍이나, 책 읽기 등도 개최해 볼 만할 것 같다. 독도문제에만 국한될 것이 아니라 캐나다에 살고 있는 우리가 할 수 있는 또 다른 의미의 애국이며, 제2의 독립운동이 될 것이다. 아이들에게 어떤 의미에선 스스로 대한민국 앰버서더가 되어 활동할 기회가 제공될 수도 있다.

　대한민국은 현재 저출산율로 국가 소멸 위기에 처할 수도 있다는 경고도 나온다. 750만 재외동포 속에 특별히 해외에 사는 우리 한인 2,3세의 인적자원을 제대로 활용하는 것이 앞으로 우리나라가 더 발전하는데 큰 기초가 될 수 있다. 공공외교의 틀이 우리 역사 교육에 집중되어야 하는 이유다. 미래지향적이고 발전적인 대한민국의 모습 속에서 우리 재외동포 후손들의 역할도 커질 것이다. 그렇다면 그들의 정신세계에 한국인의 후손으로서 자부심을 느낄만한 우리 독립 운동가들의 삶은 가장 대표적인 역사교육의 모델이 될 수 있다. 애국지사기념사업회가 지난 15년 동안 넉넉지 않은 재정적 어려운 환경 속에서 지금까지 이어온 우리 선배들의 삶에도 존경과 경의를 표하는 바이다. 하지만 이젠 질적으로 현실에 맞는 체질 개선이 필요한 시점이다. 우리가 모두 고민하고 노력해야 할 때이다.

멀리서 들리는
민족들의 독립 외침

이 예진

매년 3월이 되면 한글학교에서는 선생님께서 문을 활짝 열고 들어오시며, "오늘은 3.1절이라는 역사를 배울거에요!" 라고 하신다. 유관순 열사, 안중근 의사, 윤봉길 의사, 김구 선생 등의 이름은 들어보았지만, 책을 읽으며 찾은 독립운동가는 내게 좀 생소한 이름이었다. 하지만 결국은 그들도 내가 평소 알고 있었던 독립운동가들 못지않게 해방을 위해 노력하여 오늘날의 한국을 있을 수 있도록 많은 영향력을 끼친 독립운동가들이다.

1894부터 1905까지의 한국은 지금으로서는 상상도 할 수 없을만큼 다른 모습이었다. 일본의 횡포, 계속되는 전쟁… 그 끝이 보이지 않았다. 105년 전 그날, 꼬리에 꼬리를 물고 줄지어서, 더운 열기와 긴장감에 손에 땀을 쥔 애국지사들의 "대한 독립 만세!"라는 큰 외침이 동네마다 울렸다.

1859년 1월 21일, 함경북청에서 나라를 구한 독립운동가 중 한명이 태어났다. 그의 이름은 이 순칠! 훗날 이준으로 이름을 바꾼다. 무녀독남 이준 열사는 5살 때 부모님이 돌아가시고 17살 때까지 삼촌이랑 할아버지와 같이 살았다. 나였으면 너무 슬퍼서 아무것도 못했을텐데, 그는 꿈을 향해 계속해서 노력했다. 29세가 되자 이준 열사는 함경도 국가고시에 일등으로 합격한 후 당시 함경감사였던 조병식과 경학교를 지어 인재양성에 힘썼다. 교육에 대한 그의 열정과 배려심이 느껴지는 부분이었다.

1894년, 이준열사가 35살 때 무시무시한 청일 전쟁이 일어났고 안전을 위해 함흥으로 갔다. 1895년, 이준 열사는 그 곳에서 명석한 두뇌로 한국의 첫 현대 법률 교육 기관인 한성법관 양성소를 6개월만에 졸업하였다. 이 학교는 워낙 명성이 자자한 학교로서, 대한민국의 제3대 부통령인 함대영도 이준 열사의 동창이었다. 이 부분에서 나는 소름이 돋을 만큼 큰 감명을 받았다.

그는 한성법관 양성소를 졸업한 후, 한성 법원의 조교 검사가 되었다. 멋지고 똑똑했지만 이준열사가 직위가 높은 자들이 잘못한 일을 고발하자 그들은 화가 나서 그를 한달만에 해고해 버렸다. 1896년에는 이준 열사가 독립 협회에 합류하여 회장직을 맡았다. 그 당시 친일파가 살해되는 사건이 있었는데 이준 열사가 범인으로 지목되어 일본으로 몸을 피했다. 2년 뒤, 1898년에는 와세다 대학 법학부를 일년도 안 돼서 졸업했다.

체포명령이 드디어 해제되자 한국으로 돌아와 독립협회에서 다시 활동했다. 그리고 만민공동회를 조직하여 다른 나라들의 침략 계획과 정부의 잘못을 비판하자, 이에 위기를 느낀 조병식과 이기동은 독립협회인 척하고 '고종을 끌어내리고 국체를 바꾸겠다'는 고시문을 독립협회에서 만들어서 퍼트렸다고 거짓말했다.

1898년 11월 4일 이준 열사는 다른 간부들 11명과 반역 혐의로 투옥되었으나 독립협회에게 누명을 씌운 자작극이라는 것을 알아챈 백성들이 시위를 일으키자 1주일만에 석방되었으나 이후 독립협회는 결국 해산된다. 그 뒤로도 이준은 개혁당, 대한보안회, 대한 적십자, 공진회 등을 설립해 일본에 대항하다가 일본의 미움을 사서 황주 철도에서 6개월간 유배생활을 했다.

1905년, 보광학교, 오성학교등을 설립해서 교육에 힘쓰고 법안연구회, 헌정연구회 등을 조직해 독립운동을 계속했다. 그 해 5월 을사늑약이 체결되자 궁궐을 향해 조약 폐기 상소문을 낭독하는 활동을 하다 일본군의 제압으로 투옥되기도 하였다.

1907년 6월 25일 열리는 제 2회 만국평화회의에 참석하기 위해 헤이그 특사로 파견된다. 그 당시에 이준 열사 곁에서 여러 나라를 거쳐 여정을 함께 한 자! 이위종 열사가 바로 이준 열사의 여정의 동반자였다.

이위종 열사는 1887년 1월 9일, 주 러시아공사, 주 미국공사를 지낸 이범진의 둘째 아들로 출생했다. 어린 나이인 7살 때부터 아버지가 여러 나라의 외교관으로 임명되었기 때문에, 그에 따라 영국, 프랑스, 러시아 등 각국을 순회하여, 훌륭하게도 영어, 프랑스어, 그리고 러시아어를 다 능통하게 구사하였다.

1901년 러시아 페테르부르크 주재 한국공사관 참사관을 하였다. 1905년 을사늑약이 체결되면서 러시아공사관이 폐쇄된 후에도 일본 강제 귀국을 거부하고, 아버지 이범진과 함께 러시아에 남아 외교적 활동을 전개했다.

1907년에 왕 고종의 명령으로 이준 열사, 이상설 열사를 상트페테르부르크에서 만나 네덜란드까지 함께 간다. 헤이그 특사로 파견된 이들은 회의에 참석해 일제의 부당함을 알리고 을사늑약의 무효화를 주장하려 하였으나 일본의 방해로 회의장에 들어가지도 못했다. 하지만 이위종 열사는 이 상황을 기회로 보고 7월 8일, 국제 기자클럽에서 유창한 프랑스어로 '한국의 호소'라는 제목으로 연설한다. 이 것은 을사늑약의 무효와 일본이 얼마나 부당하게 우리 나라를 식민지화하였는지 자세히 적혀있는 내용이었다. 그 자리에 있던 모든 기자들이 한국을 도와주자는 결의문을 만들어서 통과시켰다. 이에 화가 난 일본은 이 셋을 종신형에 처하고 체포령을 내렸다. 그러는 중에 애석하게도 이준 열사는 돌아가셨다. 그 뒤, 이위종 열사는 한국으로 돌아오지 못하고 블라디보스토크로 가서 의병을 조직했다. 항일 군사작전을 펼치는 중 안타깝게도 러시아의 반대로 중지되었다. 결국 그는 러시아 시민이 되어 혁명에 가담하였고 독립운동을 이어 나갔다.

이준 열사와 이위종 열사의 감동적인 이야기를 읽으면서 나는 큰 감명을 받았다. 이준 열사는 어린 시절부터 순탄하지 않았고, 이위종 열사는 어렸을 때부터 여러 나라를 옮겨다니면서 살아서 환경이 자주 바뀌어서 혼란스럽고 무서웠을텐데, 두 분다 자신의 상황에 굴하지 않고 조국과 백성을 보호하고 도와주기 위해 노력하시는 모습이 자랑스러웠다. 결국은 나라를 바로 구하지 못했고 일본의 식민지 역사가 시작되었지만 나는 그들의 노력이 한국의 자유를 얻기 위한 밑거름이 되었다고 생각한다. 그래서 결국 나는 배웠다. 사람은 아무리 많은 고통과 시련이 닥쳐도 용기와 끈기만 있으면 무엇이든 할 수 있다고….

오늘날의 한국과 나를 있게 해준 독립운동가들께 진심으로 감사드린다. 그리고 나는 결심했다. 다가오는 3.1절에 선생님께서 수업을 들어오시면 더욱 집중해서 참여하기로! 이름을 많이 들어보았더라도 혹시 전혀 들어본 적이 없더라도 애국지사 한 분 한 분마다 멋진 스토리를 가지고 계신 것을 알게 되었다. 혹시 올해 수업 시간에는 내가 이번에 관심을 가지게 된 이준 열사나 이위종 열사에 대한 또 다른 사실을 알 수 있지 않을까 기대해본다.

Korean Independence Activist -
Yu Gwan-sun(유관순)

Charlie Kim

Yu Gwan-sun is a very well-known Korean independence activist, who fought for the independence of Korea when it was under Japan's rule. She was a very important figure during the fight for Korea's independence, and serves as a symbol for the independence of Korea for many people. Her life story is truly tragic, but it is also one of the reasons why Koreans are able to freely celebrate their culture today.

Yu Gwan-sun was born on December 16, 1902, in the South Chungcheong Province, close to Cheonan, one of largest cities in the area. She was the middle child of her parents, and had both one older, and one younger sibling. As she grew older, she was taught about the beliefs of Christianity by her father, and grew to be a very smart child, only needing to hear a Bible passage one time to remember it clearly. During high school, she participated in what is now known as the March 1st Movement, accompanied by 5 of her classmates from her high school, which was Ewha Girls' High School. They were encouraged to by other protesters who came to their high school, and soon after, they were marching to the gate in Central Seoul, called Namdaemun. Unfortunately, this in the end, led to them being arrested by the police, who arrived at the scene to stop the protesters. Luckily, because of the efforts of their school's missionaries, who worked to convince the police to release them, they were let out of custody. However, the Japanese government then commanded for all Korean schools to shut down on March 10, 1919, as their way of addressing the protests that had taken place. In light of this, Yu Gwan-sun had to go back to Cheonan.

But her protests, and determination for Korea's independence had only just started. Once she arrived at Cheonan, she and her family started to rally together people in their neighbourhood, as well as people from the other towns in the area, to participate in the demonstration she had taken part in planning in, to fight for Korea's independence. She also encouraged them to start their own riots as well, to fight for this cause too. Later on, when the demonstration took place, they had managed to get about 3000 people to take part in it, and chant altogether, "Long live Korean independence!", at Aunae Marketplace. The demonstration took place on April 1, 1919, and started at 9:00 A.M. However, Japanese military police were soon at the scene by 1:00 P.M, and fatally shot 19 of the protesters who were there, and took Yu Gwan-sun into custody on sight. Sadly, 2 of the 19 people who were killed that day, were her parents, who had also joined in on the demonstration as well, alongside their daughter.

Once she had been arrested, Yu Gwan-sun was first brought to Cheonan Japanese Military Station after the demonstration, but afterwards, was then brought to Gongji Police Station. During her trial, she attempted to reason with the court that because the proceedings of her case are managed by the Japanese colonial government, as well as a Japanese judge from overseas, her trial wasn't truly fair, and that she should be prosecuted in a fair and just manner. Her attempts, though, were in vain, and she ended up being sentenced to 5 years in prison, being taken to Seodaemun Prison in Seoul once her trial ended. There, she was beaten up and continuously tortured, for her loyalty to the other protesters out there, fighting for Korea's independence, like she was. Shockingly, even though she had been through so much pain, she still fought for Korea's independence, and protested as much as she could. She even asked her inmates to take part in a protest she had prepared, on March 1, 1920, to honor the independence movement's anniversary. She suffered consequences for this, and was put in isolation, where she was once again beaten and tortured. But even then, she never gave up on her belief that Korea should become an independent country, and still stood firm to that.

Then, on September 28, 1920, Yu Gwan-sun eventually died due to her severe injuries, from all the beatings she suffered from during her time in prison. After she had died, the Japanese prison officials tried to hide the body away from the public's eye, in order to prevent them from realizing the horrible things they were doing to the prisoners inside the prison. Their plan failed, however, thanks to the efforts of the principals at Yu Gwan-sun' s school, and Yu Gwan-sun's body was released, and was buried at a cemetery in Seoul's Itaewon District. But the cemetery was destroyed later on, and when the Japanese Empire tried to transport the tomb elsewhere, to make way for a military base, her body ended up going missing. Another grave was built in honor of her in Cheonan, Chungcheongnam-do, afterwards, but it does not have her body within it.

Moreover, her story is very heartbreaking, and was filled with much pain, hardships, and strife. However, her actions from when she was alive were very significant, and are very well-known to Koreans today. Because of her unrelenting spirit, determination, and bravery, she is now known as "Korea's Joan of Arc", and was acknowledged for it, after Korea was able to finally become an independent country. She was given both an award in the South Chungcheong Province, and had a shrine built for her by the South Chungcheong Province and the city of Cheonan, in dedication of her actions in the fight for the independence of her home nation.

As for my take on her life story, I found it to be so sorrowful, yet also very admirable. Her will to make Korea independent was by far one of the strongest, and most unbreaking that I have ever witnessed. She refused to give up no matter what pain was brought upon her, by those who were against her, and never lost faith in what she was doing for her country, not stopping in her pursuit for Korea's independence until the very end. Yu Gwan-sun had more courage, dedication, and honour towards her country, and fellow citizens than I ever will.

Undoubtedly, it isn't easy to stand up for what is right, especially when there is someone more frightening against it. It can be frightening, and takes a lot of courage to do. However, if we want change for the sake of what is right, we can't simply turn a blind eye, and expect something to happen. If we don't want or strive for that change ourselves, change is an impossible thing to achieve. We have to act for and choose change, like Yu Gwan-sun did, to create that change in our world. Afterall, change isn't something that comes in on its own, but is rather something that is formed by the choices and actions of others. Yu Gwan-sun was a person who understood that.

봉오동 전투와
홍범도 장군과 독립군

이 종성(9학년)

　가끔은 찬란한 인생과 위대한 업적들을 남기고도 역사의 비판과 여론의 반대를 못이겨 잊혀지는 분들이 계십니다. 독립운동에 인생을 헌신하고 조국을 위해 끝까지 전투를 치르신 영웅 홍범도가 바로 그렇습니다. 생전에 민중들에게 '날으는 홍범도'라는 별명으로 불렸으며, 민중들은 용맹하게 일제와 맞서 싸우는 장군을 보며 일제 치하에서 이루말할 수 없는 고통속에서 살던 비참한 현실에서 한줄기 희망을 담아 '날으는 홍범도가' 노래를 지어 부를 정도였습니다. 봉오동, 청산리 전투의 승전은 독립운동사에 길이 남을 업적이며 누가 뭐래도 당시 민중들의 사랑과 존경을 받았던 홍범도 장군의 오직 조국만을 생각하며 의병들과 일제에 저항한 정신을 역사에서 지울 수는 없습니다.

　홍범도 장군은 머슴 출신의 독립운동가입니다. 국가로부터 혜택은 커녕 출신과 성장과정에서 온갖 핍박과 천대를 받아왔습니다. 하지만 그는 누구의 명령이나 징병이 아닌, 스스로 의병이 되었습니다. 신식 군대에서 나팔수로 활동하고, 제공장의 노동자이기도 했으며, 금강산 신계사에서 식객승으로 지내는 등 어렵고 비참한 환경 속에서도 고국의 독립을 위해 투쟁하고 희생의 삶을 살았습니다. 그는 끝없는 시련과 고통을 겪으면서도 굴하지 않고 일본군을 차례대로 격파하면서 더욱 단단해졌습니다. 의병으로 투쟁하면서 패할 때는 정의감만으로 적을 무찌를 수 없음을 깨닫고 몸과 마음을 단련하고 사격 연습을 열심히 하였습니다. 그는 군림하지 않는 장군으로 먹을 것이 항상 부족한 상황에서 부하들을 먼저 먹였고, 군자금이 필요할 때는 솔선수범하여 노동현장으로 향했기에 그의 부하들은 언제나 그를 아버지처럼 따랐습니다.

항일 무장투쟁 중 거둔 첫 승리였던 봉오동 전투와 청산리 대첩의 승리는 일반 농민 출신의 독립군이 일본 정예부대를 격파한다는, 사실상 불가능에 가까운 일을 독립군이 해낸 것입니다. 한반도 지배의 야욕을 품은 일본이 조선 백성들을 무차별적으로 학살하고 탄압이 극에 달하자 의병들은 두만강과 압록강을 건너 만주 일대로 이주하게 됩니다. 그리고 결국 1910년 경술년 나라의 주권을 일본에게 빼앗겼고, 만주 지역으로 이주한 우리 의병들은 '독립군'이라 칭하며 본격적인 대일항쟁 의지를 불태웠습니다. 그곳에서 그들은 낮에는 농사를 지었고, 밤에는 죽창과 총칼을 들고 군사훈련을 하는 고단한 독립군의 삶을 살았습니다. 일본군의 철저한 추적을 피해 첩첩산중으로 가장 척박한 땅에서 살아남아야하는 시련과 고난을 오직 '우리 자손들은 식민지의 백성으로 살지 않게 하겠다'는 그 꿈 하나로 극복할 수 있었습니다. 함께 싸우는 소중한 동지들의 죽음을 지켜보며 가슴에 묻으면서 더욱 단결하여 항쟁하였기 때문에 광복을 맞이할 수 있었던 것입니다. 오늘날 우리가 21세기에 지구문화권에서 한국 대중문화가 전세계에 널리 퍼져 영향력을 누릴 수 있는 이 모든 것이 이렇게 목숨을 걸고 독립운동을 하여 내 나라를 지킨 분들의 희생에서 출발한다를 것을 잊으면 안됩니다.

저는 2019년 봉오동 전투의 이야기를 생생하게 담은 영화를 관람했었습니다. 매 장면마다 독립군의 투지와 나라를 되찾으려는 간절함이 어린 제 마음에 닿았습니다. '아, 다른 이유는 없었구나. 두려우면서... 똑같은 사람이면서도 뛰어들었구나…' 이 감동적인 영화를 본 후 홍범도와 의병들의 수적 열세를 지형으로 극복하기 위해서 산세를 이용한 전술을 민간인과 협동하여 이뤄낸 놀라운 전략은 놀라웠으며, 독립군의 칼에 새겨진 글귀가 아직까지 생생하게 기억에 남아있습니다.

"나라를 위한 죽음은 태산과 같으나 스스로 목숨을 아끼면 비겁해지기 때문에 때로는 대의를 위하여 자신의 목숨을 가벼이 여겨야 한다."

청산리 대첩 이후 일본군은 무자비한 독립군을 토벌하기 위해 수만 명의 조선인을 학살하는 간도참변을 일으켰고, 홍범도는 러시아 군과 교섭하여 협조를 얻어 자유시를 새로운 근거지로 옮겼으나 공산당의 배반으로 무장해제된 뒤 많은 단원이 사살되거나 포로가 되는 등 이른바 자유시참변을 겪게 되었습니다. 1937년 스탈린의 한인강제이주정책에 의하여 카자흐스탄의 크질오르다로 강제이주되어 이곳에서 고려극장의 관리인으로 일하다가 1943년 76세의 나이로 공동묘지에 안장되었습니다. 2021년 광복절에 대한민국으로 유해가 봉환되어 국립대전현충원에 안장되었고 건국훈장 대한민국장이 추서되었습니다.

다시 영화의 한 장면을 떠올려보겠습니다.

독립군의 수를 어림잡아 얼마되는지 질문을 주고 받으며 '백만명? 200은 족히 넘는다고 들었는데? 그게 매번 들쑥날쑥이라 정확한 수는 몰라요. 아니, 일본군 수는 대충 알아도 전국의 독립군 수는 알 수가 없어.'

"음 생각해보라, 왠 줄 아니? 어제 농사짓던 인물이 오늘은 독립군이 될 수 있다 이 말이야. 나라 뺏긴 설움이 우리를 북받치게 만들고 잡아 일으켜서 괭이 던지고 소총잡게 만들었다 이 말이야!"

우리는 용감하게 싸운 독립군의 저력이었던 단결력을 기억해야 합니다. 또한 어떤 모진 상황에 처했더라도 간절했던 고국사랑을 본받아야합니다. 아버지같이 솔선수범한 홍범도 장군을 따랐던 독립군들이 출신지역도, 계층도 모두 달랐지만 사사로운 것을 접어두고 서로를 이해하고 함께 힘을 합쳐 오직 열정적으로 나라되찾기에 헌신했던 그 정신을 기억한다면 그 분들이 간절히 되찾고자했던 이땅을 위해 우리 모두가 함께 노력해서 앞으로 처할 그 어떤 어려움도 극복할 수 있다고 생각합니다.

자유와 정의를
지키는 사명

이 종민(6학년)

　초등학교 3학년때, 텔레비전에서 총을 들고 뛰어다니며 일본 군대에 맞서 싸우는 사람들을 본 적이 있습니다. 옷도 남루하고 일본의 총으로 무장한 군인들과 맞서기에는 턱없이 부족해 보였습니다. 정신없이 사방에서 들려오는 총소리에 힘없이 쓰러지는 사람들의 모습이 충격적이어서 텔레비전 소리를 작게 하고서도 손바닥으로 눈을 가리며 간신히 보았습니다. 엄마와 형이 흠뻑 빠져 몰입해 보던, 드라마 '미스터 선샤인'을 저는 그렇게 참아가며 봤습니다.

　'열여덟 살에서 스물여섯 살 정도. 병사 6명 가운데 5명은 총기 종류가 다 달랐다. 모두 쓸모없는 총이었다. 한 사람은 옛 조선군 화승총과 화승과 화약통을 들고 있었다. 알고 보니 이 화승총이 주력 무기였다. 두 사람은 조선군 라이플을, 한 사람은 미국에서는 할아버지가 열 살짜리 손주에게나 선물할 딱총을 가지고 있었다. 녹슨 중국제 피스톨도 보였다. 이런 무기로 몇 주째 일본군을 상대했다니!'(맥켄지, [대한 제국의 비극], 1908)

퀘백에서 출생한 스코틀랜드계 캐나다인 프레드릭 맥켄지는 영국에서 해외 특파원으로 활동하던 중 1904년에 러일전쟁의 취재를 위해 대한제국을 방문하였는데 1907년 고종의 강제 퇴위를 계기로 일어난 의병을 취재하기위해 충주와 제천을 찾아다니며 일제의 학살과 방화를 목격하였습니다. 외국인임에도 불구하고 신변의 안전을 보장받지 못하면서도 산속 깊은 곳에 위치한 의병 아지트를 직접 찾아가 취재를 갔을 정도로 가자 정신이 대단하였습니다. 그는 그 때 목격한 열악한 환경에서 보잘것없는 무기, 장비로 투쟁하는 의병들을 보고 한국인의 애국심에 감명받았습니다. 바로 맥켄지 기자가 의병을 만났던 장면이 제가 봤던 드라마에 담겨있었던 것입니다.

'그들은 매우 측은하게 보였다. 전혀 희망이 없는 전쟁에서 이미 죽음이 확실해진 사람들이었다. 그러나 몇몇 군인의 영롱한 눈초리와 얼굴에 감도는 자신만만한 미소를 보았을 때 나는 확실히 깨달은 바가 있었다. 가엾게만 생각했던 나의 생각은 아마 잘못된 생각이었는지 모른다. 그들이 보여주는 표현방법이 잘못된 것이었다 하더라도 적어도 그들은 자기의 동포들에게 애국심이 무엇인가를 보여주고 있었다.'(맥켄지, [자유를 위한 한국인의 투쟁], 1920)

불쌍하고 가엾다고 동정하던 이 외국기자의 마음은 나라를 위해 목숨을 내놓은 젊은 의병들의 눈빛과 미소를 목격하자 바뀌었습니다. 자신 또한 목숨을 걸고, 이를 기록하여 세계에 알리기 위해 목숨을 내놓은 또 한 명의 독립운동가가 된 것입니다. 맥켄지의 경험이 담긴 책은 과연 국제사회에 큰 울림을 주었습니다. 그는 1919년 3.1 운동 현장에서 한국의 역사를 기록으로 남겼습니다. 그리고 그 해 4월 일제가 3.1운동의 보복으로 '제암리 학살 사건'을 일으키자, 그 현장을 직접 목격한 프랭크 윌리엄 스코필드의 증언을 토대로 그 진상을 세계에 알렸습니다. 이 모든 사실들이 책으로 출간되어 일제의 만행과 한국인들의 독립의지가 세계에 알려진 것입니다. 오늘날같이 지구촌에서 일어나는 사건이 인터넷과 SNS를 통해 전해지는 역할을 바로 그가 했습니다. 일본군들이 얼마나 철저하게 의병을 토벌하고 잔악하게 만행을 저질렀는지 역사를 공부할수록, 알게될수록, 일본제국주의 침략에 맞서 목숨걸고 기자로서 자유와 정의를 위해 당시대를 사진과 기사 및 책으로 기록해놓은 그의 용감한 노력에 고개숙여 깊은 감사를 바칩니다. 또한 그가 기록한 생생한 역사의 순간과 의병들의 사진 덕분에 깨달은, '영롱한 눈초리와 얼굴에 감도는 자신만만한 미소'에 담긴 시대를 뛰어넘어 잊지 말아야 할 정신을 소중히 지켜나가겠습니다. 두려움을 초월하여 묵묵히 자신의 일에 최선을 다하고 나라를 초월하여 대한 민국의 독립을 세계에 호소하며 헌신의 길을 걸으신 많은 독립운동가들의 고귀한 정신을 21세기 안에서 한국계 캐나다인으로 자유와 정의를 지키기 위해 귀 기울이고 국제사회에 이바지할 수 있도록 노력하겠습니다. 그리고 우리나라 역사와 한글을 마음껏 공부하고 배울 수 있음이 얼마나 감사하고 소중한지 깨달은 만큼 더욱 열심히 공부하겠습니다.

'이 책에서 나는 자유를 위해 투쟁하는 한 고대 민족의 모습을 기록하고 있다. 비극적인 공포 속에서 살다가 오랜 잠에서 어렴풋이 깨어난 한 몽고계 민족에 관해서 기록허고 있는 것이다. 그들은 우리가 알고 있는 바와 같이 문명에 있어서는 빼놓을 수 없는 요소들, 이를테면 자유, 자유로운 신앙, 그들의 여성의 명예, 그리고 그들 자신의 영혼의 계발과 같은 것들을 누린 적이 있으며 지금도 그것을 놓치지 않으려고 안간힘을 쓰고 있다. 나는 지금 '자유'와 '정의'를 외치고 있다. 세계는 나의 말에 귀를 기울이는가?' (맥켄지, [자유를 위한 한국인의 투쟁] 서문중)

대한민국

그 날을 잊지 않겠습니다

이사들의 목소리

애국지사기념사업회가
걸어온 길

김 대억(기념사업회 이사)

2010년 3월 15일 토론토 한국일보사 도산홀에서 동포사회의 주요 단체장 50여 명이 참석한 가운데 열린 발족회의에서 애국지사기념사업회(이하 기념사업회) 회장으로 선출되었다. 그때 난 "겸손한 의미에서가 아니라 저는 이 중책을 맡을 자격이 없습니다. 그러나 이 사업의 중요성만은 누구보다 잘 알고 있습니다."라 말했다.

그날 회의석상에는 높은 학력과 훌륭한 경력 그리고 고상한 인격을 구비한 분들이 여럿 계셨는데도 발기위원장이었기에 사회를 보던 나를 어느 단체장이 회장으로 지명하자 만장일치로 가결되는 바람에 사양할 틈조차 없이 중책을 맡게 되었다. 우렁찬 박수소리를 들으며 약간 당황하기도 했지만 기념사업회 발족 모임에 참석하면서부터 기념사업회는 한인사회에 존속하는 많은 단체들 중 가장 필요하고 중요한 단체가 되어야 한다고 생각했고, 기념사업회의 발기위원장을 수락한 까닭은 기념사업회야 말로 우리 동포사회에 있어야 할 단체이며, 그 사명은 진정 막중하다는 것을 느끼고 있었기 때문이었다.

애국지사기념사업의 필요성과 중요성 그리고 기념사업회가 감당해야 할 임무가 얼마나 막중한 것인가에 대해서는 창립회의에 참석했던 한인사회의 지도자들 모두가 인식하고 있었다고 믿어진다. 그러기에 그들은 기념사업회의 임원구성부터 회칙제정 등 기념사업회의 운영에 관한 모든 것을 회장에게 일임해 주었다. 한인사회의 대표적인 단체장들과 지도자들은 물론 언론기관의 전적인 지지를 받으며 출범한 기념사업회는 지체하지 않고 임원들을 선정하고 정관을 제정하여 기념사업회의 운영을 위한 기초 작업을 완료했다.

기념사업회가 추진한 첫 번째 사업은 백범 김구 선생, 도산 안창호 선생, 안중근 의사 3분 애국지사들의 대형 초상화를 한인사회의 유명 화백들에게 의뢰하여 제작하여 그 해 광복절 기념식에서 동포사회에 헌정한 것이었다. 애국지사들의 초상화 제작은 2016년까지 계속되어 매년 2,3 분의 초상화를 제작하여 광복절 행사 때마다 한인사회에 헌정하였으며, 현재 김구 선생, 안창호 선생, 안중근 의사. 유관순 열사, 윤봉길 의사, 이봉창 의사, 이준 열사, 이범석 장군, 김좌진 장군, 손병희 선생, 강우규 의사, 이청천 장군, 조만식 선생, 스코필드 박사, 김창숙 선생, 이시영 선생, 한용운 선생 등 17분 애국지사들의 초상화가 토론토 한인회관에 전시되어있다.

초상화 제작 외에 기념사업회는 운영자금을 마련하기 위하여 모금만찬을 가졌다. 이 행사에서 모인 기금은 $8,000.00이었다. 그 다음 해에 추진한 모금만찬에서도 첫 번째 실적에는 미치지 못했지만 상당 액수의 금액이 모금되었다. 하지만 세 번째로 실시한 모금행사는 실패로 끝났다. 처음 2번은 기증자들에게 세금공제 영수증을 발부해 주었는데 3번째부터는 세금 영수증을 발부할 수 없었던 것이 그 주요 원인이었다.

기념사업회는 창립되던 2010년에 자선단체 등록을 마쳤다. 하지만 기증자들에게 세금공제 영수증을 발부할 수 있는 자격을 연방정부로부터 부여받지 못했다. 세금공제를 위한 영수증을 발행하려면 모금액의 일정부분을 캐나다를 위해 사용해야 하는데 기념사업회는 오래전에 타계한 한국의 애국지사들(Korean Patriots)만을 위해 운영자금을 사용해야 하기 때문에 연방정부의 규정을 충족시킬 수가 없었기 때문이었다.

이사 수는 12명이었고, 이사비는 년 $100이었으니까 정규 고정수입 $1,200은 기념사업회의 1년 예산 $15,000의 10%도 되지 못했다. 따라서 기념사업회는 필요한 운영자금을 독지가들의 기부금에 의존해야 했다. 다행이 처음 몇 년은 매년 기념사업회를 위해 물질적으로 후원해 주시는 분들이 몇 분 계셔서 그런대로 무난하게 사업계획들을 수행해 나갈 수 있었다. 그러나 그 분들이 은퇴하거나 더 이상 후원할 수 없는 형편이 되면서 기념사업회는 운영자금으로 인해 전전긍긍해야 하는 형편에 이르게 되었다.

운영자금 문제 외에 기념사업회가 당면한 또 다른 문제는 너무도 많은 동포들이 '애국지사기념사업'에 대해 아예 관심이 없거나 있다 하더라도 기념사업회를 후원하거나 애국지사기념사업에 참여할 의도를 갖고 있지 않았다는 점이다. 60세 미만의 동포들 중에는 '애국지사'의 의미조차 모르는 분들이 많았고, 조금 알고 있는 사람들 가운데서도 이미 오래전에 저 세상으로 간 그들과 우리가 무슨 관계가 있느냐는 생각을 지닌 이들이 의외로 많았다. 기념사업회가 그런 생각을 지닌 단체장들에게 협조와 후원을 요청하면 그들의 반응은 냉정했다. 성공적인 사업체를 운영하는 분들에게 기념사업회가 하는 일을 설명하고 도움을 청하면 손사래를 치는 분들이 제일 많았고, 심한 경우에는 "내가 왜 그런 일에까지 신경을 써야 합니까?"라 반문하는 사람들도 상당 수 만나보았다.

70을 넘어 일제강점기에 당한 치욕을 직접 체험했거나, 듣고 보아서 알고 있으면서도 지금 우리 살기도 힘들고 어려운데 그런 일에까지 참여할 형편이 못된다며 기념사업회를 외면하는 분들도 적지 않았다. 하지만 많지는 않았지만 기념사업회를 격려하며 재정적으로 도움을 주는 고마운 분들도 여럿 있었다. 어떤 분은 타주에 거주하면서도 그가 받는 연금의 일부를 매년 보내주기도 했고, 생업에 얽매여서 직접 참여는 못하지만 적은 성금을 보낸다며 정기적으로 혹은 가끔씩 보내주심으로 애국지사기념사업을 독려해 주시는 이역 땅의 애국자들도 있었기에 기념사업회에서 일하는 분들은 용기를 잃지 않고 임무를 수행해 나갈 수 있었다.

하루 벌어 하루 먹는 서민들처럼 자금난에서 헤어나지 못하는 어려움을 겪으면서도 기념사업회는 창립목적을 달성하기 위해 일제강점기 하에서의 독립운동과 애국지사들을 소재로 한 문예작품을 공모했다. 대상은 학생들과 주재원을 포함한 캐나다에 거주하는 동포들 모두를 포함시켰다. 이 땅에 새로운 삶의 터전을 마련한 모든 동포들과 그들의 자녀들이 나라와 민족을 위해 모든 것을 희생해가며 일제와 싸운 독립운동가들의 삶의 발자취를 더듬으며, 그들의 숭고한 민족애와 조국애를 본 받을 수 있는 계기를 마련해 주기 위함이었다. 아울러 어려서 이곳으로 이주해 왔거나 이 땅에서 태어난 2세들에게 그들의 선조들이 얼마나 뜨겁게 조국을 사랑했으며, 그들이 어떤 인생을 살았는가를 그들 스스로가 공부하여 깨달을 수 있게 하는 것이 그 목적이었다.

기념사업회의 이 같은 시도는 기대 이상의 큰 효과를 거두었다. 예상했던 것보다 많은 학생들이 응모해 왔으며, 작품의 질도 매년 좋아졌을 뿐만 아니라 초등하교 학생들로부터 대학생에 이르기까지 기성세대보다 애국지사들에 관해 더 많이 알게 되는 현상이 나타났기 때문이다. 이 한 가지 성과를 보면서도 기념사업회에 종사하는 관계자들은 큰 기쁨과 보람을 느끼며 일할 수 있게 되었다.

이밖에 기념사업회는 기회 있을 때마다 2세들에게 우리민족을 위기에서 건져 낸 애국선열들의 활약상을 알려주기 위해 특별한 행사를 계획하여 실천에 옮겼다. 그 중의 하나가 토론토에서 제일 규모가 큰 한글학교 중의 하나인 영락문화 학교를 방문하여 애국지사기념사업회의 필요성과 중요성을 학생들에게 알기 쉽게 설명해 준 것이다. 그 자리에 모인 어린 학생들은 진지한 표정으로 우리의 위대한 독립투사들이 어떻게 막강한 일제와 맞서 싸웠는지에 관한 설명을 들었으며, 좀 더 자세한 것을 알려달라고 요청하거나 알고 싶은 것을 질문까지 하기도 했다. 그들 중 몇몇은 나중에 문예작품 공모에 응모하여 입상까지 함으로 기념사업회 관계자들에게 용기와 힘을 북돋아 주었다.

토론토 주재 총영사관 교육원이 한인회관에서 '차세대 문화유산의 날' 행사를 주관했을 때 기념사업회는 그 행사에서 '우리민족을 빛낸 사람들'이란 제목으로 특별 강연을 했다. 참석했던 부모들과 토론토에 산재한 여러 한글학교 학생들은 위한 이 순서에서 필자는 양만춘 장군, 을지문덕 장군, 강감찬 장군, 이순신 장군이 우리나라를 외적의 침입으로부터 어떻게 지켰는가를 들려준 후에 우리 독립투사들이 어떻게 그들의 인생을 포기하고 일제에 대항하여 싸웠는지를 설명했다.

행사 순서지에 '특별강연'이라 쓰여 있었을 뿐이지 어린 학생들에게 애국지사들 생애를 설명해주는 수업을 진행한 것이다. 행사가 끝난 후 선생님들과 부모님들이 아이들이 꼭 알아야 할 것을 가르쳐 주어 감사하다고 인사하는 말을 들으며 어린 아이들의 가슴에 심어진 애국지사들의 고귀한 조국애와 인류애의 씨앗이 싹트고 자라나 열매 맺어 자라날 수 있도록 계속 노력해야겠다는 결의를 다지게 되었다.

기념사업회가 사명의식을 가지고 열심히 일했지만 부족한 운영자금으로 인한 압박으로부터 해방되지 못했던 2014년에 필자는 한국의 애국지사기념사업 조직들로부터 지원을 받을 수 있는 방안을 찾기 위해 서울에 나가게 되었다. 애국지사기념사업과 관련된 단체들과 기관들 여러 곳을 방문하여 기념사업회가 토론토에서 하고 있는 일들을 설명하고 운영자금을 지원 받을 수 있는 방안을 논의해 보았지만 어느 곳에서도 우리 문제를 해결할 수 있는 길을 제시해주지도 못했고, 또 제시해 줄 수도 없음을 알게 되었다.

마지막으로 국가보훈처에 들러 기념사업회가 하는 일과 운영자금 난으로 곤란을 당하고 있는 실정을 말했더니 담당 직원이 자금을 지원받을 수 있는 방안을 알려주었다. 구세주를 만난 기분으로 그녀와 구체적으로 상의한 결과 매년 10,000불을 보훈처에서 기념사업회에 지원하도록 조처하겠다는 답변을 들을 수 있었다. 꿈을 꾸는 듯한 기분으로 보훈처 문을 나섰고, 나머지 방한 일정들을 차질 없이 마치고 토론토로 향하는 비행기에 오를 수 있었다.

그런데 토론토에 돌아온 후 보훈처에서 기념사업회에 보내는 10,000불이 총영사관을 거쳐 전달되는 과정에서 한인회와 그 금액을 반분한다는 방침이 결정되었다. 보훈처의 지원금 10,000불은 기념사업회를 위한 것이며, 한인회는 그 지원금과는 아무런 관련도 없는데 어째서 총영사관에서 그런 조처를 했는지 그 사유를 그때도 지금도 알 수가 없다. 그 당시 필자는 보훈처의 지원금이 직접 기념사업회로 보내지는 것으로 알고 있었기에 오랜 기간에 걸쳐 끈덕진 노력 끝에 얻어낸 지원금이 한인회와 반분되어야 하는 까닭을 이해할 수 없었다. 그러나 총영사관의 결정에 이의를 제기한다고 쉽게 해결될 것도 아니고 오히려 문제가 더 복잡해 질 것 같아 5,000불을 수령하는 것으로 일단락 지었다.

그런데 지원금 문제와 관련하여 전혀 예상하지 못한 문제가 발생했다. 기념사업회 입장에서는 우리가 확보한 10,000불 지원금을 한인회와 나누어 수령해야 하는 불이익을 당했는데, 불로소득과 같은 5,000불을 앉아서 받게 된 한인회의 L회장이 기념사업회를 배제하고 지원금 전액을 독식하려고 시도한 것이다. 그와 총영사관의 담당 영사가 지원금 신청은 매년 기념사업회와 한인회가 공동으로 하기로 되어있는 규정을 어기고 그들 둘만 서류를 작성하여 보훈처에 제출한 것이다.

이를 알게 된 기념사업회는 즉시 지원금 지불 부처인 국가보훈처를 비롯하여 외무부, 국무총리실은 물론 청와대에까지 진정서를 제출하고 즉각적인 시정을 요구했다. 동시에 언론을 통하여 토론토 동포사회에도 이 어처구니없는 상황을 상세히 알렸다. 부끄럽고 수치스러운 일이었지만 기념사업회로서는 L회장의 어처구니없는 처사를 묵인하고 그냥 당할 수만은 없었기에 할 수 있는 모든 수단과 방법을 동원할 수밖에 없었다. 결과만 간단히 말하면 그 해에는 보훈처 지원금이 지급되지 않았다. 기념사업회를 배제시키고 한인회와 총영사관의 담당 영사가 제출한 지원금 신청서를 주관부서인 보훈처가 인정하지 않았기 때문이다. 지원금 전액을 혼자 사용하려한 L회장의 비열한 시도는 좌절되었다. 하지만 기념사업회도 그 해에는 지원금을 받지 못한 채 사업계획들을 어렵게 추진해야 했다.

그 후 그 같은 불미스러운 일은 또 다시 일어나지 않았고, 보훈처 지원금은 아직 계속되고 있지만 지원금이 엄청나게 감소하여 기념사업회가 수령하는 액수는 $3,500(Canadian Dollar)에 불과하다. 이것이 기념사업회의 가장 큰 정기적인 수입원인 까닭에 산타크로스 같은 독지가가 나타나거나 예상 밖의 소스를 통해 지원금이 지급되지 않으면 애국지사기념사업을 위한 자금난은 계속될 전망이다.

기념사업회는 2014년에 『애국지사들의 이야기』 제1권을 발행했다. 그 해에 보훈처로부터 5,000불을 지원받았기 때문에 자금난으로 인한 압박 없이 출간된 이 책에는 백범 김구 선생, 도산 안창호 선생, 안중근 의사, 윤봉길 의사, 이봉창 의사 등 17분 애국지사들의 생애를 4명의 필자가(김대억, 백경자, 최기선, 최봉호) 나누어 집필했으며, 부록으로 요약하여 기술한 '일제의 한국강점기'에 관한 글과 기념사업회의 약사와 실적을 첨가하여 수록했다.

이 책자가 출간됨으로 국내외의 많은 동포들이 기념사업회가 토론토에서 '애국지사기념사업'을 하고 있다는 사실을 알게 되었다. 뿐만 아니라 척박한 이민생활을 하고는 있지만 어떤 형태로던 애국지사기념사업을 후원하며 그 일에 동참하고 싶다는 동포들이 생기기 시작했다. 이에 큰 힘을 얻은 기념사업회는 이 책자를 매년 시리즈로 발행하기로 결정했다. 그러나 이미 언급한 대로 L회장의 경거망동으로 보훈처 지원금이 취소됨에 따라 2권 발행이 불가능하게 되었다.

하지만 L회장의 의도가 기념사업회의 끈덕진 추적과 폭로로 동포사회에 알려지고 난 다음 해부터 보훈처 지원금을 정상적으로 수령하게 되면서 기념사업회는 『애국지사들의 이야기』 제2권을 출간했고, 2023년에는 제7권을 발간하여 국내외에 배포했다. 지금까지 발간된 일곱 권의 책에는 55분의 애국지사들의 생애와 업적이 조명되었으며, 그 중에는 프랭크 윌리엄 스코필드 박사와 프레드릭 맥켄지 기자도 포함되어 있다.

스코필드 박사는 제암리 학살사건의 참상을 전 세계에 폭로했으며, 한국의 독립을 위해 자신이 당할 위험을 두려워하지 않고 우리민족의 독립운동을 지원해 주신 분이기에 34번째 민족대표로 불리는 분이시다. 맥켄지는 스코틀랜드계 영국인으로서 종군기자가 되어 내한하여 일제의 만행에 저항했던 의병들의 활약상과 3.1운동의 실상을 세계에 알렸다. 더 나아가서 그는 영국에서 '한국친우회'을 조직하여 한국의 독립운동을 후원했으며, 2번에 걸쳐 한국을 방문한 후 1908년에는 『The Tragedy of Korea』(한국의 비극)을 저술했고, 1920년에는 『Korea's Fight for Freedom』(한국의 독립운동)을 펴냄으로 우리의 독립운동을 도운 분이다.

이 밖에도 지금까지 나온 7권의 『애국지사들의 이야기』에는 우리민족의 영원한 동반자로 알려진 로버트 그리어슨(Robert G. Grierson), 스탠리 마탠(Stanley H. Martin) 등 엄청난 희생과 위협을 감수하며 한국의 독립운동을 지원한 캐나다 선교사들의 활약상과 애국지사기념사업의 중요성과 필요성, 무엇이 이역 땅에서 애국하는 길이며, 기념사업회를 격려하며 후원하는 동포들과 애국지사들에 관해 열심히 공부하는 학생들의 글 등 애국지사기념사업에 관련된 다양한 내용들이 수록되어 있다.

매년 시리즈로 발행되는 이 책이 국내외에 널리 배포되면서 캐나다에서는 물론 국내에서도 기념사업회에 관심을 가지게 되었을 뿐만 아니라 우리의 활동상을 취재하여 보도하게까지 되었다. 때문에 기념사업회는 더욱 막중한 책임감과 사명의식을 가지고 사업계획을 수립하여 실행해 나가고 있다. 지금은 2024년 5월 발간을 목표로 『애국지사들의 이야기』 제8권을 준비하고 있다.

이번에 발행할 책은 표지를 새롭게 디자인하고, 내용도 더 충실하고 다양하면서 새롭게 하고자 전문적인 문필가와 사회적으로 지명도가 높은 분들을 필진으로 모셨다. 하지만 또다시 문제되는 것이 운영자금이다. 코로나 이후에 생활양식의 변화와 더불어 세계적으로 물가가 상승한 까닭에 책 제작비와 운송비는 하늘을 찌르게 올랐는데 기념사업회의 수입원 중 가장 많은 것이 보훈처 지원금 3,500불이고 보니 난감한 일이 아닐 수 없다.

이 문제를 해소하기 위해 기념사업회는 애국지사기념사업을 캐나다의 선교사업이나 한카 두 나라가 공동으로 추진하는 사업들과 연관시키도록 정관을 개정하여 캐나다 연방정부에 자금지원과 기증자들에게 세금공제영수증을 발행할 자격을 부여해 달라고 요청할 계획이다. 연방정부에서 이 같은 기념사업회의 요청을 허용한다는 보장도 없고, 일이 성사된다 해도 시간이 얼마나 걸릴지 알 수도 없는 형편이다. 그러나 기념사업회는 뜻이 있는 곳에 길이 있음을 믿고 이 계획을 추진하려고 한다.

기념사업회는 신설된 해외동포청에도 힘든 과정을 거쳐 지원금 신청서를 접수시켰다. 이 역시 성사된다는 보장은 없다. 그러나 기념사업회는 최근 한동훈 국민의 힘 비상대책위원장이 취임연설에서 밝힌 각오대로 '용기와 헌신'으로 당면한 자금 문제를 헤쳐 나가려고 한다.

애국지사기념사업은 캐나다에 살고 있는 우리들에게 주어진 지상과제이며 시대적 사명이다. 그러므로 이 소중하고 중요한 사명을 기념사업회에 맡겨주신 하나님께 감사하며 결코 좌절하거나 포기하지 않고 "내게 능력주시는 자 안에서 내가 모든 것을 할 수 있다"는 믿음위에 서서 나아갈 것이다. 나와 함께 이 역사적이고 시대적인 사명을 수행해 나가는 분들도 어떤 난관도 극복하며 전진할 각오가 되어있을 것이다.

우리가 하나 되어 '용기와 헌신'으로 나갈 때 우리 앞에는 새로운 길이 열릴 것을 믿어 의심치 않는다.

캐나다 애국지사기념사업회의 사명

김 정만(기념사업회 이사)

필자는 캐나다 애국지사기념사업회에서 홍보 담당 이사로 활동하면서 애국지사 중의 한 분인 호머 헐버트(Homer Hulbert, 1863-1949)에 관한 글을 기고할 기회를 갖게되면서 애국지사들의 활동에 더욱 더 관심을 갖게 되었다. 이 기고의 시작은 을사보호조약으로부터 시작됐다.

잘 알려진대로, 1905년 11월17일 덕수궁 중명전(重明殿)에서 '을사보호조약'이 강제되었다. 을사늑약이라고도 불리는 이 조약은 한일 두 나라간의 국제조약이지만 관련 문서들에 보호국의 수장인 고종 황제의 비준서가 어디에도 붙어 있지 않았다. 현재 당시의 문서들을 연구하고 있는 서울대학교 규장각에 의하면, 심지어 보호국으로 작성된 을사늑약의 조약이름을 쓸 행간이 빈칸으로 남아 있다고 한다. 도대체 조약의 명칭조차 붙어 있지 않은 조약이 소위 우리가 일컫는 '을사보호조약'이라니 분통이 터진다. 당시 일본으로부터 '을사보호조약'을 강압으로 체결당한 고종황제는 일본의 불법행위를 국제 사회에 알리고 이에관한 지원을 얻고자 나름대로 노력했다. 그는 '을사늑약 무효선언친서'를 작성했다. 한국어와 병기해 영어로도 번역했다. 그리고 9개국에 전달하려고 했다. 이에 관한 특사로 당시 관립 중학교 교사로 와 있던 미국인 호머 헐버트를 택했었다.

이로부터 5년 후 1910년 우리나라는 경술국치를 맞이해 36년 동안 일본에 강점 당하게 되었다. 이 시기에 국내외에서 잃어버린 국권을 회복하고 조국의 독립을 위해 헌신한 많은 애국지사들이 생겨났다. 캐나다 애국지사기념사업회(이하 '사업회')는 이러한 애국 지사들을 기념하기 위하여 경술국치 100주년이 되는 2010년에 창립 되었다. '사업회'는 창립이래 어려운 환경 가운데에서도 김 대억 회장을 비롯한 임원들이 합심하여 교포들에게 애국지사들의 활동을 알리고 애국심을 고양키 위해 노력해왔다. 그동안 '사업회'는 해마다 2-3분의 애국지사들을 선정하여 총 17분의 대형 초상화를 제작, 동포사회에 헌정 했으며, 교포들을 대상으로 애국지사들에 대한 문예작품공모를 해 우수작품을 선정 시상해 오고있다. 2014년부터는 『애국지사들의 이야기』를 시리즈로 발간했다. 2023년에도 『애국지사들의 이야기·7』을 발간한 바 있다. 『애국지사들의 이야기』 시리즈에는 우리가 지금까지 막연하게 알고 있었던 애국지사들의 이야기가 좀 더 상세하게 펼쳐져 있다.

근대사에 있어서 가장 탁월한 역사가로 알려진 영국의 E.H.Carr(Edward Hallette Carr,1892-1982) 교수는 그의 저서 『역사란 무엇인가?』라는 책에서 "역사란 역사가와 그의 사실들의 끊임없는 상호작용, 현재와 과거 사이의 끊임없는 대화"라고 말했다. 그는 역사가의 기록의 중요성을 강조하면서, 우리가 보다 나은 미래를 설계하기 위해서는 현대사회를 바르게 해석해야 한다고 했다. 또 현대사회를 바르게 해석하고 살아가기 위해 반드시 과거 사회와의 소통을 강조했다.

우리 '사업회'는 애국지사들의 활약상을 기록하면서 이분들의 활동을 단순히 지나간 사실의 기록이라는 차원을 넘어서려 한다. 현재의 이 시점에서 필자들이 작은 역사라는 사명을 가지고 애국지사들의 활동에 관한 올바른 평가를 내리려고 한다. 현재에서 미래를 내다보며 과거를 조명하는데 촛점을 맞추려고 한다. 애국 지사들의 활동의 의미를 새기며 평가함으로서 우리가 위대한 역사를 가진 민족이라는 자부심을 가지려고 한다. 동시에 위대한 역사를 가진 민족은 어떤 어려움이 닥쳐도 언젠가는 다시 극복하고 일어 설 수 있다는 평범한 진리를 후세에게 전하려 한다. 이러한 굴곡의 역사를 살펴봄으로서 혹 가다가 우리민족이 가는 길이 잘 못 된 줄 알면 다시 뒤돌아 보아 새 출발을 하는데 도움을 주려 한다. 이렇게 함으로서 같은 과오를 되풀이 하지 않게 하기 위함이다.

최근 조국 대한민국은 세계 10대 강국으로 괄목할 만한 성장을 했다. U.N.에서도 우리나라를 이제는 더 이상 개발도상국이 아닌 선진국이라고 공식적으로 인정했다. 이러한 성장의 이면에는 오늘의 자랑스러운 대한민국이 있기까지 조국과 민족을 위해 모든 것을 바친 애국지사들의 희생이 밑걸음이 되었음을 부인할 수 없다. 앞으로도 우리 '사업회'는 상기에 언급한 사명으로 지금까지 잘 알려지지 않았거나 묻혀있던 애국지사들의 이야기를 발굴하여 출판함으로서 동포들과 후세들에게 애국심을 고양시키기 위한 노력을 계속해 나갈 것이다. 부디 독자들의 많은 성원 부탁 드린다.

[참고 문헌]
- 『미국인 호머 헐버트의 한글, 한국사랑』 : 이태진 교수
- 『역사란 무엇인가 ?』 : E.H Carr, 김택현 교수 옮김

건국대통령 이승만

김 재기(기념사업회 이사)

　대한민국이 세계의 10강을 넘어 6강이라고 한다. 요즈음은 한국식당을 가면 어떨 때는 한인보다 훨씬 많은 외국인들을 볼 수가 있으며, 지난 여름 한인회관에서 JYP 오디션이 있었는데 주차장에 엄청나게 늘어선 대기줄이 한류를 실감나게 했으며, 코스코에서 김이나 홍삼등 한국물건들이 불티나게 팔리고 있고, 외국인들이 한국어를 하거나 한국말 가사를 흥얼거리는 것을 심심치 않게 볼 수가 있다. 지난 여름, 오랜만에 한국에 나가서 캐나다보다 훨씬 발달한 한국을 보며 세계 6강 우리 대한민국의 시작은 어떠했는지 이야기 해보자.

　1945년 한반도가 해방이 됐을 때 한국은 지구상에서 가장 가난한 5개국에 들었고 그나마 1950년 6월 25일 북괴의 남침으로 3년동안 전쟁이 벌어져 모든 것이 파괴 되었으니 그때의 참상이 어떠했는지 짐작이 간다. 나는 6.25가 끝나고 2년 후에 태어났고, 그것도 가난한 농촌의 생활이었으니 힘들게 살았을거다. 내가 자랄 때는 매일 같은 옷을 입었고, 신발을 하나 사면

구멍이 날 때까지 신었으며, 공일날은 아침은 좀 늦게 먹고, 저녁은 평소보다 좀 일찍 먹어 자연스레 점심을 거르는 날도 많았다. 저녁으로는 밥이 아닌 수제비를 먹는 날도 꽤 있었다.

오늘 내가 하고 싶은 이야기는 대한민국을 만들어 세계에 우뚝 서게 해주신 건국대통령 이승만박사에 대한 이야기를 하려고 한다. 이승만은 1875년 황해도 평산에서 세종대왕의 큰형 양녕대군의 16대손으로 태어나 두살때 서울 남산골로 이주한다. 여섯살에 천자문을 떼고, 열일곱살에 사서삼경을 뗀다. 친구의 권유로 19살에 배제학당에 들어간다. 배제학당에서 영어를 배우기 시작한 지 6개월만에 영어선생이 된다. 이승만은 훗날 자서전에서 "나는 영어하나 배우자고 배제학당에 들어갔는데, 그곳에서 영어보다 더 소중한 것을 배웠다. 그것은 평등이라는 사상과 정치적 자유라는 개념이었다."고 토로한다.

때는 구한말, 이승만이 바라 본 나라는 왕과 양반이 득세하던 시절이었다. 사람들이 먹는 농산물을 생산하거나 쓰는 공산물을 만드는 사람들은 양민이거나 천한 백정들이었다. 그들이 힘을 들여 수확한 쌀이나 물건들은 자기들은 먹지도 쓰지도 못하고 왕이나 양반들이 다 뺏어다가 호의호식하는 아주 불평등한 시절이었다. 평등을 배운 이승만에게 봉건제는 불평등의 대명사였고, 척결해야 할 대상이었다.

당시 조선은 나라를 지킬 힘은 없었고, 이 나라를 차지할 나라가 일본, 청나라 또는 러시아중에 한나라가 될 혼란한 상태였다. 나라는 망해가도 왕이나 양반들은 나라를 지킬 생각보다는 어떻게 하면 나에게 더 이익이 될지 계산하고 행동에 옮기는 일들에 주력하고 있었다. 망해가는 나라를 보며 이승만은 국민들 개몽운동에 앞장섰으며 협성회보, 매일신문, 제국신문을 창간하였고, 많은 기사와 논문을 쓰며 시국과 실상을 백성에게 알리는데 전력을 다한다. 그의 글은 망해가는 나라를 구하겠다는 몸부림이었으며 또한 독립협회가 주관한 만민공동회에서 명 연설가로 활약했다.

나라는 망해가는데 왕을 중심으로 양반들은 자기들의 이익만을 추구하기에 박영효를 중심으로 민주공화제를 위한 혁명을 모의하다가 발각된다. 그리고 사형을 선고받고 5년 7개월간 한성감옥에 수감된다. 선교사들의 도움으로 사형이 무기징역, 10년 징역으로 감형된다.

그는 한성감옥 수감 말년에 선교사들의 도움으로 영어로 된 많은 책을 읽었으며 거기서 '독립정신' 논설의 모음집을 완성한다. 그 논설의 모음집을 보면 그가 얼마나 앞서가는 사상가인지 알 수가 있다. 거기서 청년 이승만은 "이제 천하근본은 농사가 아니라 상업이다. 큰배를 만들고 큰길을 뚫어야 한다. 그리고 러시아를 견제해야 한다" 라고 설파한다. 독립정신의 6대 강령은 다음과 같다.

1. 우리는 세계에 개방하고 통상해야 한다.
2. 새로운 문물을 자신의 집안과 나라를 보전하는 근본으로 삼아야 한다.
3. 외교가 나라를 유지하는데 매우 중요하다는 것을 알아야 한다.

4. 나라의 주권을 소중히 여겨야한다.

5. 도덕적 의무를 소중히 여겨야한다.

6. 자유를 소중히 여겨야한다.

또한 그는 감옥에서 수많은 책을 읽으며 세계를 움직이는 정치인들을 연구하고 그가 그 연구를 바탕으로 훗날 미국에서 독립운동할 때 많은 도움이 된다.

이승만은 1900년대 초반 한성감옥에서 놀라운 글을 쓰는데 그것은 일본의 팽창론을 막으려면 Korea를 완충지대로 만들면 된다고 설파한다. 즉 일본은 한국을 먹은 다음에 만주, 중국으로 돌진할 것이며 결국 태평양의 패권을 놓고 미국과 일본이 한판 승부를 벌이게 될 것이다. 미국이 한국을 독립시켜주면 일본을 견제하는 완충지대가 되기 때문에 위의 전쟁들을 막을 수 있다. 그러면 미국의 젊은이들의 희생을 막을 수 있다. 당시에 미국과 일본은 사이가 좋았고 뭔 뚱딴지 같은 소리인가 했다. 그리고 1941년 이승만은 『Japan Inside Out』이라는 책을 미국에서 발간하는데 일본이 곧 미국 본토를 침공할 것이며 장소는 알라스카나 하와이 중 하나가 될 것이라고 예언한다. 또 다시 모두가 그 말을 무시했고 정확히 4개월 후, 일제는 하와이 진주만을 폭격하며 이승만의 예언은 정확히 맞아 떨어졌다. 초대 주한미국 대사였던 존 무초대사는 자신의 회고록에서 "이승만은 국제정세를 가장 고차원에서 이해하는 탁월한 전략가였다"라고 말했다.

한성감옥에서 출옥 후, 이승만은 고종의 특사로 미국에 가서 미국대통령과 고위직들을 만나 한국의 독립을 호소하는데 별다른 성과를 얻지 못한다. 그는 미국에 남아 만학의 나이에 학업에 정진해 죠지워싱턴대 학사, 하바드대 석사 그리고 프린스톤대학교 정치학 박사학위를 5년만에 취득한다. 나라의 독립을 위해 어렵게 공부해 박사학위를 취득한 1910년 같은 해에 한일합방이 일어나 대한제국은 지구상에서 사라진다.

한일합방 소식을 듣고 이승만은 이렇게 이야기 했다고 한다. "시원하다, 차라리 잘 됐다. 이제 왕도 없고, 양반도 없고, 상투도 없어졌으니 너무도 잘됐다." 나라는 잃었으나 나중에 힘을 길러 찾았을 때 우리 스스로는 고치기 힘든 봉건제도나 반상제도 그리고 상투등 미개한 전통들이 다 없어졌으니 오히려 잘 됐다는 것이다. 이승만은 절망 속에서 희망을 보았다.

이승만이 하와이에 본거지를 두고 독립운동을 하는데, 하와이를 다니다보니 길거리에 어린 여자아이들이 걸인처럼 돌아다니고 있었다. 조사해보니 이들은 한국인 아이들로, 딸을 낳으면 먹고 살기 힘들어 길거리에 버리던 풍습을 하와이에서 하고 있던 것이었다. 그 아이들을 거두어 학교를 만들었는데, 한민족 역사상 처음으로 남녀공학 학교를 세운다. 남학생과 여학생이 같은 식당에서 같은 밥을 먹고, 같은 교실에서 같은 것을 배우는 평등사상을 아이들에게 교육시킨 것이다.

1917년 볼쉐비키 혁명이 난 10일 후, 이승만은 공산주의는 분명히 망한다며 다음과 같은 이야기를 했다. "인간은 하나님이 주신 자유를 누리려는 본성이 있다. 그런데 공산주의는 인간의 본성인 자유를 억압하기 때문에 분명히 망한다." 74년 후인 1991년 공산주의의 종주국 쏘련이 해체되며 이승만의 예언은 현실이 된다. 1923년 이승만은 '공산당의 당부당' 이라는 글을 태평양잡지에 기고하는데 공산당이 그냥 무작정 싫은 것이 아니고 공산당의 장점과 문제점등을 정확히 꿰 뚫는 혜안을 보인다. 그래도 1930~40년대는 공산주의가 들불처럼 세상을 뒤덮고 있어 러시아 근교에 있는 40개 나라가 공산주의가 되었다. 그래서 1936년, 이승만은 자기 눈으로 공산주의의 실상을 확인하고자 모스코바를 방문하고 거기서 노동자, 농민 천국이라는 곳에서 굶어죽는 수많은 농민들을 보았고 또한 비슷한 이야기를 듣고서 더욱 철저한 반공주의자가 된다. 이승만은 "만약 네 아들이 공산주의자라면 부모자식간의 인연을 끊고, 네 형제중 하나가 공산주의자라면 네 가정은 곧 망한다."라고 이야기했다. 지금 북한, 러시아, 중공등의 현실을 보며 이승만의 말은 하나도 틀림이 없다.

1919년 이승만은 상해임시정부의 주석으로 취임한다. 1920년 봉오동전투, 청산리전투에서 독립군은 일본군을 상대로 크게 승리한다. 그러자 일제는 독립군들이 다녀간 마을들을 다니며 그 마을들을 초토화시킨다. 자기네가 하나를 당하면 열배 또는 백배로 앙갚음을 하겠다는 것이다. 즉 독립군이 이기면 이길수록 죽어나가는 것은 한국인일 뿐이다. 그것을 보며 이승만은 "독립운동한다고 젊은이들이 저렇게 죽어 나간다면 훗날 독립이 된들 무슨 의미가 있겠는가. 살아서 맞는 독립이 진정한 독립이 아니겠는가?" 라며 외교를 통한 독립이 희생도 최소화 할 수 있고 확실할 거라 믿었다. 당시 일본의 군사력은 세계 최강 미국과 맞장을 뜰만한 실력이었고, 수척의 항공모함도 있었고 전투기도 수백대나 보유한 군사 초강대국이었는데, 많을 때 고작 5,000명 정도의 독립군이 빈약한 장비로 한두 번의 전투를 이길지는 모르나 전쟁을 이길 수는 없었다.

이승만의 외교는 1943년 카이로 선언에서 대한민국의 독립을 약속받았으며 미국의 적성국민 분류에서 한국민은 제외된다. 그때까지 한국은 일본과 함께였기에 적성국민이었는데, 그 명단에서 제외되어 해방때까지 수용소에 수용되지도 않았고, 일상생활을 영유할 수 있었다.

1945년 8월 15일 일제의 패망으로 대한민국이 해방이 된다. 무정부 상태인 정국이 혼란한 틈을 타 국내에서 조직이 제일 잘 정비되어있던 박헌영의 남로당이 기선을 제압하며 앞서 나간다. 김일성이 장악한 북한에 이어 남한도 공산화하기 일보 직전, 조선정판사 위조지폐사건으로 박헌영이 경찰의 수배를 받게되자 이북으로 피신하게 되면서 공산화를 면하게 되고 이 사건으로 국민들은 공산주의의 사악한 실체를 어느 정도 파악하게 된다.

당시 여론은 통일정부를 원했지만 김일성은 김구선생과 대화를 하는 척하면서 뒤로는 북한정권수립에 박차를 가하게 된다. 공산당의 속셈을 꿰뚫은 이승만은 1948년 5월 10일 남한만의 총선거를 실시하고 8월 15일 대한민국의 건국을 세계 만방에 선포한다. 그때 만약 남북한 총선거를 했더라면 하나로 통일된 북한측 공산당과 사분오열된 남한측 민주인사들중 어느 쪽이 유리할지는 추측이 가능하다. 선전선동에 능하고 '모두가 잘 살게 해주겠다'는 거짓 구호는 민중들을 쉽게 속일 수 있었다.

대한민국 건국후, 반상제도가 없어졌다고 하나 이제는 새로운 계급사회가 생겨났다. 그것은 지주와 소작농이라는 계급이다. 아무리 제도를 없애도 부가 한쪽으로 편승되면 없는 사람들은 있는 사람들을 다시 상전으로 모셔야 하는 것이다. 소작농들은 땅이 없기에 지주들의 농지에 농사를 지으며 생산량의 반 정도를 소작료로 바쳐야 한다. 만약에 지주들의 말을 듣지않으면 소작을 주지 않으니 지주들은 새롭게 부상한 양반인 것이다. 1949년 이승만은 지주인 국회의원들의 강렬한 반대에도 불구하고 농지개혁을 성공적으로 마치고 소작농들에게 역사상 처음으로 농토를 마련해주는데 이것은 6.25전쟁에서 '신의 한 수'로 작용을 한다.

1950년 6월 25일, 북괴군이 불법으로 남침을 감행하여 준비가 돼있지 않았던 남한군은 파죽지세로 밀리게 되고 결국 최후의 방어선인 낙동강까지 밀리게 된다. 남로당의 '모두가 잘 살게 해주겠다'는 사탕발림에 호응해야 할 농민들은 난생 처음 갖게된 농지가 있는데 거기에 호응을 할 이유가 없게되고, 군인들은 후방 걱정없이 전선에서 마음놓고 싸울 수 있어 결국 북한괴뢰들을 물리치게 된다.

이승만은 교육만이 나라가 잘 사는 길이라며 의무교육을 실시하여 78%였던 문맹률을 획기적으로 낮추었으며 해방당시 29개였던 대학을 4.19 혁명 당시 63개로 늘린다. 대학이 늘어나며 대학생 수도 10여만 명 정도 더 늘어났는데 결국은 자기가 배출한 대학생들의 시위로 실각하게 된다.

이승만은 나이가 들면서 사리판단이 흐려져 자기가 이룩한 나라의 건국, 농지개혁, 6.25전쟁 승리, 한미방위조약 체결등의 성공등으로 하지 말았어야 할 3선개헌과 3.15부정선거등을 하게 된다. 1960년 4.19의거가 일어났을 때 이승만은 인의 장막에 둘러싸여 모르고 있다가 4월 20일 그때의 실상을 알게되고 시위를 하며 부상당한 학생들을 방문한다. 그 학생들을 어루만지며 "장하다, 불의를 보고 일어서지 않는 백성은 죽은 백성이다."라며 치하했다. 대만의 장개석총통이 이승만에게 위로의 편지를 보냈을때 "나는 하등 위로 받을 이유가 없다. 내게는 불의를 보고 항거하는 자랑스런 백만학도가 있다."고 답장을 보냈다고 한다.

1960년 4월 26일 이승만은 하야성명을 발표하고 대통령직을 내 놓는다. 세상의 다른 독재자들은 나라가 망하건 말건, 국민이 모두 죽어 나가건 말건 군대까지 동원해 자기 자리를 지키는데, 사람을 수백만 굶어죽게한 북한의 삼부자는 아직도 철권 정치를 하는데, 왜 우리의 독재자 이승만은 4.19의거가 발생한 지 겨우 1주일만에 무기력하게 자리에서 물러났을까? 그분이 추구했던건 진정한 애국이었고 진정한 국민 사랑이었기 때문이다.

일제에 항거하여 독립운동을 한 분들이 많다. 독립을 쟁취하려면 개인들의 역량을 길러야 한다며 계몽운동과 교육에 앞장선 안창호, 서재필, 이상재 같은 분들도 있고, 박용만, 김좌진 같은 분들은 무력으로 나라를 찾아야 한다며 독립군을 양성한 분들도 있고, 일제의 고위직을 제거한 안중근, 이봉창의사 같은 분들도 있다. 이승만은 우리는 힘이 약하기에 남의 도움을 받지 않으면 독립이 안된다며 외교에 힘쓴 분이다.

이승만은 구한말에는 봉건제와 싸워 백성들의 독립을 원했고, 일제때는 잃어버린 나라를 찾기위해 세계를 돌아다니며 한국의 독립을 호소했고, 건국후에는 무지와 가난과 싸워 농민들에게 농지를 찾아주고, 국민을 교육시키는 등 진정으로 나라를 사랑했고, 국민을 사랑한 애국자였다

이승만 대통령이 교육시킨 대학생들이 박정희정권에서는 산업화를 이룩하는 역군이 된다. 만약 의무교육을 실시하지 않았고, 대학을 만들지 않았다면 대한민국의 산업화는 불가능 했을 것이고 지금의 대한민국은 다른 모습이었을 것이다.

지금 대한민국에는 이승만대통령 기념관 조차도 없다. 훌륭한 기념관을 만들어 그분의 사상과 철학을 연구하고 자라나는 미래세대에게 그분의 애국, 애민사상을 교육시켜야 하며 그분에게 감사의 표시를 해야 한다. 그날이 곧 오기를 기다려본다.

이역 땅에서
애국하는 방법

박 우삼(기념사업회 이사)

애국은 고국을 사랑하고 그 곳의 번영과 발전을 바라보며 그에 기여하는 행위이다. 이역 땅에서 애국하는 것은 어려운 과제이지만, 개인의 노력과 헌신으로 어떤 형태나 규모로든지 이루어질 수 있다. 이역 땅에서 애국하는 방법은 다양하며, 그 중에서도 다음과 같은 방법들이 특히 중요하다고 생각한다.

우선, 역사적 문화적 유산의 보존과 전파는 이역 땅에서 애국하는 핵심이다. 이를 통해 그 지역의 아이덴티티와 정체성을 유지하고 발전시킬 수 있다. 모국의 역사나 전통적인 음식, 의상, 음악, 미술 등의 문화 요소를 보존하고 홍보하여 내가 사는 지역의 독특한 매력을 세계에 알릴 수 있다. 또한, 지역의 역사와 전통을 지키고 이를 후손들에게 전달하여 지역의 자부심을 고취시키는 것이 중요하다.

둘째로, 지역 사회 참여와 봉사 활동은 이역 땅에서 애국하는 또 다른 중요한 방법이다. 지역 사회의 문제를 인식하고 해결하기 위해 봉사 활동에 참여하거나 지역 사회 단체에 기부하고 지원함으로써 지역 사회의 발전과 번영에 기여할 수 있다. 지역 사회 구성원들과 소통하고 협력하여 지역의 사회적 결속력을 강화하는 것도 중요한 과제중의 하나다.

세 번째로, 지역 경제 지원과 협력은 이역 땅에서 애국하는 데 있어서 필수적이다. 지역 기업을 지원하고 협력하여 지역 경제의 안정성과 성장을 도모할 수 있다. 지역의 제품과 서비스를 구매하고 지역 기업을 홍보하여 지역 경제의 발전을 돕는 것도 중요하다.

네 번째로, 교육과 지식의 확산은 이역 땅에서 애국하는 데 있어 굉장히 중요한 요소이다. 지역의 역사, 문화, 환경 등에 대한 지식을 증진시키고 주변 사람들과 공유함으로써 지역에 대한 이해와 애정을 키울 수 있다. 또한, 지역의 교육 기관이나 문화 시설을 지원하고 홍보하여 지식의 전파를 촉진할 수도 있다. 이를 통해 지역의 지식 수준과 문화적 수준을 향상시킬 수 있다.

또한 환경 보호와 지속 가능한 발전은 이역 땅에서 애국하는 데 있어서 절대적인 요소이다. 지역의 자연 환경을 보존하고 지속 가능한 자원 이용 방법을 모색하여 지역의 생태계와 환경을 보호하는 것도 중요하다. 지역의 자연 경관을 유지하고 생태계를 보호함으로써 후대에 더욱 좋은 환경을 물려줄 수 있도록 해야한다. 그러나 애국은 개인의 노력과 헌신뿐 아니라 지역 사회의 단합과 협력이 필요하다. 함께 노력하여 이역 땅의 번영과 발전을 이루어 나가는 데 힘써야 하는 것도 애국의 길이다.

한국의 독립운동
-국경을 넘어 자유를 위한 구국의 힘

박 정순(기념사업회 이사)

우리는 왜 애국지사들의 이야기를 기억해야 하는 것일까? 그 물음을 답하기 전 다시 우리는 조선이 일본의 식민지화가 되어 버린 원인을 찾아보아야 한다. 그것은 한국인들의 잃어버린 과거를 찾아야 하기 때문일 것이다. 대한제국의 멸망은 고종황제의 무능과 부패로 얼룩진 정치와 양반들 때문이라고도 말한다.

1904년 일본은 청일전쟁에서 승리한 이후 러시아와의 전쟁을 하기 위해 한반도를 일본의 영토로 만들기를 실행했다. 당시 일본의 속내를 드러낸 미국선교사들이 보낸 네브라스카주의 신문기사와 캐나다 타임즈 기자였던 프레드릭 맥켄지의 보고서에서도 잘 드러나 있다. 그럼에도 불구하고 미국과 영국은 일본의 야망을 알고 있으면서도 묵인하고 있었던 것이다.

결국 조선의 국망을 우리는 국치일로 가슴에 비분강개할 수밖에 없었던 것이다. 그 이후 조선에 관한 우리의 문화와 역사는 일본이 만들어 낸 평가로 인해 우리의 전통과 유산들과의 단절도 가져오게 된 것을 확인할 수 있다. 그렇다면 조선의 지식인들은 일본 식민통치를 받아 들였던 것일까? 일본에 편승하여 사익을 추구한 친일파가 있는가 하면 일례로 자신분만 아니라 가족, 형제 식술들을 이끌고 만주, 연해주로 이주하여 학교를 세웠던 우당선생이 있다.

우당 이회영 선생은 명문가 후손으로 안락한 생활이 보장돼 있었지만 경술국치 직후, 여섯 형제 일가족 50명이 전 재산을 팔아 돈 40만 원(현재 시세 약 600억 원)을 들고 만주로 망명했다. 우당 선생은 만주에서 한인 자치기구인 경학사와 독립군 양성을 위한 신흥강습소(신흥무관학교의 전신)를 설립했다. 우당 선생은 전 재산을 독립운동 후원에 쓰며 가난하게 살았다.

우당선생이 사비를 들여 신흥강습소를 운영한 역사적 공로를 인정받기 원해서 지원한 것은 분명 아닐 것이다. 그러나 이분들은 독립운동가들과 민족의 지도자들을 양성해 낸 큰 공헌을 하였고 조선의 독립과 자유를 위해 자신분만 아니라 일가들과 후손들까지 희생하였던 공로를 마땅히 기억하고 감사해야 할 것이다.

캐나다에서 살고 있는 우리들이 애국지사들의 이야기를 쓰는 것은 그들의 희생에 대해 예우하고 그들의 유산을 유지하고 이를 다음 세대로 전달하는데 필요하기 때문이다. 즉 이러한 가치관을 이어받아 자유대한민국의 가치관과 정체성의 유산을 계승하는 역할을 한다고 생각한다.

일본의 자객으로 조선의 왕비가 살해되었으며 고종의 독살설로 인해 1919년 3월 독립운동이 촉발되었다. 조선인들을 억압하기 위해 사용한 일본인의 잔인한 방법들과 감시에도 불구하고 이러한 일본의 만행은 외국인들의 목격담에 의해 세계로 알려지기 시작했다. 학살 및 고문에 대한 수많은 증언들은 전 세계인들에게 정의에 대한 깊은 분노심을 불러 일으켰다. 그리하여 한때 한국 기독교도들이 "오 주여, 우리가 어떻게 우리의 이웃을 사랑할 수 있겠습니까?"라고 하였던 기도는 놀라운 일이 아니라고 리튼 보고서에는 적혀있다.

이스라엘인들은 나찌의 유대인 대학살 범죄자들을 끝까지 찾아 재판에 세우는 것은 유사한 범죄를 예방하고자 하기 때문이다. 이러한 범죄를 저지른 사람들이 처벌을 받음으로써 국제사회는 유사한 범죄를 예방하고 미래 세대에게 윤리적 교훈을 제공할 수 있기 때문이다. 그렇다면 우리는 일본이 한국에 저지른 수 많은 범죄자들을 재판에 세우지도 못했고 이에 동조한 이들 또한 제대로 정리하지 못한 휴유증이 아직도 우리 사회에서는 정의보다는 이념적 논리로 좌와 우로 편가르기 하고 있음을 목도한다.

다음은 한국의 상황을 전 세계 뉴스에서 다룬 부분을 인용했던 리첸보고서의 일부 보고서를 한국 국사편찬 위원회자료를 인용해 본다. 우리가 고통 받고 목숨을 던진 이들에게 감사하고 기억해야 할 이유가 바로 여기에 있기 때문이다. 한국에서 일본인의 잔혹함을 묘사하는 기사가 언론에 게재되었던 3월 13일자 북경의 AP통신의 특보에는 특히 다음과 같은 진술이 포함되었다.

"붙잡힌 장로회 신학교의 학생들은 옷이 모두 벗겨진 채로 나무 십자가에 묶여서, 맨발과 알몸으로 그 십자가를 지고 거리를 걷게 되었다. 이들 학생의 선생이 십자가를 지고 가자, 일본인은 스승과 마찬가지로 이들 학생 역시 동일한 특권을 누려야 한다고 말하였다"(『워싱턴 스타』, 1919년 5월 26일).

"일본의 통치에 반발하여 최근 소요가 일어난 한국의 상황은 플러싱(Flushing L., I)의 부인인 롬프리(Lomprey, I., I)에게 한국의 평양에 있던 기독교 학교의 교사인 뉴욕 출신의 그레이스 딜링햄(Grace Dillingham)이 3월 11일에 보낸 서신에서 언급되어 있다. 이 서신은 한국의 여학생들이 전신주에 묶여서 일본 헌병대에 의해서 공개적으로 채찍질을 당하였다고 기술하였다. 투옥된 기독교도들은 십자가에 묶여 발가벗긴 채 구타당하였다. 두 명의 미국인 여성은 일본 군인들에 의해서 구타당했고, 교회는 약탈당하였으며, 성경이 찢겨졌다"(워싱턴 디 씨『이브닝 스타』, 1919년 5월 6일).

"일본정부는 한국의 폭도들에게 아무런 동정심도 없었다. 독립운동에 가담한 것에 대한 처벌은, 이 그림이 보여주고 있듯이, 죽음이다. 이 사진은 희생자가 총살당한 직후에 찍은 것이다. 무릎을 꿇은 뒤 이들은 조잡하게 세워진 십자가에 팔을 벌린 채로 묶였다. 최근 독립을 쟁취하기 위한 한국인들의 시도는 한반도를 휩쓸었다. 수백 군데에서 중요한 봉기가 있었으며, 일본인에 의한 대규모 학살이 보고되었다"(보스턴 『트랜스크립트』, 1919년 5월 15일).

1919년 5월 31일 『리터러리 다이제스트』(Literary Digest)는 다음의 내용을 부연하였다. "한국인들은 아무런 무기를 가지고 있지 않았지만, 군인들은 군중을 향해 발포하였고, 구경꾼을 때려 눕혔으며, 소녀들은 머리채를

잡힌 채 끌려 다녔으며, 노인과 여성들은 걷지 못할 때까지 구타당하였다.

일본 군인들은 이들을 일본 독립 교회로 끌고 가서는, "십자가를 지라고" 말한 뒤, 이들을 십자가 위에 뉘어 놓고 스물아홉 번 구타하였다. 어제 백 명이 투옥되었으며, 차 안의 두 명은 아직 죽지 않았다. 이 같은 잔학 행위를 목격한 한 비기독교도 일본인은 "너무 소름이 끼쳐서 거의 서 있을 수 없었다"라고 말하였다.

일본 신문 '저팬 애드버타이저'는 수많은 잔학 행위에 관한 내용들을 기사화하였다. 우리는 1919년 4월 29일에 실린 장문의 보고서 중 단지 몇 줄만을 인용하고자 한다.

"군인들은 때때로 이른 오후에 마을로 와서 모든 남자 기독교도들을 교회에 모이도록 명령하였다. 우리 징보원에 따르면 삼십 명 정도로 추정되는 사람들이 모였고, 군인들은 이들에게 총격을 가하였으며, 교회 안으로 난입하여 칼과 총칼로 이들을 마무리하였다. 그 다음에 이들 군인은 교회에 불을 질렀다. 하지만 바람의 방향과 교회가 마을의 중앙에 위치해 있었기 때문에 민가로 불이 번지지는 않았기 때문에, 군인들이 이들 민가에 각기 불을 질렀으며, 한참 후에 마을을 떠났다."

훈춘사건은 리튼보고서에서 자주 언급되었다. 하지만 그것은 명백한 이유들로 인해서 실제로 무엇이 일어났는지를 결코 밝히지는 않았다. 일본인이 한국인에 대해 자행한 무섭고 잔혹한 행위들을 눈으로 직접 목격할 수밖에 없었으며, 한국인들과 더불어 살았던 몇몇 영국 선교사들의 증언을 인용하는 것이 더 나을 것이다.

몇 년 동안 일본정부는 간도의 한국인 주민들 가운데서 한국의 민족운동을 분쇄하기 위한 기회를 찾으려 하였다. 도적들의 습격이 훌륭한 구실을 제공하였다. 이 같은 목적을 수행하기 위한 보복 원정대인 군대가 간도로 파견되었다.

이와같이 신문기사로 인용한 나라를 빼앗긴 조선의 독립을 위해 얼마나 많은 사람들이 피를 흘리며 "독립만세"를 불렀는가? 그런 피 흘림위에 다시 세워진 대한민국의 번영은 나라를 위해 피흘리며 기도했던 애국지사들의 희생 덕분이리라.

역대 정권마다 독립유공자와 국가 유공자들에게 포상을 하고 있다. 이러한 포상은 아무리 주어도 아깝지 않음은 애국지사들은 나라를 위해 자신의 삶뿐만 아니라 가족들과 형제들의 삶까지 오롯이 독립운동을 위해 헌신하였던 그들의 자손들은 가난의 대를 이을 수밖에 없었다. 우리는 이들의 헌신이 한국 독립운동의 국경을 넘어간 중요성을 상징한다. 또한 오늘날 대한민국을 바로 세운 디딤돌 역할을 해 준 그들의 이야기를 더 많이 알리고 기억해야 한다고 생각한다. 애국지사기념사업회는 그 역할을 위한 동포사회와 후손들에게 이야기를 전달해 주는 징검다리 역할을 하고 있다고 생각한다.

이국땅에서 애국하는 길

백 경자(기념사업회 이사)

1. 들어가는 글

나는 누구인가? 나의 조국은 대한민국이다. 그러나 필자가 떠나올 당시 60년대의 조국은 내가 이루고자 한 꿈을 이루는 데는 많은 한계가 있던 곳이었다. 그 결과 내가 택했던 캐나다는 이제 필자에게는 조국 못지않게 사랑하는 제 2의 조국이다. 필자는 이십대 초반 젊은 나이에 꿈을 가지고 이 땅을 택해서 나의 뿌리를 옮겨왔다. 그러고 보니 조국의 두 배 반의 세월을 이 땅에서 전문직을 펼치며 소명을 다하고 살아온 셈이다. 그런데 내가 이곳에 와서 조국을 위해서 무엇을 했느냐 하고 나에게 물어온다면 어떤 대답을 할 수 있을까?

나름대로 애국하는 길에는 각 개인의 삶과 역량의 수준에 따라서 할 수 있는 길은 다양하다. 첫째로 조국에 대한 깊은 애정이 있어야 애국하는 길도 많다고 본다. 자신이 조국에 대한 문화를 귀하게 간직하고 홍보하는 것, 둘째로 조국의 성과와 문화를 삶 속에서 이웃에게 알리는 것, 국가가 이룬 세계적인 업적, 국가를 대표하는 상징(한글, 뛰어난 인물에 대한 유네스코 등재 등) 예술과 문화적 요소들이다. 그리고 이곳 캐나다처럼 다문화 국가에서는 애국하는 길은 더 많다고 생각을 해 본다. 애국심은 각자의 방식으로 표현될 수 있으며 이는 개인의 가치관과 경험에 자신의 애국심을 소중히 여기면서 최대의 방법으로 실현시킬 수 있다고 믿기 때문이다. 우리 시대의 애국이란 일제 강점기 시대에 애국지사, 열사들이 자기들의 삶을 모두 바쳐서 나라를 되찾는데 아낌없이 희생하였지만, 지금 우리는 그분들의 생애를 공부하고 글로서 남기고, 그 정신을 가슴에 품고 조금이라도 내 일상에서 내 이웃과 함께 사랑을 나누면서 살아갈 때 그래도 작은 애국의 삶이라고 위로를 해본다.

2. 새 땅에 뿌리를 내리면서

나의 개인적인 삶에서 지금까지 해온 일들이 어떻게 이나라 시민으로서 득이 되고 조금이라도 조국에 애국하는 일이었나 반추해 보는 기회가 되었다. 내가 김포공항을 떠나올 1967년은 조국은 너무나 가난했다. 박 대통령은 가난한 백성들을 굶주리지 않게 하기 위해서 인력을 외국으로 수출하는 길이 산업 발전에 기초를 닦는 것으로 생각하였다. 그래서 만 명이 넘게 독일에 간호사들을 보내고, 9천 명이 넘는 광원들을 파견시켜서 산업 발전의 기초를 만드는데 종자돈을 마련하게 되었다.

그 다음은 월남 파병, 사우디 건설 작업에 수천 명을 파견하고 이렇게 조국의 산업 발전이 시작된 것은 모르는 사람은 없을 것이다.

초창기에는 필자가 개인적으로 할 수 있었던 일이란 직장에서 맡은 일에 최선을 다하는 길이었고 한국 사람은 정직하고 부지런하다는 것을 이 사회에 알린 정도에 불과했다. 그때 필자의 세계는 자신이 일하는 병원이 전부였다. 28년이란 긴 세월 동안 임상 간호에 전념하다가 교포사회에 나오게 된 첫 번째 봉사의 동기는 온타리오 한인 간호사 협회였다. 이 협회는 1978년 처음 창립되었지만, 임원 구성이 제대로 되지 않고 몇몇 사람들만 모이는 곳이었다. 그러다가 1985년 첫 회장 최기선 선생님이 선출되고 임원이 구성되면서 온타리오 한인간호사협회라는 이름으로 공식적으로 탄생하였다. 그리고 서서히 그 모습을 드러내기 시작하였지만, 워낙 그 숫자가 적었기 때문에 활성화에 어려움이 많았다고 본다. 그 당시 대부분의 이민자가 이곳에 정착하면서 시작한 것이 생계를 이어가기에 가장 쉬웠던 방법의 하나인 개인 편의점으로 이어졌기 때문이다. 그러면서 초창기에 동포들의 대부분이 이 사업에 종사하였기에 나와 이웃을 위해서 봉사한다는 것은 거의 불가능한 일이었다. 1991년 7월 한여름에 간호협회 총회가 있었는데 성원을 채우기 위해서 나간 것이 첫 봉사의 시작이었다.

3. 지역사회 봉사활동 시작

어느 무더운 여름날 동포사회에 첫 발걸음을 들여 놓게 되었고, 처음 참석하는 날 회의가 끝난 후 필자는 부회장이란 생각지도 않은 타이틀을 안고 집에 왔는데 정말 황당한 일이 생긴 것이었다. 그리고 그 다음해에 어쩔 수없이 회장직을 수행하면서 같이 함께 일한 그 동료들은 필자의 손과 발이 되어서 헌신적인 협조를 아끼지 않았기에, 필자는 일년동안 생각지도 못한 지금의 간호협회를 만드는 기초 작업을 할 수가 있었다. 그 때 일년동안 그 직분을 맡은 기간동안 나온 책이 영어와 한글로 만들어진 '진료의 길잡이 Clincal Guide'란 주제로 78페이지의 소 책자이고, 이후 6개월동안은 한국과 독일에서 온 흩어져 있는 간호사들을 찾아서 만든 주소록이 처음으로 등장했다. 그 때에 그 시간은 필자에게 수많은 밤을 지새워가면서, 직장을 결근하면서 이 일을 내 임기동안 성공적으로 다 마칠 수 있었다. 그 과정을 지켜봐 주고 물심양면으로 함께 밤을 새가면서 책의 주제를 만들어준 고인이 된 남편과 편집을 맡아서 교정을 해준 딸의 희생이 없었더라면 그 책이 동포들의 손에 닿을 수 있었을까?

진료의 길잡이가 토론토에 있는 Kim's Printing에서 1호로 출판되고 이곳에서 언어가 불편한 우리 한국분들에게 자식보다 더 효자 역할을 해 준 그 책은 필자의 캐나다 온타리오 간호협회 첫 봉사의 귀한 산물이다. 한국일보에서 이 책을 5회나

재 출판을 권유하게 되어서 그 결과 많은 금전적 도움을 간호협회에 안겨주었다. 그 책이 이곳 한국 이민자들과 노인들에게 엄청난 혜택을 주었음을 인정받고, 토론토 한국일보 김 명규 회장님의 추천으로 온타리오 간호협회가 한인상까지 수상하게 되었음을 이제야 고백함을 기쁨으로 생각한다. 그 결과 필자는 또 대한 간호협회 80주년 기념식에 이곳 토론토 대학 객원 교수로 온 닥터 김의 추천으로 2003년도에 '외국에서 조국을 빛낸 간호사'로 귀한 상까지 수상하게 되었음을 삶에 보람으로 생각하며 살아간다.

애국하는 일이 어디 정해진 행로가 있을까? 자국민을 위해서 조국을 위해서 보람된 일을 하게 됨은 작은 일이지만, 이곳 사람들에게 알리는 기회가 되고 병원에 가서 손가락만 움직여서도 의료인들과 자신의 문제를 소통할 수 있게 만들어진 진료의 길잡이는 시니어들에게 지금까지 사랑받는 귀한 책자로 머문다. 그리고 1995년부터 캐나다 한인 여성회의 이사로 영입되면서 지금까지 작은 일에 협조하면서 함께 일해옴은 필자의 지난 시간이 헛되지 않게 삶에 기쁨을 안겨주고 새로 정착하는 새 이민자들에게 많은 힘이 되는 것이 이민 일세로서 가슴 뿌듯하게 만드는 내 삶의 한 발자취로 남는다.

4. 세인트 마이클 병원 여성건강센터에서

1995년 필자가 임상에서 토론토 의대 대학병원 세인트 마이클 여성 건강센터 외래로 옮겨와서 한국 임산부 클리닉을 만드는 작업을 하게 되었다. 그 임산부들을 전문으로 돌보고 있을 때 일이다. 이곳에 찾아오는 한국 임산부들은 영어가 어려운 사람들이 대부분이었다. 그래서 고심한 끝에 임산부들이 필요한 영문안내서 20종이 넘는 것을 한국어로 번역하기로 마음을 먹고 그 일을 시작하였다. 2년 후에 모든 안내서가 모두 한국말로 번역되어 그곳 환자 안내서 진열장에 얼굴을 선보였다. 수 개국의 언어를 쓰는 다민족 임산부들이 와서 치료를 받고 아기를 출산하는 곳이지만 영어, 한국어는 당당히 세인트 마이클 병원 로고가 표시된 안내서로 등장함은 필자의 결심의 산물이었다. 지금 생각하면 처음으로 엄마가 되는 사람들에게 필자가 무지한 상태에서 부모가 된 것에 깊은 후회를 이들에게는 주고 싶지 않았기에 한일이었지만 지난날 내 삶의 발자취를 남긴 기쁨을 준 작은 일들이었다.

반세기가 지난 지금은 필자가 이민 온 시대하고 너무나 급변한 시대를 맞이했다. 지금은 한국을 모르는 사람이 없다. 심지어는 아프리카의 한나라에서는 한국어를 자기들의 국어로 하겠다는 요청을 받았다고 신문에서 읽은 기억이 있다. 그 이유는 세계 각처 오지에서 종교적인 목적으로 무수한 사람들이 선교를 통해서, 무엇보다도 아프리카 톤즈에서 잘 알려진 고인 이태석 신부님, 올림픽 신화를 가져다 준 피겨스케이팅 김연아 선수, 축구로, 골프에 일등을 달리는 수많은 한국 남녀 선수들, 야구에 토론토 블루제이의 류현진 선수 외, 최근 영화계에 아카데미상을 미국에서 수상한 감독들과 배우들, 세계를 휩쓰는 한류 풍, BTS 영 그룹들, 모든 분야에 일위를 달리는 조국을 빛내는 애국지사들의 후예들의 얼굴들, 헤아릴 수 없이 많은 인재들이 국력을 강하게 만들어주는 인물들이다. 또 삼성의 디지털은 일본을 앞서고 세계속에 우뚝 섰다, 세계 3위를 꼽는 해양 선박 기술 등 너무나 많아서 헤아릴 수가 없을 만큼 한국은 이제 세계 정상에 우뚝 솟은 제일 국가로서 경제에도 엄청난 국력을 보여주고 있다. 애국지사들의 영혼들이 조국을 알리는 최고의 홍보대사들을 볼 때 얼마나 기뻐하실까? 하는 생각도 해본다.

무엇보다도, 몇 년의 세월이 지난 후 2010년 3월 15일 이곳 한국일보 도산 홀에서 애국지사기념사업회가 발족한다는 기사를 보고 이곳은 당연히 참석해야 한다고 남편은 아내인 나에게 약간의 강제 참석을 요구했다. 필자는 그 후로 지금까지 일제 강점기에 애국하신 분들을 한 분 한 분 찾아서 공부하고 책을 펴는 일에 그분들의 혼을 기리면서 오랜 세월 동참해 오고 있다. 숨겨진 분들을 찾아가는 일, 그분들의 삶이 어떠했는지, 어떻게 나라를 되찾기 위해서 교통수단이 없던 시절 수억 만리 이국땅에서, 전쟁터에서, 두려움을 무릅쓰고 목숨을 다 바쳐서 조국을 되찾는 일을 위해서 일생을 불사르고 떠나가셨는지를 알아가는 긴 시간은 필자에게는 참으로 의미 있고 보람된 시간이었다고 확신한다.

그리고 나의 은퇴가 시작되고 찾아온 또 다른 교포사회와 함께하는 일에 동참하고 있다. 2020년에 온타리오 공인 노인대학이 창립할 때 우연히 참석의 권유를 받은 것이 시작되어서 지금까지 노인들을 위한 건강 이야기와 삶을 나누는 시간으로 채워지는 나의 하루는 기쁨을 주는 곳이다. 작은 봉사라 할지라도 일제 강점기, 6.25 전쟁을 경험하신 분들과 외로운 노인들과 같이 세계 역사를 공부하고 외국에서 애국할 수 있는 길을 배우고 함께 나눌 수 있음에 무한한 감사 속에 하루를 시작한다.

5. 일상에서 작은 홍보 대사되기

현재 이곳 토론토에는 한국인들이 중국인들에 비해서 인구가 1/10이라 하지만 이곳에서 사는 한국인들의 열정만큼은 그들의 10배가 넘게 매사에 활동적으로 살아간다. 필자도 이곳에서 기회만 있으면 우리 문화, 음식, 도덕을 1.5세 2세 아이들에게 가르치고 이곳 이웃에게 전해주면서 우리 민족이 얼마나 우수한 국민이라는 것을 필자의 아이들에게도 알려준다. 이런 일들을 해 나가는 곳이 또 우리들의 정체성을 대표하는 토론토 한인회가 수없이 만들어내는 연례행사들이라 해도 과언이 아니다.

필자는 46년이란 세월을 집이란 환경에서 삶을 일구었다. 그런데 그 삶을 포기해야 할 시기가 어느 날 우리에게 닥쳐왔다. 그래서 선택 없이 7년 전에 다민족이 사는 이곳 콘도에 이사를 온 후 첫 성탄절을 맞이하게 되었다. 나름대로 이곳 유대인들과 다민족들에게 한국인의 전통을 알리는 일을 하고 싶은 생각에 홍보대사가 되기로 마음먹었다. 그래서 콘도에 거주하는 몇몇 한국인들에게 설에 대표적인 우리의 전통 음식 준비에 협조를 구한 후에, 아들의 도움으로 파워포인트를 만들어서 약 30분 정도 설명을 하였는데 그날 약 20명의 다민족이 참석을 하였다. 음력설에 제일 우선으로 하는 일은 부모에게 드리는 예의범절, 감사와 존경의 표시로 새해 첫날에 부모에게 감사의 절을 하는 것을 보여주었다. 그에 부모님들은 자식, 손자들에게 기쁨으로 약간의 사랑의 보답을 하고, 한국 전통 옷을 입고, 윷놀이, 그네 타기, 송편을 먹고 하는 이런 풍습들을 컬러 영상으로 보여주고 설명이 끝난 후에 설날의 전통음식을 그들과 나누어 먹었다.

모두가 즐기는 밤이어서 한층 더 나 자신도 한국의 전통을 되새기는 기회가 되었고, 오랜만에 조국의 정서를 가슴으로 느껴보는 시간이었다. 또 한복의 우아함도 선보이는 밤이었으니…. 그런 일이 있고 난 뒤 이곳의 사람들이 필자를 대하는 태도가 달라지기 시작했다. 그 일로 긴 세월에도 그렇게 가까워질 수 없는 장벽을 무너트리고 편한 관계를 형성할 수 있었음은 그날밤의 필자의 작은 행사의 결과가 아닐는지. 이렇게 우리는 자기가 있는 곳에서 자기의 정체성을 알리고 그것이 가져다 주는 결과가 얼마나 큰지. 사람의 관계가 자연스럽게 편해지는 것은 물론이고 나의 조국에 문화와 전통을 알림으로써 타 민족들이 잘 알지 못한 조국에 대한 관심을 일깨워주고, 유대 관계를 형성하게 됨을 보게 되었고, 더불어 조국에 대한 관심도를 높이고 방문까지 하고픈 생각을 하게 한 기회가 되었다.

6. 타민족들의 애국심을 보면서

필자가 사는 이곳 콘도에서 가끔 놀라게 하는 일은 다민족들이 살고 있지만 유대인들이 가진 특이한 삶의 태도이다. 그들은 자기들의 역사 개념과 뿌리에 엄청난 자존심을 갖고 살아가는 민족들이다. 매달 일어나는 그들 만이 갖는 축제는 과거 수천 년 전에 그들이 겪은 뼈아픈 역사를 잊지 않고 게시판에 붙이고 모두에게 알린다. 매 일상에서 자라나는 아이들에게 그들만이 가진 성경 같은 토라를 가르쳐서 결코 그런 일들을 가슴속에 간직하고 살아가는 민족이라는 것을 보게 된다. 그들의 우수함을 보면서 또 다른 차원의 애국하는 방법을 보게 된다. 그래서 이번 이스라엘 하마스 전쟁이 10월 7일에 일어났을 때 세계 각처에서 36만 명이란 남녀 예비군들에게 총동원령이 내렸다. 전쟁 소식에 귀국을 결심한 이들이 조금도 주저하지 않고 조국으로 달려가는 모습이 세상 사람들에게 깊은 감동을 주었다. 하나님께 선택받은 민족이라는 자부심 때문일까? 그럼 우리는 지금부터 어떤 일을 해야 진정 애국하는 일인지 더 많은 생각에 잠긴다. 내가 사는 나라에 법을 준수하고 선을 행하는 좋은 시민이 되는 일, 이웃을 사랑하는 일, 공동체에 적극적으로 동참하는 일, 많은 세월 자기 삶에 몰입해서 잊고 지나온 조국의 국경일에 적극적으로 참여하는 것을 의식적으로 실행하는 것이 아닐지 생각을 해 본다.

마지막으로 애국할 수 있는 일은 조국의 역사를 자녀들에게 가르치는 일이다. 그리고 위대한 우리 한글과 말을 잊지 않도록 가르쳐 주는 일, 또 어떻게 수백 명의 애국지사들이 36년간의 일제 강점기를 자기 목숨과 가진 것을 다 바쳐서 국내, 해외에서 일편단심으로 싸웠는지를, 가족과 함께 나누는 시간을 자주 가져서 아이들이 관심을 갖도록 이끄는 일이다. 이곳에서 사는 우리는 참으로 어느 도시에 사는 사람보다 더 복되다고 생각하는 것은 애국지사기념사업회가 우리와 한 도시에 존재하고 있기에 더 많은 정보의 혜택과 기회를 가질 수 있다. 이 기념사업회에서 매년 실시하는 독후감 공모 글 쓰기, 출판기념 행사에도 적극적으로 자녀들이 참여하고자 하는 마음을 갖도록 도와준다. 이런 일깨움이 후세에 대대손손 자녀들에게도 전수되면서 자기의 뿌리를 잊지 않고, 길이길이 이어 나갈 수 있기를 진심으로 바라는 마음에서 필자가 지나온 삶을 되돌아보게 하는 기회가 되었음에 깊이 감사드리면서.

애국지사기념사업회의
전망

손 정숙(기념사업회 이사)

한 단체는 단체장의 인품을 반영한다고 한다. 그러나 한 단체의 존폐와 흥망성쇠는 실제로 활약하는 인사(이사)들의 성품과 능력에 의해 결정된다고 할 수 있다. 단체장의 의견에 동조하여 함께 동고동락, 중흥 발전시키는데 열정, 때로는 자신의 전부를 투자할 수 있을 만큼 열성적이고 희생적인 인사들이 모여든다면 그 단체의 앞길은 탄탄대로라고 해도 과언이 아닐 것이다.

김대억 회장님은 외국어 대학 영문과를 졸업한 후 다시 목회학을 전공하셨다. 목사로 미국 버팔로(Buffalo NY) 현지 교회에서 목회하여 영어 구사에 능통하시다. 사업 전망에 대한 예리한 판단력과 성취를 위한 추진력이 있으며 쉼없이 분출하는 정력과 진취력도 겸비하고 계시다. 한마디로 사업의 전망과 추진력과 박진감이 있어 애국지사기념사업회는 항상 움직이는 생명체처럼 활력이 있다. 따라서 주위에 보필하고 돕는 이사들의 면면은 이미 자신들의 전문 분야에서 확고한 두각을 나타내고 타인의 존경을 받는 유능한 분들이다.

특별한 만남: 애국지사기념사업회 이사진 합류

애국지사기념사업회 이사로 합류하게 된 것은 특별한 만남에 의해서였다. 1950년도 후반, 고황경 박사는 당시 허허벌판 같은 넓은 땅, 공릉동(태릉, 현. 노원구 화랑로)에 자신의 이상대로 아주 특수한 '서울여자대학'을 창립하였다. 전교생이 입학과 동시에 생활관에 입소하여야 하는 국내로서는 최초의 기숙여자대학이었다. 24시간 공동생활을 하면서 심신을 단련하며 지육 덕육 체육을 지향하는 실생활 크리스천 대학으로 여성 교육 특히 농촌 여성 교육에 중점을 두었다. 아침 6시 기상하고 8시에 채플 예배로 하루를 시작하여 밤 10시에 소등하고 잠자리에 드는 일정표였다. 고황경 박사는 미국 유학, 사회학 박사로 거의 모든 강사와 스텝을 자기 뜻대로 엘리트들로 채용하였다.

학생은 네 명, 스탭은 2명씩으로 김대은 건강, 위생 담당님과 4년간 한방을 쓰게 되었다. 이대 간호학과 졸업인 김선생님은 황해도가 고향으로 해방 후 월남하였고 아버님(김선량)이 해방촌 장로였으며 이북오도청 황해도 도지사였다. 특별케이스로 미국 시민 노부부가 방하나를 차지하고 계셨다. 미국여성과 결혼한 김주황씨와 『나는 코리언의 아내』 책을 펴낸 '아그네스 킴' 부부였다. 부지런하여 돼지, 칠면조를 직접 사육하면서 학생들을 지도하였다.

흥사단 이야기를 처음 듣게 된 것은 김주황씨 부부와 고황경 박사와 김선생님 사이에 교환하는 대화에서였다. 민족의 교육을 위하여 헌신하는 안창호 선생님의 뜻에 동조하는 인사들의 모임인 것으로 어렴풋이 이해하였었다.(주: 김선량장로가 1946년에 선임된 흥사단 국내위원부의 재무원이었다는 사실을 알게 된 것은 최근의 일이다.)

그로부터 수십 년이 지난 어느날, 토론토의 한 모임에서 김대억 회장님을 만났다. 이야기 끝에 캐보니 김대은 선생의 사촌 동생이라고 밝혀진 것이다. 애국지사기념사업회에 대하여 깊이 알지는 못하였으나 가장 적합한 사업에 적임자로 임명되었다고 생각되었다. 도움이 필요하다는 말씀에 서슴없이 이사로 합류하였다. 이사 활동을 하면서 차츰 애국지사기념사업회가 지향하는 취지와 목표를 배우며 이해하게 되었고 중요성을 바로 깨닫게 된 것이다.

애국지사기념사업

애국지사기념사업회의 설립 목적은 애국지사들의 애국심을 동포들에게 알리고 본 사업회의 중요성을 인식시킴으로써 애국, 특히 재외 동포들이 다민족 사회에서 한국인이라는 정체성과 그 우월성을 후손들은 물론 주위의 이민족들에게도 체계적으로 알린다는 데 중요한 의미가 있다고 할 수 있다.

목적이 좋다고 해서 모든 사업이 다 성공하는 것은 아닐 것이다. 장래 희망에 대한 청사진이 결여된 단명한 사업은 노력과 정력의 낭비일 뿐이다. 이사장을 중심으로 전이사들은 사업의 계획과 실천을 위해 전력을 다한다. 결정된 사업을 진작시키기 위해 책자, 문헌, 사진, 기타 자료를 수집하고 있다. 김구, 안중근, 안창호, 윤봉길, 이봉창, 유관순 등을 비롯하여 열세 분의 초상화를 제작하여 동포사회에 헌정하고 한인회관에 전시하였다.

대한민국의 광복을 위하여 목숨을 바친 애국지사들에 관한 책 『애국지사들의 이야기』를 이미 7권을 발간하였고 계속하여 책의 출간을 할 계획이다. 해마다 한글학교 어린이 대상으로 애국에 대한 글짓기 대회를 열어 어린이들의 애국심을 북돋우며 동시에 우리글로 글짓기를 하는 능력 배양에도 힘쓰고 있다. 어른들을 대상으로 해마다 애국심에 관한 문예 공모를 하여 시상함으로 일반인들의 애국심을 고취하는 촉매 역할을 하고 있다. 8.15 광복 기념일에는 온 교민에게 애국선열들의 행적을 담은 영상을 제작하여 보여주며 자유민주 공화국 대한민국의 독립을 위하여 목숨을 바치고 투쟁한 선열들의 업적을 기리는 기념행사를 하고 있다.

사업회의 전망

후손들을 위한 애국지사들의 이야기 영문 책 출간과 번역 사업, 후세들의 애국과 애국심 증진을 위한 교육사업, 행사 등을 체계적으로 펼쳐나갈 것이다.

애국지사들의 활동에 대한 정확하고 체계적인 행적기록과 동시에 당시 애국지사들이 몸담았던 단체의 존폐를 상세하게 알 수 있는 연혁과 자료 구비, 그 확장에 주력하여야 할 것이다. 시

일이 지남에 따라 당시의 증인들은 사라져가고 역사적 사실이 기억에서 멀어져 가는 틈을 타 선친들의 명예 회복을 위하여 총력을 집중한 후손들은 재력과 시간을 투자함은 물론 교포사회에 파고들어 엄연한 역사적 사실을 호도(속임수로 애매하게 덮어 버림)하거나 한 때의 행적을 과대 선전하여 독립투사인양 미화시키는 것이다

1913년 도산 안창호 선생님은 미국 샌프란시스코에 대한민국민회를 설립하고 신한일보를 창간하였으며 가장 중대한 일로 흥사단을 조직하였다. 흥사단은 한국에 세웠던 청년학우회의 취지와 목표를 체계화한 단체였다. 광복 후 1946년 국내 위원부를 조직하고 1948년 본부를 국내로 이전하였다. 밝히 설명하면 국내에서 설립되었다가 미국으로, 다시 한국 국내로 돌아온 단체이다. 1969년 문교부에서 사단법인으로 승인되어 오늘에 이르고 있다. 청년학우회의 설립에 참여한 인사가 모두 흥사단설립에 참여하지는 않았다는 사실을 기록에서 유추할 수 있다.

도산 안창호 선생님은 미국에서 이 조직을 부활시킨 이유에 대해 다음과 같이 말씀하셨다. "국내에선 모든 것이 일제의 통제하에 있는 까닭에 오히려 해외동포들이 국권회복을 위한 제반활동을 더 효과적으로 전개할 수 있다고 믿는 때문이라"고 하였다.(애국지사들의 이야기·1, 도산 안창호 선생 편, 김대억)

명예 회복을 위한 총력 집중을 해외에서 벌이는 것도 그런 연유일 것이다. 따라서 캐나다 애국지사기념사업회가 할 일도 같은 맥락에서 취해져야 할 것이다.

애국지사기념사업회는 이런 면에서 오히려 여러 장점을 가지고 있다. 그중에서도 큰 장점은 캐나다에 위치해 있으므로 북미주에서 활동한 그 시대의 기록을 지리적으로나 문헌적으로 더욱 쉽고 다양하게, 정확하게 검증하고 얻을 수 있다는 것이다. 영어에 능통한 인적자원에 이르러서는 더 이상 말 할 필요도 없이 풍부하고 넘친다.

애국지사기념사업회가 이루려는 사업의 청사진은 누구라도 쉽게 동조할 수 있는 나의 사업이고 한국인으로서의 자부심 넘치는 사업이며 대한민국의 국위를 선양하는 사업이라 생각한다. 이 사업이 결코 개인적인 일시적 사업이 아닌 국가적이고 영구적인 중대 사업임을 거듭 강조하는 바이다. 젊고 유능한 인재들이 이사로 합류하여 힘차게 사업회가 앞으로 진취하여 계획하는 모든 사업을 다 이룰 수 있기를 간절히 소망하는 바이다. 애국지사들이 있으므로 우리가 오늘의 국가적, 인간적 위엄을 누릴 수 있음에 애국지사님들께 다시 머리숙여 감사를 드린다. 작은 능력이라도 헌신할 수 있도록 기회를 주신 김대억 회장님께 깊이 감사드린다.

애국지사기념사업회(캐나다) 약사 및 사업실적

▲ 2010년

- 3월 15일 한국일보 내 도산 홀에서 50여명의 발기위원들이 참석한 가운데 창립. 초 대회장에 김대억 목사를 선출하고 고문으로 이상철 목사, 유재신 목사, 이재락 박 사, 윤택순 박사, 구상회 박사 등 다섯 분을 위촉했다.

- 8월 15일 토론토한인회관에서 거행된 제 65회 광복절 기념식에서 김구 선생(신재 진 화백), 안창호 선생(김 제시카 화백), 안중근 의사(김길수 화백), 등 세분 애국지 사의 초상화를 동포사회에 헌정하다.

- 애국지사기념사업의 필요성과 중요성을 동포들에게 인식시킴과 동시에 애국지사들 에 관한 책자, 문헌, 사진과 기타자료를 수집하다.

▲ 2011년

- 2월 25일 기념사업회가 계획한 사업들을 추진할 자금을 확보하기 위한 모금만찬을 개최하고 $8,000,00을 모금하다.

- 8월 15일 토론토 한인회관에서 거행된 제 66회 광복절 기념식에서 윤봉길 의사(이 재숙 화백), 이봉창 의사(곽석근 화백), 유관순 열사(김기방 화백) 등 세분 애국지사 의 초상화를 동포사회에 헌정하다

- 11월 캐나다에 거주하는 모든 동포들을 대상으로 애국지사들에 관한 문예작품을 공 모하여 5편을 입상작으로 선정 시상하다. / 시부문 : 조국이여 기억하라(장봉진), 자

화상(황금태), 기둥 하나 세우다(정새회), 산문 : 선택과 변화(한기옥), 백범과 모세 그리고 한류문화(이준호), 목숨이 하나밖에 없는 것이 유일한 슬픔(백경자)

▲ 2012년
- 3월에 완성된 여섯 분의 애국지사 초상화와 그간 수집한 애국지사들에 관한 책자, 문헌, 사진, 참고자료 등을 모아 보관하고 전시할 애국지사기념실을 마련하기로 결의하고 준비에 들어가다.
- 애국지사들에 관한 지식이 없는 학생들이나 그 분들이 조국을 위해 목숨까지 바친 애국정신에 별다른 관심이 없는 동포들에게 애국지사들이 국가와 민족을 위해 무엇을 희생했는가를 알리기 위해 제반 노력을 경주한다.
- 12월 18일에 기념사업회 이사회를 조직하다.
- 12월에 캐나다에 거주하는 모든 동포들을 대상으로 애국지사들에 관한 문예작품을 공모 1편의 우수작과 6편의 입상작을 선정 시상하다.
우수작 : (산문)각족사와 국사는 다르지 않다.(홍순정) / 시 : 애국지사의 마음(이신실)/ 산문 : 역사를 잊은 민족에게 미래는 없다.(정낙인), 애국지사들은 자신의 목숨까지 모든 것을 다 바쳤다(활규호), 애국지사(김미셀), 애국지사(우정회), 애국지사(이상혁)

▲ 2013년
- 1월 25일 이사회를 개최하여 해당년도 사업계획과 예산안을 확정하다.
- 2013년, 해당년도 사업을 추진하는데 필요한 자금을 확보하기 위한 모금만찬을 개최하고 $6,000,00을 모금하다.
- 8월 15일 토론토 한인회관에서 거행된 제68회 광복절 기념식에서 이준 열사, 김좌진 장군, 이범석 장군 등 세 분 애국지사의 초상화를 동포사회에 헌정하다.
- 10월 애국지사들을 소재로 문예작품을 공모 우수작 1편과 입상작 6편을 선정 시상하다.
- 11월 23일 토론토 영락문화학교에서 애국지사기념사업의 중요성과 필요성에 관해 강연하다.
- 12월 7일 한인회관에서 거행된 '차세대 문화유산의 날' 행사에서 토론토지역 전 한글학교학생들을 대상으로 "우리민족을 빛낸 사람들"이란 제목으로 강연하다.

▲ 2014년
- 1월 10일 이사회를 개최하고 해당년도 사업계획과 예산안을 확정하다.
- 3월 14일 기념사업회 운영을 위한 모금을 확보하기 위한 모금만찬회를 개최하고 $5,500,00을 모금하다.
- 8월 15일 토론토 한인회관에서 거행된 제 69회 광복절행사에서 손병희 선생, 이청천 장군, 강우규 의사 등 세분 애국지사의 초상화를 동포사회에 헌정하다.
- 10월 애국지사 열여덟 분의 생애와 업적을 수록한 책자 〈애국지사들의 이야기·1〉을 발간하다.

▲ 2015년
- 2월 7일 한국일보 도산홀에서 〈애국지사들의 이야기·1〉 출판기념회를 하다.
- 8월 4일 G. Lord Gross Park에서 임시 이사회 겸 친목회를 실시하다.
- 8월 6일 제 5회 문예작품 공모 응모작품을 심사하고 장원 1, 우수작 1, 가작 3편을 선정하다.
   장원 : 애국지사인 나의 할아버지의 삶(김석광)
   우수작 : 백범 김구와 나의소원(윤종호)
   가작 : 우리들의 영웅들(김종섭), 나대는 친일후손들에게(이은세), 태극기단상(박성원)
- 8월 15일 한인회관에서 거행된 제 70주년 광복절기념식장에서 김창숙 선생(곽석근 화백), 조만식 선생, 스코필드 박사(신재진 화백) 등 세분 애국지사의 초상화를 동포사회에 헌정하다. 이어서 문예작품공모 입상자 5명을 시상하다.

▲ 2016년
- 1월 28일 이사회를 개최하고 해당년도의 사업계획과 예산안을 확정하다.
- 8월 3일 사업회 야외이사회를 개최하고 이사 상호간의 친목을 다지다.
- 8월 15일 거행된 제 71주년 광복절 기념식에서 이시영 선생, 한용운 선생등 두 분 애국지사의 초상화를 동포사회에 헌정하다. 또한 사업회가 제작한 동영상 '우리의 위대한유산대한민국'을 절찬리에 상영하다. 이어 문예작품공모 입상자5명에게 시상하다.
   최우수작 : 이은세 / 우수작 : 강진화 / 입상 : 신순호, 박성수, 이인표

- 8월 15일 사업회 운영에 대한 임원회를 개최하다.

▲ 2017년
- 1월 12일 정기 이사회를 개최하고 사업계획 및 예산안을 확정하다.
- 8월 12일 사업회 야외이사회를 개최하고 이사 상호간의 친목을 다지다.
- 9월 11일 한국일보사에서 제7회 문예작품 공모 입상자 시상식을 실시하다.
    장원 : 내 마음 속의 어른 님 벗님(장인영)
    우수작 : 외할머니의 6.10만세 운동(유로사)
    입상 : 김구선생과 아버지(이은주), 도산 안창호 선생의 삶과 이민사회(양중규 / 독
    후감 : 애국지사들의 이야기 1(노기만)
- 3월 7일, 5월 3일 5월 31일, 7월 12일, 8월 6일, 9월 21일, 11월 8일 12월 3일2
    일. 임원회를 개최하다.
- 2017년 8월 5일: 애국지사들을 소재로 한 문예작품 공모작품을 심사하다.
    일반부 | 최우수작: 김윤배 "생활속의 나라사랑"
    우수작 : 김혜준 "이제는 대한민국 만세를 부르자"
    입상 : 임강식 "게일과 코리안 아메리칸", 임혜숙 "대한의 영웅들",
    이몽옥 "외할아버지와 엄마 그리고 나의 유랑기",
    김정선 "73번 째 돌아오는 광복절을 맞으며", 임혜숙 "대한의 영웅들"
    학생부 | 최우수작: 하태은 하태연 남매 "안창호 선생"
    우수작 : 김한준 "삼일 만세 운동"
    입상 : 박선희 "대한독립 만세", 송민준 "유관순"
    특별상 : 필 한글학교
- 12월 27일 정기 이사회를 개최하다.

▲ 2018년
- 5월 30일 〈애국지사들의 이야기·2〉 발간하다.
- 8월 15일 73주년 광복절 기념행사를 토론토한인회관에서 개최하다. 동 행사에서
    문예작품공모 입상자 시상식을 개최하다.
- 11일 G. Ross Gross Park에서 사업회 이사회 겸 야유회를 개최하다.
- 9월 29일 Port Erie에서 한국전 참전용사 위로행사를 갖다.

▲ 2019년

- 3월 1~2일 한인회관과 North York시청에서 토론토한인회와 공동으로 3.1절 및 대한민국임시정부 수립 100주년 기념식을 개최하다.

- 1월 24일 정기이사회를 개최하다.

- 3월 1일 한인회관에서 토론토한인회등과 공동으로 3.1절 100주년 기념행사를 개최하다.

- 6월 5일 〈애국지사들의 이야기·3〉호 필진 최종모임을 갖다.

- 6월 20일 〈애국지사들의 이야기·3〉호 발행하다.

- 8월 8일: 한인회관에서 〈애국지사들의 이야기·3〉호 출판기념회를 갖다.

- 8월 15일: 한인회관에서 73회 광복절 기념행사를 개최하다. 동 행사에서 동영상 "광복의 의미" 상연, 애국지사 초상화 설명회, 문예작품 입상자 시상식을 개최하다.

- 10월 25일 회보 1호를 발행하다. 이후 본 회보는 한인뉴스 부동산 캐나다에 전면 칼라로 매월 넷째 금요일에 발행해오고 있다.

▲ 2020년

- 1월 15일: 정기 이사회

- 4월 20일: 〈애국지사들의 이야기·4〉호 필진 모임

- 6월 15일: 〈애국지사들의 이야기·4〉 발간

- 8월 13일: 〈애국지사들의 이야기·4〉호 출판기념회 & 보훈문예작품공모전 일반부 수상자 시상

- 8월 15일: 74회 광복절 기념행사(한인회관)

- 9월 26일: 보훈문예작품공모전 학생부 수상자 시상

- 1월 ~ 12월까지 회보 발행 (매달 마지막 금요일자 한인뉴스에 게재)

▲ 2021년

- 2월 1일: 〈애국지사들의 이야기·5〉호 필진 확정

- 4월 30일: 〈애국지사들의 이야기·5〉호 발간

- 7월 8일: 이사모임 (COVID-19 정부제재 완화로 모임을 갖고 본 사업회 발전에 대해 논의.)

- 8월 12일: 〈애국지사들의 이야기·6〉호 출판기념회(서울관).

- 8월 14일: 보훈문예작품공모전 수상자 시상(74주년 광복절 기념행사장(한인회관) :

  일반부– 우수상 장성혜 / 준우수상 이남수, 최민정 등 3명

  학생부 – 우수상 신서용, 이현중, / 준우수상 왕명이, 홍한희, 손지후 등 5명
- 9월 28일: 2021년도 사업실적평가이사회.(서울관)
- 1 ~ 12월: 매월 회보를 발행하여 한인뉴스에 게재(2021년 12월 현재 27호 발행)

▲ 2022년
- 4월 25일 〈애국지사들의 이야기·6〉 발간
- 8월 11일 〈애국지사들의 이야기·6〉 출판기념회
- 8월 15일 광복절 기념행사 주관 및 문예작품 입상자 수상식

  일반부: 우수작: 윤용재 / 준우수작: 임승빈
- 9월 14일 금년도 사업실적 평가를 위한 이사모임

▲ 2023년
- 2월 1일: 2023년 이사회 개최
- 3월 1일: 삼일절 기념행사
- 5월 30일: 〈애국지사들의 이야기·7〉 발간
- 8월 12일: 〈애국지사들의 이야기·7〉 출판기념회
- 8월 15일: 광복절 기념행사, 문예작품 공모전 입상자 시상식 (한인회관에서)
- 10월 30일: 〈애국지사들의 이야기·8〉 발간을 위한 편집위원회 구성

  편집위원: 김정만, 박정순, 백경자
- 11월 1일: 애국지사기념사업회 2023년 사업실적 평가와

  2024년 사업계획을 위한 이사회 개최

● 매월 셋째 금요일에 한인뉴스 부동산 캐나다에 본 사업회 회보를 게재함

애국지사기념사업회(캐나다)
동참 및 후원 안내

후원하시는 방법/HOW TO SUPPORT US

Payable to Canadian Association For Honouring Korean Patriots로 수표를 쓰셔서

Canadian Association For Honouring Korean Patriots 1004-80 Antibes Drive Toronto. Ontario. M2R 3N5로 보내시면 됩니다.

사업회 동참하기 / HOW TO JOINS

애국지사기념사업회(캐나다)에 관심 있으신 분은 남녀노소 연령에 관계없이 누구나 회원으로 가입하실 수 있습니다.

회비는 1인 년 $20입니다.(가족이 모두 가입하실 수도 있습니다.)

회원가입을 원하시는 분은 (416) 661-6229나

E-mail : dekim19@hotmail.com으로 연락주시기 바랍니다.

『애국지사들의 이야기·1~8호』
독후감 공모

『애국지사들의 이야기·1~8호』에는 우리나라의 독립을 위해 신명을 바치신 애국지사들의 이야기가 수록되어 있습니다. 이분들의 이야기를 읽고 난 독후감을 공모합니다.

● 대상 애국지사
　　본회에서 발행한 애국지사들의 이야기·1~8호에 수록된 애국지사들 중에서 선택

● 주제
　　1. 조국의 국권회복을 위해 희생, 또는 공헌하신 애국지사들의 숭고한 나라사랑을
　　　　기리고자 하는 내용.
　　2. 2세들에게 모국사랑정신을 일깨우고, 생활 속에 애국지사들의 공훈에 보답하는
　　　　문화가 뿌리내려 모국발전의 원동력으로 견인하는 내용.

● 공모대상
　　캐나다에 살고 있는 전 동포(초등부, 학생부, 일반부)

● 응모편수 및 분량
　　편수에는 제한이 없으나 분량은 A$용지 2~3장 내외(약간 초과할 수 있음)

● 작품제출처 및 접수기간
　　접수기간 : **2024년 4월 1일부터 2024년 7월 30일**
　　제출처 : anadian Association For Honouring Korean Patriots
　　　　　　 1004-80 Antibes Drive Toronto. Ontario. M2R 3N5
　　E-mail : **dekim19@hotmail.com**

● 시상내역 : 최우수상 / 우수상 / 장려상 = 상금 및 상장

● 당선자 발표 및 시상 : 언론방송을 통해 발표

본회발행 『애국지사들의 이야기 1~7호』에 게재된 애국지사와 필진

▶ 애국지사들의 이야기 1호

	수록 애국지사	필자
1	민족의 스승 백범 김 구 선생	
2	광복의 등댓불 도마 안중근 의사	
3	국민교육의 선구자 도산 안창호 선생	김대억
4	민족의 영웅 매헌 윤봉길 의사	
5	독립운동의 불씨를 돋운 이봉창 의사	
6	의열투사 강우규 의사	
7	독립운동가이며 저항시인 이상화	
8	교육에 평생을 바친 민족의 지도자 남강 이승훈	백경자
9	고종황제의 마지막 밀사 이 준 열사	
10	민족의 전위자 승려 만해 한용운	
11	대한의 잔 다르크 유관순 열사	최기선
12	장군이 된 천하의 개구쟁이 이범석	
13	고려인의 왕이라 불린 김좌진 장군	
14	사그라진 민족혼에 불을 지핀 나석주 의사	
15	3.1독립선언의 대들보 손병희 선생	최봉호
16	파란만장한 대쪽인생을 살다간 신채호 선생	
17	한국광복군 총사령관의 대명사 이청천 장군	
18	머슴출신 의병대장 홍범도 장군	

김 구   안중근   안창호

윤봉길   이봉창   강우규

이상화   이승훈   이 준

한용운   유관순   이범석

김좌진   나석주   신채호

손병희   이청천   홍범도

김대억   백경자   최기선   최봉호

▶ 애국지사들의 이야기 2호

	수록 애국지사	필자
1	우리민족의 영원한 친구 스코필드 박사	김대억
2	죽기까지 민족을 사랑한 조만식 선생	
3	조소앙 선생에게 '남에선 건국훈장, 북에선 조국통일상' 추서	신옥연
4	한국독립의 은인 프레딕 맥켄지	이은세
5	대한독립과 결혼한 만석꾼의 딸 김마리아 열사	장인영
6	이승만 전 대통령이 성재어른이라 불렀던 이시영 선생	최봉호
7	극명하게 엇갈리는 이승만 전 대통령의 공과(功過)	

특집〈탐방〉: 6.25 가평전투 참전용사 윌리엄 클라이슬러

김대억　　신옥연　　이은세　　장인영　　최봉호

프레딕 맥켄지　김마리아　이시영　　이승만　윌리엄 클라이슬러　스코필드　조만식　조소앙

▶ 애국지사들의 이야기 3호

	수록 애국지사	필자
1	Kim Koo: The Great Patriot of Korea	Dae Eock(David) Kim
2	조국의 독립과 통일을 위해 바친 삶 우사 김규식 박사	김대억
3	근대 개화기의 선구자 서재필 박사	김승관
4	임정의 수호자 석오 이동녕 선생	김정만
5	한국 최초의 여성의병장 윤희순 열사	백경자
6	댕기머리 소녀 이광춘 선생	
7	독립군의 어머니라고 불린 남자현 지사	손정숙
8	아나키스트의 애국과 사랑의 운명적인 인연 박열과 후미코	권천학
9	인동초의 삶 박자혜	
10	오세창 선생: 총칼대신 펜으로 펼친 독립운동	
11	일본을 공포에 떨게 한 김상옥 의사	윤여웅

특집 : 캐나다인 독립유공자 5인의 한국사랑 – 프랭크 윌리엄 스코필드, 프레드릭 맥켄지, 로버트 그리어슨, 스탠리 마틴, 아치발드 바커 / 최봉호

김대억 　김승관 　김정만 　백경자 　손정숙 　권천학 　윤여웅

김구 　김규식 　서재필 　이동녕 　윤희순 　이광춘 　남자현 　박열 　후미코

박자혜 　오세창 　김상옥 　프랭크 윌리엄 스코필드 　프레드릭 맥켄지 　로버트 그리어슨 　스탠리 마틴 　아치발드 바커

▶ 애국지사들의 이야기 4호

	수록 애국지사	필자
1	항일 문학가 심훈	
2	민족시인 윤동주	김대억
3	민족의 반석 주기철 목사	
4	비전의 사람, 한국의 친구 헐버트	김정만
5	송죽결사대로 시작한 독립운동가 황애덕 여사	백경자
6	민영환, 그는 애국지사인가 탐관오리인가	최봉호
7	중국조선족은 항일독립운동의 든든한 지원군	김제화
8	역사에서 가리워졌던 독립운동가, 박용만	박정순
9	최고령 의병장 최익현(崔益鉉) 선생	홍성자

특집·1 : 민족시인 이윤옥 | 시로 읽는 여성 독립운동가 -서간도에 들꽃 피다
　　　　김일옥 작가 | 어린이를 위한 특별한 이야기 - 우리나라 최초의 여성의사, 박에스터

특집·2 : 후손들에게 들려 줄 이야기
강한자 : 애국지사들의 이야기 4호 발간을 축하드립니다.
김미자 : 어제와 오늘 그리고 내일을 생각하며
이재철 : 캐나다에서 한국인으로 사는 것
조경옥 : 애국지사기념사업회(캐나다)와 나의 인연
최진학 : 사랑하는 후손들에게 들려줄 이야기

김대억　　김정만　　백경자　　최봉호　　김제화　　박정순　　홍성자

이윤옥　　김일옥　　강한자　　김미자　　이재철　　조경옥　　최진학

심훈　　윤동주　　주기철　　호머 헐버트　　황애덕　　민영환　　박용만　　최익현

▶ 애국지사들의 이야기 5호

	수록 애국지사	필자
1	항일투쟁과 민족통일에 생애를 바친 심산 김창숙 선생	김대억
	조국광복의 제물이 된 우당 이회영 선생	
2	안중근 의사의 어머니 조 마리아 여사	김정만
3	독립을 향한 조선 최초의 여성비행사 권기옥 여사	백경자
4	민족의 큰 스승 백범 김구의 어머니 곽낙원 여사	이기숙
5	적의 심장부에서 조선의 독립을 외친 여운형 선생	최봉호
6	도산島山에겐 열두 번째였던 이혜련 여사	
7	우리나라 서양의학의 기초를 세운 캐나다선교사 에이비슨 박사	황환영

특집·1 __ 민족시인 이윤옥 | 우리는 여성독립운동가를 얼마나 알고 있나?

특집·2 내가 존경하는 애국지사 / 독립운동가	김미자	꽃보다 불꽃을 택한 애국여성 권기옥 여사
	김민식	내가 존경하는 안중근 의사님
	김완수	도산 안창호 선생과 캐나다 이민 1세대
	김영배	내가 존경하는 애국지사 "스코필드박사"
	이영준	내가 이승만을 존경하는 이유
	이재철	나의 모국 독립운동에 앞장섰던 "김창숙(心山)"선생
	조준상	조국을 위해 미련 없이 몸을 던진 안중근의사
	한학수	나의 8.15해방경험과 애국지사
	홍성자	청산리 전투의 영웅 백야 김좌진 장군

특집·3 2020년 보훈문예공모전 학생부 입상작	글	김준수(4학년)	나라를 구한 슈퍼 히어로
		이현중(6학년)	용감한 애국지사 노동훈님
		박리아(8학년)	권기옥 / kwonki-ok
	그림	정유리(유치원)	대한독립만세!
		왕명이(유치원)	유관순열사, 사랑합니다
		송호준(1학년)	대한민국만세!
		조윤슬(2학년)	대한독립만세! / 유관순 언니 감사합니다
		이다은(3학년)	(애국지사님들)감사해요!
		송명준(3학년)	대한민국만세!
		신서영(3학년)	(애국지사님들)희생에 감사드린다
		송민준(5학년)	대한민국만세!
		하태은(5학년)	조만식 선생의 물산장려운동

김대억　김정만　백경자　이기숙　최봉호　황환영　이윤옥

김미자　김민식　김완수　김영배　이영준　이재철　조준상　한학수　홍성자

▶ 애국지사들의 이야기 6호

김대억　김원희　김종휘　박정순　손정숙　이윤옥　심종숙

김미자　김연백　김재기　김창곤　이남수　이재철　황환영

▶ 애국지사들의 이야기 7호

김대억　　김정만　　이윤옥　　황환영

김운영　　신경용　　박정순　　석동기　　이남수　　신옥연　　조성용

애국지사기념사업회 조직

자문위원 **구자선, 김정희, 조준상**

집 행 부 회 장 **김대억**

부회장 **유동진**

홍 보 **김연백, 김정만**

이사진 **김기철, 김대억, 김연백, 김재기, 김정만, 김형선, 문인식
박우삼, 박정순, 백경자, 변희룡, 손정숙, 신 숙, 유동진
이남수, 이성균, 이영준, 이종수, 조성춘**

조국과 민족을 위해 모든 것을 바친

애국지사들의 이야기·8

초 판 인 쇄 2024년 05월 25일
초 판 발 행 2024년 05월 30일

지 은 이 애국지사기념사업회(캐나다)
펴 낸 이 이혜숙
펴 낸 곳 신세림출판사
등 록 일 1991년 12월 24일 제2-1298호

04559 서울특별시 중구 퇴계로49길 14, 충무로엘크루메트로시티2차 1동 720호
전 화 02-2264-1972
팩 스 02-2264-1973
E - m a i l shinselim72@hanmail.net

정가 18,000원

ISBN 978-89-5800-273-4, 03810